edition hochfeld

Mit *Galgeninsel* hat Bodenseekommissar Conrad Schielin seinen ersten Fall zu lösen. Und er findet sich gleich zu Beginn der Ermittlungen inmitten eines Gewirrs von Schicksalsschlägen, Macht, Gier und kriminellen Immobilienspekulationen. Dies alles vor der atemberaubenden Kulisse des Sees und der Berge. Nur gut, dass er in seiner Kollegin Lydia intelligente und humorvolle Unterstützung findet. Und nicht zu vergessen die Wanderungen mit Ronsard – seinem französischen Esel. Dabei findet er Ausgleich und die erforderliche Ruhe, um nachzudenken.

Jakob Maria Soedher, 1963 in Unterfranken geboren, lebt und arbeitet als Autor in Augsburg. Seine Krimis erscheinen in der edition hochfeld (Augsburg) und im Aufbau Verlag (Berlin). Er ist Mitglied der Autorengruppe Das Syndikat. www.soedher.de

Schielins Fälle

Galgeninsel

edition hochfeld

Widmung: mit freundlicher Genehmigung des
Elfenbein Verlag, Berlin
Aus Pierre de Ronsards »Amoren für Cassandre« in der
Übersetzung von Georg Holzer. © 2006 Elfenbein Verlag, Berlin

2. Auflage
Februar 2008
edition hochfeld, Augsburg

Umschlagkonzept und Gestaltung: edition hochfeld
Titelbild: Ullrich-Jürgen Schönlein
Lektorat: Isabel Bergmiller, Augsburg – Dubai
Satzherstellung: Amann, Aichstetten
Druck und Binden: CPI – Ebner & Spiegel, Ulm
Printed in Germany

ISBN: 978-3-9810268-5-6
www.edition-hochfeld.de

Ich hätte Lust
– so grässlich muss ich leiden! –
Aus meinem Leib
das Leben mir zu schneiden

Pierre de Ronsard (1525 – 1585)

Galgeninsel ist ein Kriminalroman. Die Handlung und wie auch die Personen sind frei erfunden. Etwaige Namensgleichheiten oder Ähnlichkeiten mit lebenden Personen oder Ereignissen sind rein zufällig und unbeabsichtigt. Dieses Buch eignet sich nicht als Reiseführer. Hinweisen möchte der Autor jedoch darauf, dass die bezaubernden Landschaften um den Bodensees immer eine Reise wert sind.

Lindau

Immer wieder erstanden diese Augenblicke, wenn er über den Hügel fuhr: Er vergewisserte sich mit einem Blick in den Rückspiegel, ob er etwas langsamer würde fahren können, um zu genießen. Seit Jahren schon nahm Conrad Schielin diesen etwas längeren Weg, und was er dabei sah, erschien von Mal zu Mal in anderer Gestalt und wechselnden Farben. Das dunkle Grün des Waldes links der Straße und gegenüber die pralle Wucht sattgrüner Wiesen, sanft den Hügel hinab gleitend – von Baumgruppen und solitären Eichen unterteilt. Dahinter dann die Häuser, eng aneinander geschmiegt und bedacht von roten Ziegeln. Eine steinerne Einheit, aus der die Spitzen der alten Türme erwuchsen. Die Stadt rückte nahe an das Ufer des Sees, dessen weite Fläche sich oft in Nebel und Dunst verlor, was die Mächtigkeit der Berge, die weit hinten den Horizont begrenzten, nur noch gewaltiger erscheinen ließ. Gewaltiger und mächtiger, weil in solchen Momenten die hell leuchtenden Flächen schneebedeckter Gipfel den Blick fesselten, ihr Fundament hingegen sich dem suchenden Blick entzog und in ätherischer Unendlichkeit verborgen blieb.

So wechselhaft und vielfältig die Stimmung war, die Schielin auf seinen täglichen Fahrten zum Dienst zu sehen bekam, so waren es doch Augenblicke wie diese, in denen er in Gedanken jene Worte fand, die tatsächlich geeignet waren den Zustand seines Gemüts zu beschreiben. Ließ er nun den Blick über das Tal zum See bis hin zu den Bergen gleiten, fühlte er eine Weite, mehr noch etwas Unendliches, das sich, wollte er es körperlich zuordnen, nicht allein aus dem ergab, was seine Augen und Sinne erfassten. Er fühlte vielmehr eine Weite des Herzens, die frei machte, die ihn für Sekunden in einen Zustand innerer Geborgenheit versetzte, frei von Sorgen, Ängsten und Gedanken. Ein Zustand sentimentaler Zufriedenheit mit sich selbst und der Welt.

Langsam fuhr er hinunter, der Stadt zu, verließ damit auch den wohligen Gemütszustand und stoppte an der ersten Ampel. Die neuen, roten LED-Leuchten waren heftig grell und ihr Schein enthob ihn endgültig der morgendlichen Sentimentalitäten.

Er bog nach rechts in eine Straße ein, die den Namen Ludwig Kick trug. An den Tagen, an welchen er diesen Namen bewusst wahrnahm, fiel ihm ein, dass dieser Kick der Stadt das Haus *Zum Cavazzen* vermacht hatte. Schielin mochte diesen wunderbaren Bau im Zentrum der Insel, gegenüber von Stiftskirche und St. Stephan, seiner gelungenen Proportionen wegen. Das Wissen um die Wirkung von Proportion und Position schien heutzutage verloren gegangen zu sein. Das wurde ihm besonders dann bewusst, wenn er den dunklen Metallkasten, kurz vor der Ampel, rechts der Straße betrachtete. Das abweisende Gebäude konnte einer düsteren Zukunftsvision entsprungen sein und hier dokumentierten die Gesetzmäßigkeiten moderner Architektur auch ein neues Menschenbild – mit dem Schielin nicht viel anfangen konnte. Er war eben in vielerlei Hinsicht hoffnungslos altmodisch.

Schielin passierte den Friedhof, kurz darauf das Gymnasium, um einige hundert Meter später nach links auf den Parkplatz der Kripo Lindau einzubiegen.

Er hoffte auf einen ruhigen Wochenausklang, denn Marja hatte ihm ein neues Buch geschenkt. Eines, dem er sich in ganzer Ruhe widmen wollte. Eine neue Übersetzung der Gedichte von Pierre de Ronsard. Da konnte er kein Ungemach gebrauchen.

*

Zur gleichen Zeit und gar nicht weit entfernt ging Raimund Kandras den Schotterweg entlang. Sein Auto hatte er, kurz nachdem er von der Hauptstraße abgebogen war, stehen lassen, weil es ihm nicht passend und seiner Absicht abträglich erschienen war, mit dem großen Wagen bis zum Anwesen vorzufahren. Der Wagen würde keinen guten Eindruck auf die beiden Alten machen. Er hatte sogar sein Outfit verändert und kam sich nun fremd vor, in den weiten Cordhosen und den braunen Lederschuhen, denen jegliches Design fehlte. Und dann dieses mattgrün gestreifte Hemd. Alles andere als die Kleidung, in der er sich wohlfühlte. Aber genau wie der Wagen, so war auch der schwarze Anzug für das was er vorhatte wenig geeignet.

Er musste Nähe vermitteln, brauchte Wohlwollen, was mit einem schwarzen Geländewagen mit chromblinkenden Leisten und seinem Managerdress nicht zu erreichen war. Er mochte Schwarz, denn das erzeugte seiner Meinung nach Distanz.

Als er die letzte Kurve hinter sich gelassen hatte, blieb er vor dem Bauernhaus stehen. Ein überraschtes »Uhh«, entfuhr ihm. Selbst er war für einen Augenblick von der Atmosphäre dieses Ortes gefangen. Die Rosen blühten und vor seinen Augen leuchtete das Rot in allen Tonstufen. Dazwischen cremefarbene und gelbe Sprenkel. Rote. Rote mussten es sein. Er hatte ein paar Mal rote Rosen verschenkt und sich gewundert, weshalb sich Frauen darüber freuten.

Ein kurzer, sanfter Windstoß trieb eine Wolke süßen Dufts zu ihm und fast wäre er wieder umgekehrt. Einen kurzen Augenblick lang hatte er es vor. Orte von solcher Ausstrahlung mied er. Ihm war es nicht gegeben diese Art friedvoller Ruhe zu genießen. Stille und Ruhe machten ihm Angst, erinnerten ihn an den Tod. Doch er musste diese Chance nutzen. *Das Leben war kein Wunschkonzert* – diesen Satz hatte er einmal gehört oder gelesen, und ihn sich gemerkt. Er gefiel ihm. Und allein deshalb, weil das Leben für ihn noch nie ein Wunschkonzert war, aus diesem Grund blieb er, und ging nicht wieder fort. Was hätte er auch sonst tun sollen.

Ein paar Meter vom Haus entfernt grenzte ein von Rosen wild umwucherter Jägerzaun das Grundstück zum geschotterten Zufahrtsweg ab. Kandras öffnete das windschiefe Gatter und ging zielstrebig weiter. Blüten interessierten ihn nur, wenn es sich dabei um Geld handelte. Den Alten sah er ein Stück vom Haus entfernt in der morgendlichen Wärme, wie er gebeugt in einem der Gemüsebeete stand und mit der Hacke langsam aber mit stoischer Regelmäßigkeit die Erde lockerte. Kandras sah kurz zum Haus. Die Längsseite, vor der er stand, wies nach Süden und der Ausblick war atemraubend. Vom Gehöft aus fiel das Gelände in nur angedeuteten Terrassen sanft abwärts. Kandras aber sah nicht diesen paradiesischen Garten mit den Gemüsebeeten, Buchsformationen, Stauden- und Rosenbeeten. Er sah eine Fläche, die er in Quadratmeter und Wohneinheiten unterteilte. Es musste mindestens ein Hektar sein, vermutlich waren es zwei. Weit im Süden begrenzte eine Busch- und Heckenreihe das Grundstück. Dahinter ein gleißender Schein, der die Obstgärten, die dieses Paradies rahmten, unsichtbar machte. Die Mittagssonne spiegelte sich im Wasser des Sees und aus dem goldenen Fleck erwuchs die gewaltige Bergkulisse, endlos weit entfernt und doch so nah.

Kandras war blind für das Naturschauspiel von Sonne, See, Säntis und Altmann. Er rechnete, wurde fast irr an den Zahlenkolonnen, die sein Hirn durchzuckten. Er grinste dabei und versuchte zu verstehen aus welchem Grund noch keiner seiner Konkurrenten an diesen Ort geraten war. Unverbaubarer See- und Bergblick. Es war eine Goldgrube. Eine Goldgrube, dachte er, und sah sich dem Schicksal wieder einmal entkommen.

Aus dem Haus hörte er nun Klappern. Sein Blick suchte den Alten, der immer noch gebückt über seinen Gurkenpflanzen stand, oder was zum Teufel das auch immer sein mochte. Kandras atmete aus, entspannte seine Gesichtsmuskeln mit einigen Übungen die ihm sein Coach beigebracht hatte, setzte eine vertrauenswürdige Mimik auf und rief ein freundliches »Hallo!« in Richtung des Alten. Er wusste um die Wirkung seiner Stimme, ließ sie sanft und dunkel dröhnen, bis er das Vibrieren am Halsansatz spüren konnte. Tiefe Stimmen erwecken Vertrauen.

Später saßen sie in der kühlen Küche. Ein breiter Sonnenstrahl fiel schräg durchs Fenster und hob die Spülecke hervor. Der Tisch und die Eckbank blieben im Schatten. Er bemerkte die Schlichtheit. Alles war alt und benutzt. Er kannte einfaches Leben aus seiner Kindheit. Doch die Einfachheit, die er kennengelernt hatte, bestand in einer abstoßenden Kargheit, die der heimeligen Bescheidenheit, die diesem Raum eigen war, weit entfernt lag. An den Wänden hingen Bilder und Fotografien und aus einem verstaubten Radio dröhnte Geklimper. Er schüttelte sich innerlich. Die Frau des Alten hatte ihm ein Glas mit Apfelsaft hingestellt. »Selbst gemacht«, wie sie betonte. Er hatte ihr Lächeln erwidert und daran gedacht, wie sehr er *Selbstgemachtes* verabscheute. Die beiden erschienen ihm gar nicht so alt wie er gehofft hatte und sie strahlten eine zähe Gesundheit aus. Was auch an ihren flüssigen Bewegungen zu sehen war. Wie sie den mit Apfelsaft gefüllten Krug mit freier Hand von der Anrichte auf den Tisch stellte, in einer zügigen eleganten und kraftvollen Bewegung, und wie der Alte zuvor mit der Hacke in der Hand auf ihn zugelaufen war.

Plan A konnte er also vergessen. Es konnte noch eine Ewigkeit dauern, bis die beiden das Zeitliche segneten. Und auch Plan B war nicht umsetzbar. Die würden nicht für alles Geld der Welt ihre armselige Bude verlassen. Diese Kate ohne jeden Luxus. Niemals. Es musste ein Plan C her, und jetzt erst einmal ein guter Eindruck. Er saß an der langen Seite der Eckbank, im Winkel zu ihm der Alte, beide Unterarme auf den Tisch gelegt.

Kandras schlug das in schwarzes Leder gebundene Notizbuch auf und legte es vorsichtig auf den groben Holztisch. Einen Augenblick lang hatte er gezögert, aus Angst er könnte es beschmutzen. Wie er überhaupt Angst vor Schmutz hatte. Er blätterte zum Tageskalendarium und überlegte: Was war heute noch mal für ein Tag? Mittwoch, natürlich, Mittwoch. Er nahm das an einem geflochtenen Band hängende Muschelmedaillon in die Hand. Wer immer es gefertigt hatte musste über eine beachtliche Kunstfertigkeit verfügen. Das Bild, welches sich einmal darin befand, hatte er herausgerissen, sobald er das Schmuckstück als ihm gehörend betrachtete. Die Geschichte dazu verbarg er in einer düsteren und verschlossenen Kammer seines Gedächtnisses.

Er streckte die Beine. Die neuen Schuhe fand er nicht nur hässlich. Sie drückten auch noch. Der Alten schien sein Aufzug zu gefallen. Sein Blick glitt über die Wände. Wieso mussten die Leute nur die Wände behängen, dachte er, als seine Augen unvermittelt unter der Uhr haften blieben. Unter seinem Rippenbogen spürte er einen feinen Stich und gleich daraufhin eine erschreckende Leichtigkeit, so als würde er schweben. Ein Schwindel, und nicht die Folge einer emphatischen Gefühlsregung. Dann brach ihm Schweiß aus, der Atem ging schwerer und seine Augen blieben an der Fotografie kleben. Sie zeigte das Bild eines Mädchens, jung und schön. Seine Hand krampfte um das Medaillon und er stand auf. Der Alte hielt ihm ein Tuch hin und sagte etwas, doch Kandras verstand ihn nicht. Kurzatmig murmelte er einen Abschiedsgruß und stolperte mehr als dass er ging zur Tür; eilte den Weg zurück zum Auto und ließ zwei verwunderte bis verstörte Alte in der Küche zurück. Im Auto kam er langsam wieder zu sich, es war wie ein Aufwachen. Nur, dass der böse Traum jetzt von neuem seinen Anfang nahm. Er spürte Schmerzen in seiner Hand und öffnete sie. Die Muschelschalen waren zerbrochen und die Perlmuttscherben hatten sich in seine Handfläche gebohrt. Er starrte in die Handfläche und sah zu, wie sich der Lebenslinie genannte Hautfaden mit Blut füllte.

Kein gutes Omen.

Ein Vermisster

Die Tage am See vergingen so ruhig wie es die milden Aufgeregtheiten einer Ferienstadt zur Vorsaison zuließen. Schielin saß an diesem Montagmorgen alleine im Büro, dachte an das vergangene Wochenende, an Marja, die Kinder und Ronsard. Der Platz ihm gegenüber war verwaist. Lydia, mit der er Zimmer und Arbeit teilte, hatte ein paar Tage frei genommen. Er hielt kurz inne, sah auf das gerahmte Foto, von welchem ihm seine Frau und die Kinder entgegen lächelten, dann wanderte sein Blick ein paar Zentimeter weiter nach rechts, wo ein weiterer Bilderrahmen stand, aus welchem ihm ausdruckslos Ronsard entgegenblickte, die Ohren nach vorne gereckt. Schielin lächelte und schob gedankenverloren und unkonzentriert einige Akten von einem Stapel auf den anderen. Von draußen drang Lärm von der Baustelle der Realschule durchs Fenster. Langsam nur, und somit entgegen der Absicht desjenigen, der das Wort auf dem Aktendeckel rot unterstrichen hatte, erlangten die handgeschriebenen Druckbuchstaben seine Aufmerksamkeit: *Vermißtensache!*

Schielin schlug den dünnen, mehrfach geknickten Aktenhefter auf und stieß zunächst auf eine Fotografie. Schwarzweiß. Professionelle Portraitarbeit, war sicher teuer gewesen. Ein Mann blickte aus dem Bild. Schielin schätzte ihn auf Mitte vierzig, und dieses Gesicht da auf dem Foto kam ihm irgendwie bekannt vor, so auf den ersten Blick. Er sah auf die dichten schwarzen Haare und die widerspenstigen Locken, die mit Gel in Schach gehalten und straff nach hinten gekämmt waren. Darunter ein kantiges Gesicht, kühl lächelnd, mit scharfer Nase, hervorstehender, kantiger Stirn und breitem Mund, zu dem die schmalen Lippen nicht so recht passen wollten. Überhaupt dieses Lächeln, dachte Schielin. Es diente eher dazu, dem Betrachter Respekt zu vermitteln als Freundlichkeit zu signalisieren. Obwohl es sich um eine Schwarz-Weiß-Photographie handelte, war zu erkennen, dass dem Unbekannten eine makellose Gesichtsbräune wichtig war. Schielin lehnte sich zurück, linste über die Brille und hielt das Bild ein Stück weiter weg. So sah er besser. Das weiße Hemd, die perfekt gebundene Krawatte und das schwarze Jackett unterstrichen den bisherigen Eindruck, den er gewonnen hatte. Ein Gewinnertyp. Aber woher kannte er ihn nur?

Er holte die Formulare aus dem Ordner und suchte den Familiennamen – Kandras. Als die Buchstaben zu einem Namen wurden, nickte Schielin ohne es bewusst zu wollen, und wiederholte nun den Namen, leise vor sich hingesprochen, »Aaahh, Kandras«.

Er überflog das Blatt in seiner Hand und las in der Spalte bei Beruf *Immobilienmakler.* Natürlich. Immobilien-Kandras. Wieder ließ er die Buchstaben langsam vorüberziehen, bis sie verschwammen und bildhafte Erinnerungen auftauchten. Lange zurückliegende Erinnerungen an seine Schulzeit.

Schielin wollte nie in Kontakt mit diesem Kerl geraten. Ein ganz unangenehmer Typ war das gewesen, wie er sich wieder erinnerte. Einer, der keiner Auseinandersetzung aus dem Weg ging. In seiner Nähe gab es immer Streit und nicht selten Prügeleien. Schielin fiel jetzt auch die alte Geschichte wieder ein, die damals viele Gemüter aufgebracht hatte. Vierzehn oder fünfzehn musste er gewesen sein, als Kandras sich mit einem Lehrer geprügelt hatte. Und spätestens seit diesem Vorfall umgab ihn eine Mischung aus Furcht und Respekt.

Schielin fiel auf, dass er diese Ereignisse überhaupt nicht mehr mit den aufgeblähten Anzeigen von Immobilien-Kandras in Verbindung gebracht hatte. Er war gar nicht auf die Idee gekommen, dass es sich dabei um den Schlägertypen von damals handeln konnte. Manche Lebenswege waren schon seltsam. Der grobe Kerl von damals war Inhaber einer der feinen Makleradressen hier am See geworden, und diese Fassade machte die Vergangenheit vergessen. Er hatte immer versucht sich von ihm fernzuhalten und nun lag der Kerl vor ihm auf dem Schreibtisch. Zwei Formblätter und ein Foto reichten dafür aus. Schielin war das unangenehm, denn er hatte ungern mit Leuten zu tun, die er kannte. Auch wenn es so lange her war wie in diesem Fall.

Er überflog routiniert die Unterlagen und stutzte gleich mehrmals. Auch das Fahrzeug von Kandras, ein Porsche Cayenne, war verschwunden. Ein so auffälliges Auto wurde eigentlich schnell entdeckt, wenn es mal in der Fahndung war. Aber da war noch etwas. Besonders eigentümlich war der Name, der unter der Vermisstenmeldung stand. »Dr. Kehrenbroich«. Schnell blätterte Schielin zurück und sah nochmals unter den Personalien von Kandras nach. Verheiratet. Eine Tochter. Schielin schüttelte den Kopf. Er hätte erwartet, dass die Ehefrau ihren Mann vermissen würde. Doch auch in der kurzen Niederschrift war sie nicht erwähnt. Schielin verglich nun die Adressen. Beide, Kandras wie auch seine Frau, lebten zwar in der Stadt, aber es waren unterschiedliche Adressen angegeben. Die Tochter lebte den Unterlagen zufolge bei der Mutter.

Und Dr. Kehrenbroich? Schielin schüttelte den Kopf, denn bei Kehrenbroich handelte es sich um den Direktor der Privatbank *Faynbach & Partner*. Schielin kniff die Augen zusammen. Ausgerechnet ein Bankdirektor meldete Kandras vermisst? Das war nun mehr als eigentümlich.

Er stand auf und durchquerte flott den Gang, wobei er es vermied, die Dielen an den Stellen zu betreten, an denen es besonders laut knarrte. Es gab da so einige Stellen und die Art und Weise wie er den Gang durchquerte, hätte einem Fremden Gedanken bereitet. Sein Ziel war Robert Funks Büro. Der war zuständig für die Aufklärung von Betrügereien und Eigentumsdelikten und kannte sich in Finanzkreisen vorzüglich aus. Die Bürotür stand zwar offen, trotzdem klopfte Schielin an den Türstock, bevor er eintrat.

Funk war ein stattlicher Fünfziger mit langen, schlohweißen, lockigen Haaren. Er war dezent gebräunt und trug als einer der letzten Kollegen einen Oberlippenbart, dem die tägliche Zuwendung an jedem Härchen anzusehen war. Funk war eine stattliche Erscheinung und er wäre jederzeit als Bankdirektor durchgegangen.

Überhaupt war Schielins Kollege in vielen Dingen außergewöhnlich und auf angenehme Weise eigen. Funk war wenig fortschrittswillig, fuhr einen VW Passat im vorgerückten Teenageralter, war seit dreißig Jahren mit der gleichen Frau verheiratet – und er hatte sich im letzten Jahr geweigert, seine Büromöbel gegen das neue grau-graue Kunststoffeinerlei austauschen zu lassen. Das war verständlich, denn die Einrichtung seines Zimmers war sehenswert.

Funk saß auf keinem dieser lendenwirbelschonenden Fünfpunkt-Drehstühle. Nein. Er residierte in einem eindrucksvollen lederbezogener Lehnsessel. Zudem hatte er ein großes Herz und gönnte seinen Kunden und Besuchern ebenfalls einen für Polizeidienststellen ungewohnten Luxus. Vor dem mächtigen Schreibtisch, Bauhausstil aus den dreißiger Jahren, stand ein sehr bequemer Besuchersessel mit hoher, weicher Lehne. Darunter fristete ein dunkelroter Teppich unbekannter Herkunft sein Dasein. An den Wänden hingen Ölgemälde und in der Ecke, neben dem Regal mit den Kriminalakten, stand ein fahrbares Wägelchen mit Kaffeegeschirr. Eigentlich gehörten dort Karaffen mit Cognac und Whiskey hin. Diesen Stoff stellte Funk aber nicht so offen zur Schau. Seine Büroausstattung stammte aus Sicherstellungen bei Antiquitätenhändlern und die Herkunft des Zeugs war nicht mehr nachvollziehbar. Jedenfalls glich der Raum mehr einem Salon als einem Büro, was zur Folge hatte, dass Besucher meinten, Funk wäre Chef der Lindauer Kripo. Und auch sein Äußeres legte diesen Schluss nahe. Er trug nie Krawatte, sondern Fliege; und davon nicht die einfachen Dinger mit Gummizug. Funk konnte diese Knotenmonster selbst binden. Und zu all dem Äußeren fügte sich noch etwas – er hatte Umgangsformen. Schielin beneidete ihn darum, in welcher Manier er Frauen begegnete, gurrte, Handküsse verteilte, ohne dass es aufdringlich oder gestelzt wirkte. Vielleicht hatte er diese Kunst von einem längeren Aufenthalt in Wien mitgebracht? Es war auf alle Fälle so, dass sich alle gerne in Funks Refugium auf ein Schwätzchen trafen.

Schielin setzte sich unaufgefordert in den Sessel, schnaufte laut aus, ohne es allzu gequält klingen zu lassen und sagte »Kandras.«

Funk, bisher leger zurückgesunken, richtete sich auf und hob den Kopf. »Oh, oh, oh! Was hast du mit dem denn zu tun? Der gute Kandras sollte eigentlich in meinem Revier aufkreuzen.«

»Vermisst«, antwortete Schielin kurz und ließ den Blick nicht von Funk ab.

Der lachte jetzt böse und sagte dann mit wackelndem Kopf: »So, so. Kandras. Vermisst?« Nach einer Kunstpause fügte er trocken hinzu: »Kann nicht sein.«

»Warum nicht?«, fragte Schielin.

»Weil ich niemanden kenne, der Kandras vermissen würde.«

Schielin nickte bedächtig, bevor er herausfordernd sagte: »Aber ich kenne einen, der ihn vermisst.«

Sein Gegenüber hob kurz das Kinn, um die Antwort einzufordern.

»Ein Herr Doktor Arnulf Kehrenbroich«

Funk lachte gekünstelt und meckernd wie eine Ziege. »Hä, hä, hä. Das ist jetzt aber kein Späßle, oder?«

Schielin verneinte. Kollege Funk stöhnte und ließ sich nach hinten ins weiche Leder fallen. Langsam überlegte er laut: »Das ist aber seltsam. Der Kehrenbroich und der Kandras. Ist mir ja völlig neu. Ich dachte, der Kandras arbeitet nur mit Fonds und Privatanlegern zusammen. Dass die noble *Faynbach & Partner* in Geschäfte mit dem verhakelt ist? ... tatsächlich eine Neuigkeit. Denen muss es ja ganz schön schlecht gehen, wenn so einer wie der Kandras schon zum Kundenstamm gehört. Sind doch sonst auf Etepetete bedacht, und dann so was.«

Schielin schüttelte den Kopf. »Na ja. Vielleicht bist du da etwas zu schnell. Bisher liegen mir keine Informationen darüber vor, dass der Kandras geschäftlich mit denen zu tun hat. Aber der Dr. Kehrenbroich hat ihn jedenfalls vermisst gemeldet.«

Funk winkte ab. »Ganz egal. Beide ...«, er musste Luft holen, »... beide können nur miteinander zu tun haben, weil es um Geld geht. Weißt du, die zwei sind derart unterschiedlich, dass eine private Beziehung völlig ausgeschlossen ist. Das kannst du mir glauben. Der Kandras ist ein gnadenloser Einzelgänger, geschäftlich zwar erfolgreich mit seinem Immobilienkram, aber doch weit entfernt von den Kreisen, in denen sich unser Dokterle bewegt. Der ist aber auch ein irgendwie komischer Kerl. Nicht ganz so die Erscheinung, hinter der man einen Bankdirektor vermuten dürfte. Ich bin ihm ein paar Mal begegnet und er sieht aus wie diese Versicherungsvertreter in amerikanischen Filmen. Er hat immer so was Abgerissenes an sich.«

Funk war dabei sich gerade in Schwung zu reden und Schielin wusste, dass Versicherungsvertreter neben Antiquitätenhändlern die zweite Spezies war, die Funk für zweifelhaft hielt. Schielin fragte daher schnell: »Was weißt du denn so über den Kandras? Hat der schon mal bei uns arbeiten lassen? Ich habe zwar bereits eine Inpol-Abfrage laufen lassen, aber dabei ist nichts herausgekommen. Das wundert mich eigentlich bei dem Kerl. Gibt es da vielleicht was unter der Hand?«

Funk grinste boshaft. »Der Kandras ist schon ein harter Hund und es gab da die eine oder andere Geschichte in den letzten Jahren. Aber – eine Akte ist nie draus geworden.« Funk lehnte sich zurück und sprach leise, sich erinnernd, weiter. »Angefangen hat er als Türsteher in einer Disco, drüben im Vorarlberg. Später hat er draußen im Zech seinen ersten eigenen Schuppen aufgemacht. Woher er das Geld dafür hatte, ist immer undurchsichtig geblieben. Die richtig große Kohle kam dann mit dem Discodorf, weißt du noch? – Discos, Nightclub, Schnell-Futter, Fummelbar. Der ganze Schlunz in einem hässlichen Blechwürfel – hat aber gut funktioniert.«

Funk hob Stimme und Zeigefinger. »Und! Eines muss man ihm lassen. In seinen Läden gab es nie Probleme. Keine Drogen, keine Huren auf eigene Rechnung, keine Schlägereien, keine Schwierigkeiten mit den Kontrolleuren. Alles picobello. Der hat da wirklich eisern für Ordnung gesorgt. Dann hat er die Klitsche vor, lass mich überlegen, das ist sicher über zehn Jahre her, verscherbelt und ist ins Immobiliengeschäft eingestiegen. Nur beste Ware. Ufergrundstücke, Villen, komplette Erschließungen im hochpreisigen Bereich. Und er selbst immer fein, schnieke vom Knopfloch bis zu den Schnürsenkeln. Schwarze Haare, schwarze Anzüge, schwarze Schuhe, schwarze Autos … «

»Schwarze Frauen?«, fragte Schielin.

»Exakt. Aber nur was die Haare angeht.« Funk grinste hinterhältig über den Schreibtisch und redete etwas leiser und stockend weiter. »Es gab da noch … so Gerede, aber bei uns ist nie etwas Konkretes angekommen. Also … mit Frauen scheint der Kandras nicht immer so ganz fein umgegangen zu sein, wie sein Äußeres das hätte erwarten lassen.«

Schielin lauschte aufmerksam und hob die rechte Hand, so dass die Handfläche nach oben wies und forderte wortlos mehr Information ein, indem er mit den Fingern winkte.

»Na ja«, fuhr Funk fort, »dem Galan ist wohl einige Male die Hand ausgerutscht, wenn man es so sagen will. Es kam aber nie zu einer Anzeige. Man munkelt, seine Anwälte hätten die Angelegenheiten immer einvernehmlich regeln können. Du kennst doch die alte Weisheit: Bargeld heilt schneller als der beste Doktor.«

Schielin grinste. »Weißt du was über die Familie?«

»Nicht viel. Die Frau habe ich mal gesehen, mit der Tochter. Was ich so gehört habe, soll die Kleine ja besonders begabt sein, Musik, oder so.

Schielin ließ nur ein nachdenkliches »Mhm« hören. Sie schwiegen für eine Weile und jeder hing seinen Gedanken nach.

»Und du meinst an der Sache ist was Ernsthaftes dran? Vermisst? Ausgerechnet der Kandras?«, fragte Funk ungläubig.

»Schaut im Moment durchaus danach aus. Sein Porsche ist seit dem Wochenende in der Fahndung und bisher liegt null Ergebnis vor. Das ist bei so einer Kiste wirklich ungewöhnlich, oder? Das hat doch jede Streife sofort im Blick und normalerweise ist es in zwei, drei Tagen erledigt.«

Funk überging das Gesagte weil es selbstverständlich war.

»Na ja. Schon ein eigentümliches Gespann, der Kandras und der Banker«, sagte er nachdenklich und schob ein paar Blatt Papier hin und her. »Der See hier zieht solche Leute an, oder er macht sie.«

Schielin nahm den Kopf zurück und sah ihn fragend an. Funk erklärte. »Es gibt hier am See eben einmal die *Nur-Reichen*. Man kennt sie. Dann sind da die *Reichen und Schönen*, wobei es sich dabei in der überwiegenden Zahl um Reiche handelt, die sich die Schönheit durch Heirat in die Familie geholt haben. Schließlich die äußerst seltene Art der *Gebildeten und Reichen*. Das sind die Scheuesten; sie halten sich vornehm zurück, genießen den See, das Leben, ihre relative Anonymität und meiden die Öffentlichkeit. Schließlich noch die *Ganz-schön-Reichen …*«

»Und was ist mit den *Schönen-Gebildeten-Reichen*«, fragte Schielin lächelnd nach.

Funk winkte ab. »Gibt's nicht.«

»Zu welcher Gruppe gehört denn Kandras?«

»Ganz schön reich«, lautete Funks trockene Antwort.

»Und Kehrenbroich?«

»Reichlich gebildet.«

Schielin schüttelte den Kopf. »Wie kommst du bloß auf so ein Zeug?«

Funk zuckte mit den Schultern. »Man macht sich halt so seine Gedanken und legt sich eine eigene kleine, übersichtliche Welt zurecht. Und in meinem Metier kommt man im Laufe der Zeit zwangsläufig dazu, die Kundschaft auch jenseits der ordnenden Kraft von Tatbeständen einzuteilen. Muss ja nicht richtig sein. Wenn ich zum Beispiel bei der Sitte wäre, dann …«, er unterbrach sich selbst mit einer unwirschen Handbewegung, sah zu Schielin und fragte: »aber Mal was ganz anderes, Conrad! Was macht eigentlich Ronsard?«

Schielin schob sich langsam aus dem Sessel, verzog sein Gesicht, wobei nicht deutlich wurde, ob ihm Funks Frage oder ein körperliches Gebrechen Schmerzen bereiteten.

»Schreit nicht mehr«, entgegnete er nüchtern.

Funk knurrte, wog stumm den Kopf.. »Und wo steckt Lydia?«

»Überstunden«, murrte Schielin und tappte nachdenklich zum Büro zurück, wo er sich daran machte die erforderlichen Routinearbeiten zu erledigen.

Er telefonierte mit Kandras Frau und vereinbarte ein Treffen noch am Vormittag. Kehrenbroich war wegen einer Besprechung nicht zu erreichen. Seine Sekretärin sagte ihm aber für den Nachmittag einen Termin zu. Nachdem er kurz darauf mit den Kollegen vom Streifendienst gesprochen hatte, um sich zu vergewissern, dass keine neuen Informationen vorlagen, ging er zu Kimmel, dem Kripochef, und unterrichtete ihn über den Sachstand. Dann holte er sich ein Auto und machte sich auf den Weg.

Nur noch der alte grüne BMW war frei. Die Sitze waren durchgesessen, die Kiste hatte keine Servolenkung und im gesamten Landkreis war das Auto als Bullenkiste bekannt. Bremsen und Lenkung funktionierten mehr oder weniger mechanisch, was Schielin in den beiden Aeschacher Kreiseln deutlich feststellen musste. Seine Kolleginnen weigerten sich aus genau diesem Grund mit dem Auto zu fahren, was bei Kaffeerunden freudigen Anlass zu pseudofundamentalen Diskussionen zum immer wieder auflodernden Thema *Frauen bei der Polizei* Anlass gab.

Langsam gluckerte der BMW durch die Wackerstraße und erreichte kurz darauf die Schachenerstraße. Anna Kandras wohnte zwar nicht direkt am Seeufer, aber gleich in nächster Nähe. Er war gespannt auf die Frau. Am Telefon hatte sie eine angenehm unaufgeregte Stimme. Nein, das war nicht korrekt, widersprach er sich in Gedanken – sie hatte eine erotische Stimme. Er versuchte sich vorzustellen, wie sie wohl aussah, ließ die Spielerei aber gleich wieder sein und bog in den Lindenhofweg ein. Anna Kandras Haus verbarg seine Schönheit hinter einer undurchsichtigen Umfriedung aus Hecken und Büschen, die wiederum einen

Stahlzaun versteckten. Schielin klingelte an der eisenbeschlagenen Holztür und wurde sofort eingelassen. Vom Haus her war Hundegebell zu hören. Es klang nach etwas Kleinem. Eine mächtige Markise breitete Schatten über der Terrasse aus und zwei Liegen, nicht direkt nebeneinander sondern einige Meter voneinander entfernt, standen auf der akkurat gepflegten Rasenfläche. Handtücher lodderten darauf. Kein Pärchen, dachte Schielin und ging langsam weiter, nahm Notiz von den breiten Fugen zwischen den Natursteinen, die den Weg zum Hauseingang wiesen, wo Anna Kandras die Tür öffnete

Sie stand aufrecht in der Tür. Ihre Arme hingen locker herab; sie hatte also keine Verlegenheitsgesten notwendig, registrierte Schielin. Keine Finger, die aufgeregt miteinander spielten, keine verschränkten Arme. Sie strahlte Selbstbewusstsein aus. Ihre leicht gewellten, schulterlangen Haare glänzten im Sonnenlicht und verrieten auch die leiseste Bewegung ihres Kopfes durch sanften Schwung. Eine helle, lockere Sommerbluse fiel über eine bequeme, cremefarbene Baumwollhose. Keines der Kleidungsstücke war darauf ausgelegt, die verhüllten Körperteile auf besondere Weise in Szene zu setzen. Und gerade diese inszenierte Lockerheit richtete Schielins Gedanken auf den Körper, der sich unter weichem Faltenwurf verbarg; dessen Haut vermutlich in gleichem Maße gebräunt war wie die ihres Gesichts. Keine Sonnenstudiobräune mit jenem kränklich wirkenden Gelbstich. Anna Kandras war zurückhaltend und auf natürliche Weise gebräunt.

Ein auffordernder Blick und ein leise gesprochenes »Bitte«, leiteten Schielin durch den Flur in einen einzigen großen Raum. Breite Dielen verströmten Ruhe und Geborgenheit. Zwei Fixpunkte gaben dem Raum inneren Halt. Mittig ausgerichtet, der breiten Fensterfront zugewandt, dominierte eine dunkelblaue Sitzgruppe, bestehend aus drei Sofas und einem Sessel, in schlichter Eleganz. Die zum Garten hin weisende Hausseite bestand aus einer nur von Rahmenteilen unterbrochenen Glasfront. Die Schiebetüren waren weit geöffnet und ließen immer wieder einen frischen Hauch in den Raum. Seitlich an den Wänden standen Regale, übervoll mit Büchern. Stehend, liegend, gekippt, teilweise aufgeschlagen. Zum Boden hin verdichtete sich das Chaos und Bücher, Magazine, wie ledergebundene Wälzer verließen die Ordnung der Regalböden und nahmen in kniehohen Stapeln am Boden verteilt Raum ein.

Im hintern Bereich des Raumes, der durch zwei Stufen höher gesetzt war, stand ein Flügel, halb geöffnet. Notenstapel wucherten neben dem Hocker in die Höhe.

Schielin folgte Anna Kandras auf die Terrasse und sog die Eindrücke ein. Wie um alles in der Welt kam Kandras zu dieser Frau? Andererseits musste er sich die Frage stellen, was Anna Kandras veranlasst hatte, sich mit einem Mann wie Kandras einzulassen.

Er nahm in einem weich gepolsterten Gartensessel Platz. Eine leichte Brise brachte die Markise leicht zum Flattern und er hätte sich gerne mit geschlossenen Augen nach hinten fallen lassen. Aber das wäre eine Sünde gewesen angesichts seiner Gesprächspartnerin. Schielin holte sein Notizbuch aus dem Jackett, behielt es in der linken Hand und verneinte die Frage, ob er etwas trinken wolle, während er überlegte, wie er das Gespräch gestalten sollte. Das alte Frage- Antwortspiel erschien ihm vorerst nicht geeignet zu sein. Würde sie sich animieren lassen einfach zu erzählen?

Das wäre ihm im Moment lieber und hätte ihm Zeit gegeben zu überlegen und zu schauen. Er versuchte es.

»Frau Kandras. Wie sie ja inzwischen wissen, hat Herr Dr. Kehrenbroich am Samstag ihren Mann als vermisst gemeldet ...«

Er wollte gerade weitersprechen, als sie die kurze Pause nutzte um einzuhaken. »Sie werden sich sicher wundern, weshalb dies durch Herrn Dr. Kehrenbroich geschehen ist?«

Schielin hob wie entschuldigend beide Hände, ohne ihre Frage zu beantworten. Was hätte er auch sagen sollen.

Sie ließ die Pause nicht zu lange werden und sprach mit ruhiger Stimme weiter. »Ich lebe seit vielen Jahren getrennt. Wir sahen uns äußerst selten, denn das Wenige, was wir miteinander zu besprechen hatten, ließ sich auch telefonisch abwickeln. Wir sind aber nicht geschieden, was geschäftliche Gründe hat, die ich nicht erörtern möchte. Ich kann Ihnen über seine Lebenssituation also überhaupt nichts erzählen und habe auch keine Kenntnisse darüber, wie er seine Tage zugebracht hat, mit wem er sich traf oder welche geschäftlichen Verpflichtungen er in letzter Zeit wahrzunehmen hatte.«

Sie hielt einen Augenblick inne und fügte ernst und nachdrücklich hinzu: »Und das alles interessiert mich auch nicht.« Es klang nicht einmal zynisch.

Schielin verbarg seine Verwunderung. Er hatte an ihrer höflichen und bestimmten Art, mit welcher sie versuchte das Gespräch zu bestimmen, gemerkt, dass es weniger auf das ankam, was sie sagte, als vielmehr darauf, wie sie es sagte. Also galt seine Aufmerksamkeit in besonderem Maße den Untertönen und Schwingungen ihrer Stimme. Die

Festigkeit ihrer Stimme, die Bestimmtheit, mit der sie ihre Worte gesprochen hatte, im Einklang mit ihrem von jeglicher emotionaler Regung befreitem Gesichtsausdruck. Diese gelungene kleine Inszenierung machte Schielin klar, dass ihr letzter Satz eine Lüge gewesen war. Sie interessierte sich sehr wohl für alles, was mit ihrem Mann zu tun hatte. Und noch etwas war ihm aufgefallen. Die Selbstverständlichkeit in welcher ihr die Vergangenheitsform über die Lippen ging. Als spräche sie von einem schon lange Verstorbenen und nicht von einem wenige Tage vermissten Mann. Diese wunderschöne Frau verbarg etwas vor ihm und – sie unterschätzte ihn. Im Moment jedoch fehlten ihm die erforderlichen Informationen, um ihr mit Fragen zusetzen zu können. Daher entschied er sich für die althergebrachten Standards.

»Wann haben Sie ihren Mann denn zuletzt gesehen, oder mit ihm telefoniert.«

Sie überlegte nicht. »Letzte Woche … wir telefonierten.«

»In welcher Angelegenheit?«, fragte er höflich aber so schnell nach, dass deutlich wurde, dass er nicht gewillt war sich abfertigen zu lassen. Und da er sich sicher war, dass diese Frau wusste, welche Ausstrahlung ihr anheim gegeben war, sollte sie wissen, dass ihn das trotzdem nicht vergessen ließ, aus welchem Grund er hier war.

Sie beugte sich nach vorne und zog eine Zigarette aus dem Lederetui, das auf dem Tisch lag. Dabei rutschte der Ärmel ihrer Bluse ein Stück nach hinten und gab den Blick auf einen gebräunten Arm frei. Schielin fiel das Spiel der Muskeln auf. Sie vollzog ihre Bewegungen langsam, als genösse sie jede Sekunde, die dabei verstrich. Zeit, welche ihr Gegenüber verstreichen lassen musste. Warten musste. Sie zündete die Zigarette mit einem kleinen goldenen Feuerzeug an, inhalierte genüsslich und blies den Rauch mit in den Nacken geworfenem Kopf und geschürzten Lippen unter die Markise.

»Geld«, sagte sie dann ruhig, legte dabei den Kopf schräg und blickte Schielin ausdruckslos an. Schielin blieb gelassen. Hier wurde kein Gespräch geführt, sondern Machtpositionen geklärt.

»Gab es finanzielle Probleme?«, formulierte er die Frage sehr allgemein.

»Ich habe wahrhaftig keine finanziellen Probleme und gehe davon aus, Kandras hatte die ebenfalls nicht«, lautete die knappe Antwort.

Es war das erste Mal, dass sie direkt von ihrem Man sprach und es tat ihm fast weh, welche Distanz sie damit fähig war auszudrücken. Schielin überspielte seine kurze Verunsicherung mit einem freundlichen Nicken, das sicher etwas dümmlich wirkte, und überlegte, wie Kandras eigentlich mit Vornamen hieß, bevor er weitersprach.

»Das ist gut, wenn man das sagen kann, keine finanziellen Probleme zu haben. Aber wenn Sie seit Jahren kaum noch Kontakt mit Ihrem Mann hatten, woher wissen Sie dann so genau über seine geschäftlichen Verhältnisse Bescheid?«

»Weil es meine geschäftlichen Verhältnisse sind«, entgegnete sie mit einem Lächeln und blies betont langsam den Rauch des letzten Zuges zur Seite weg, was dem Akt eine laszive Note gab.

Schielin wartete, bis sie sich ihm wieder zuwandte, und sah sie stumm an. Sie würde schon weitersprechen, denn eines war ihm klar geworden. Sie war auf seinen Besuch vorbereitet. Wie er vermutete, kam sie seiner Erwartung nach und setzte ihre Erklärung fort.

»Die Verwaltungsgesellschaft befindet sich mehrheitlich in meinem Besitz. Kandras war daran beteiligt und hat die Geschäfte geführt. Daneben war er als selbstständiger Immobilienmakler tätig. Auch wenn wir uns getrennt hatten, gab es keinen Grund für mich, geschäftlich getrennte Wege zu gehen. Anfangs hatte ich das zwar vor, doch man muss das voneinander trennen können, und es wäre auch eine sehr komplexe Sache geworden, von der nur Anwälte profitiert hätten.«

»Mhm. Und es gab niemals Irritationen oder dergleichen?«

Sie lächelte wohlwollend. »Nein. Nie. Unsere Anwälte haben das geregelt.«

»Wie kann ich denn die Formulierung *unsere Anwälte* verstehen«, hakte Schielin nach.

Sie lächelte milde. »Die Anwälte meiner Familie.«

»Ah ja.«

Schielin wechselte zu organisatorischen Dingen und dachte nicht weiter darüber nach, aus welchen Gründen eine Familie Anwälte benötigte.

»Haben Sie einen Schlüssel zur Wohnung ihres Mannes?«

»Ich bitte Sie! Natürlich nicht!«, bekam er mit einem Hauch leichter Entrüstung zu hören.

»Wissen Sie vielleicht, wer über einen Schlüssel verfügt. Ich lasse Wohnungen ungern gewaltsam öffnen.«

Sie nickte verständnisvoll und nahm das Handy vom Tisch. Mit zusammengekniffenen Augen blätterte sie in der Liste des Telefonbuchs und sagte schließlich: »Frau Schaufler. Sie ist die Putzfrau und dann ist da noch die Sekretärin«, sie unterbrach kurz, »den Namen weiß ich nicht, aber die Nummer kann ich Ihnen geben. Das Büro von Kandras befindet sich im Haus, direkt unter der Wohnung. Die Sekretärin hat sicher auch einen Schlüssel.«

Schielin notierte sich Namen und Telefonnummern und fragte währenddessen, ohne sie dabei anzusehen: »Machen Sie sich eigentlich Sorgen um Ihren Mann?«

Er kritzelte umständlich herum, weil sie schwieg und er sie nicht ansehen wollte. Endlich hörte er: »Die Fragestellung trifft nicht zu.«

Er verbarg seine Verwunderung.

»Haben Sie irgendeine Vorstellung davon, wo Ihr Mann sein könnte, oder was geschehen sein könnte? Ich gehe davon aus, dass eine solche Situation in der Vergangenheit noch nicht vorgekommen ist.«

Ihre Stimme klang ein wenig verständnisvoller als zuvor. »Sie vermuten richtig. Das ist eine völlig neue Situation. Allerdings habe ich dafür keinerlei Erklärung.«

Schielin sah für einen kurzen Augenblick in ihre dunklen Augen. Was war geschehen, dass diese Frau es unter allen Umständen vermied, von Kandras als von ihrem Mann zu reden?

»Kennen Sie Herrn Dr. Kehrenbroich?«

Sie nickte. »Natürlich. Wir verkehren im selben Bekanntenkreis und es gibt zudem geschäftliche Beziehungen.«

»Schließen Sie in das *wir* ihren Mann mit ein?«

Sie lachte kurz und leise. Es klang vergnügt, doch lag eine tiefe Ehrlichkeit in dieser kurzen emotionalen Unachtsamkeit. »Nein. Kandras zählt nicht dazu. Mit Doktor Kehrenbroich verbinden mich vor allem geschäftliche Dinge.«

Schielin setzte ein Bestätigungslächeln auf und meinte: »Ja. Es ist schön, wenn man gute Freunde hat.«

Ein neutrales »Mhm« blieb ihre Antwort.

Er kam zur Ansicht, dass er es fürs Erste bei diesem Gespräch belassen sollte und verabschiedete sich gekonnt hölzern. Nicht jedoch, ohne vorher in einem günstigen Moment seinen Autoschlüssel im Polster des Sessels zu deponieren. Er war einfach neugierig geworden, für wen die zweite Liege vorgesehen war. Vielleicht für die Tochter, aber man konnte ja nicht wissen. Langsam ging er zum Auto, wartete vier Minuten, und ging dann zurück. Das Tor wurde wieder sofort geöffnet. Die Liegen waren immer noch leer, doch die Tür stand halb offen. Er klopfte höflicherweise an, blieb im Eingang stehen und rief ein lautes »Hallo«, denn dieser sorgenlose Empfang konnte unmöglich für ihn sein. Anna Kandras kam mit schnellen Schritten die Treppe herunter, blieb auf halber Höhe stehen und sah ihn verwundert an. Er gab den Tölpel, hob entschuldigend die Hände und log, dass er seinen Schlüssel wohl habe liegen lassen, was sie offensichtlich zu erleichtern schien, denn sie lächelte mild und verständnisvoll, geleitete ihn zur Terrasse und tatsächlich lag da dieser hilfreiche Schlüssel im Polster. Er grinste verlegen, verabschiedete sich erneut und wandte sich dem Ausgang zu.

Er wusste nicht, wo sie plötzlich hergekommen war. Vielleicht hatte er sie auch beim Eintreten übersehen. Am Flügel stand ein schlankes hübsches Kind mit bleichem Gesicht, roten Lippen und langen, glatten schwarzen Haaren. Eine psychedelische Kopie von Anna Kandras. Stille umgab den reglosen Körper, der in leichten weiten, in Blautönen changierenden Stoff gekleidet war. Allein die Augen bewegten sich, folgten Schielins langsamer werdenden Schritten. Dunkle Augen, denen noch der entschlossene Glanz der Mutter fehlte, fixierten ihn stumm. Und da war noch etwas anderes, eine besondere Kraft, die von ihr ausging. Er überlegte und ihm fiel das Wort Aura ein. Diese elfenhafte Erscheinung also war Anna Kandras' Tochter. Er dachte an seine beiden Töchter, die schon etwas älter waren. Vierzehn und siebzehn. Aber der Unterschied war fühlbar. Seinen beiden war jegliche Elfenhaftigkeit fern.

»Das ist Nora«, hörte er Anna Kandras in seinem Rücken sagen. Er nickte dem Mädchen zu und verließ das Haus.

»Polizei?«, fragte Nora ihre Mutter, einige Sekunden nachdem Schielin die Tür hinter sich zugezogen hatte.

Anna Kandras stand ihrer Tochter gegenüber und nickte stumm.

»Er ist tot, oder?« sagte Nora mit leiser Stimme.

Ihre Mutter ging einen Schritt auf sie zu. »Wie kommst du denn darauf?«

Nora schwieg und sah ihr ernst in die Augen.

Anna Kandras stellte sich dicht vor sie und zog sie vorsichtig an den Schultern zu sich heran. Hatte sie vielleicht dem Gespräch auf der Terrasse gelauscht? Nora drehte ihren Kopf zur Seite und lehnte ihre Wange an die Schulter ihrer Mutter. So blieben sie eine ganze Weile stehen, ohne ein Wort miteinander zu wechseln.

»Du brauchst dir keine Sorgen zu machen«, flüsterte Anna Kandras leise und strich ihr sanft über den Kopf. Als sie kurz darauf das ihr bekannte Motorengeräusch von draußen hörte, hob sie den Kopf ihrer Tochter zart an. »Geh bitte wieder nach oben, ja.«

Nora folgte, ohne das Bewusstsein dafür zu haben, dass sie folgte; wie Wasser, das dem Flussbett folgte.

Schielin war zu seinem Auto gegangen und einmal um den Block gefahren. Dann parkte er in einer geeigneten Hofeinfahrt, von wo aus er den Eingang zu Anna Kandras Haus beobachten konnte. Er wollte wissen, für wen die offen stehende Tür gedacht war, wen sie erwartet hatte. Die Sonne erzeugte innerhalb von Minuten saunawürdige Temperaturen im alten BMW. Das Leiden hielt sich dennoch in Grenzen, denn bald bog eine schwarze S-Klasse mit äußerst auffälligen Alufelgen um die Ecke. Ein hochgewachsener, schlaksiger Mann in dunkelgrauem Anzug enthob sich umständlich dem Wagen. Schielin musste nicht lange herumraten. Das Lindauer Kennzeichen trug die Kürzel *A* und *K*. Das konnte eigentlich nur Dr. Arnulf Kehrenbroich sein. Der ging zielstrebig zum Eingang des Hauses, benötigte keine suchenden Blicke. Er kannte sich also aus.

»So sehen also die geschäftlichen Verbindungen aus. Gemeinsamer Bekanntenkreis«, murmelte Schielin und zog seinen Kopf zurück. Schielin rief kurzerhand in der Bank an. Er bat Kehrenbroichs Sekretärin, ihn doch schnell mit dem Chef zu verbinden, da er eine dringende Frage hätte, die er auch telefonisch beantworten konnte.

Sie wimmelte gut ab, log professionell, mit freundlicher, warmer und ruhiger Stimme; Kehrenbroich sei noch in einer Besprechung. Schielin grinste. Eine loyale Angestellte. Er würde ihr nichts glauben können, käme es dazu, sie zu vernehmen.

Schau an mein Lieber, dachte Schielin, das ist also die Besprechung, welche Kehrenbroich so unabkömmlich machte. Was mochte Anna Kandras und diesen Banker wohl wirklich verbinden? Und aus welchem Grund musste Kehrenbroich sich so dringend mit ihr unterhalten, noch vor dem Gespräch mit ihm? Und auch noch persönlich. War den beiden das Telefon zu unsicher?

*

Er fuhr los und am Aeschacher Kreisverkehr zog es ihn wie magisch rechter Hand in Richtung Langenweg, und von dort hinunter zu den Bahngleisen und weiter zur Insel. Was sollte er jetzt auch auf der Dienststelle tun. Lydia war eh nicht im Büro und damit blieb bedauerlicher Weise die Möglichkeit versagt, den mageren Wissensstand zu bequatschen. So fügte er sich in den der frühen Saison entsprechend dichten Verkehr ein, und stoppte mehr als dass er fuhr, der Insel entgegen. Wenigstens blieben die Schranken offen. Endlich angekommen, stellte er den BMW im Halteverbot vor dem Bahnhof ab. Das garantierte den kürzesten Fußweg in den Hafen, wo einige Busladungen aufgeregter Ausflügler im Hauptdeck der *Karlsruhe* verschwanden. Schielin sah nach oben zur Brücke, in der Hoffnung Wolfram zu entdecken, doch das Gesicht, das er hinter den spiegelnden Scheiben der Führerkabine erkennen konnte, war ihm fremd. Er folgte weiter dem Hafenbecken, nahm die Parade der Hotelreihe ab und tauchte ein in die Geräuschwelten des Hafens – dem hysterischen Kreischen der Möwen, dem dumpfen Tuckern der Schiffsdiesel, dazwischen Kindergeschrei, Musikfetzen aus Cafés, Klappern und Klirren von Geschirr und Gläsern und ab und an das Wischen eines Windzuges am Ohr. Und darüber wie darunter, hörbar oder nicht, immer das Walzen des Sees.

Er fühlte Leichtigkeit. Auf ihn wirkte diese tönende Lebhaftigkeit keinesfalls hektisch. Sie vermittelte vielmehr ein wohliges Gefühl von Unbeschwertheit – ein paar Minuten Urlaub. So wir er die Stille brauchte und suchte, das Naturerleben, so gierte er auch nach diesen Spaziergängen durch den Hafen und die Gassen der Insel. Dann konnte ihm seine Stadt gar nicht voll genug sein. Er fühlte sich wohl in diesem gezügelten Sein und blickte nach rechts zum See. Die Sonne stand zwischen Bayerischem Löwen und Leuchtturm. Es war ein ungewöhnlich heißer Tag im Mai. So musste es sein zu dieser Zeit, bei diesem Wetter – voller Menschen und voller Klang, ohne jede marktschreierische Attitüde, die der weltoffenen Bürgerlichkeit und reichsstädtisch geprägten Historie auch nicht angemessen gewesen wäre.

Er nahm einen Cappuccino im Café Schreier und dachte über den Fall Kandras nach ohne recht weiterzukommen. Im Gewirr der Menschen sah er plötzlich den verrückten Josef. Obwohl er sich den Geschwindigkeiten der um ihn herumtreibenden Menschen anpasste, war er schnell auszumachen. Er ging wie eine Marionette, schwingend, federnd. Beine, Arme und Kopf wippten träge nach, wenn auch nur einer von ihnen in Bewegung geriet. So schwang sich die gebogene Gestalt des verrückten Josef vom Bahnhof kommend in Richtung Brettermarkt. Er trug braune Sandalen, grün-rot gemusterte Strümpfe, eine viel zu weite schwarze Cordhose. Darin steckte ein Bergsteigerhemd mit weitem

Kragen. Ein altersschwacher Hosenträger hielt den Hosenbund etwas über Bauchnabelhöhe, und so sah es aus, als hinge der schlanke Körper in einer sich von selbst bewegenden, schwarzen Cordhose. Da Josefs Nacken gekrümmt war, konnte er zur Seite hin nur dann blicken, wenn er den Kopf drehte. Und da Josef unbändig neugierig war, sah er ständig nach links, nach rechts, ließ dabei die Zunge immer wieder über die Lippen gleiten und drehte die Augen weit heraus. Manchmal geschah es, dass ein Gast in überraschter Konfrontation mit dieser Gestalt erschrocken auswich. Schielin kannte Josef seit der Kindheit und er war sich sicher, dass der Kerl überhaupt nicht verrückt war, auch wenn alle ihn verrückt nannten. Er war lediglich ein Kind geblieben, dass nun im märchenhaft verrenkten Körper eines Mannes sein Dasein fortführte.

Wenn Josef wild drauf war, ging er schon mal an einen der Tische, soff schnell ein fremdes Glas Bier leer, und rannte dann feixend und mit lautem Freudengekreisch davon. Einmal hatte Schielin beobachtet, wie er vor dem alten Rathaus stand, starr und bewegungslos, mit abenteuerlich verdrehtem Kopf die bemalte Fassade betrachtete, dabei mit der rechten Hand in Blickrichtung deutete. Kaum hatte sich eine kleine Ansammlung Neugieriger um ihn geschart, drehte er sich mit einem Sprung um, bleckte die Zähne, streckte die Zunge mit einem lauten »Bähhh« heraus und sprang, so wie es ihm eben möglich war zu springen, davon.

Schielin wartete bis er auf seiner Höhe war und rief ihn. Er kam, zog Schielin zur Begrüßung zuerst unsanft am Haar, knuffte ihn dann freundschaftlich mit den Handknöcheln in die Wange und fragte mit dem ihm eigenen animalisch gehauchten Lauten, wie es ihm ginge. Schielin ignorierte die verstohlenen, teils erschrockenen, teils neugierigen Blicke der Umsitzenden, grinste und wog den Kopf dabei. Josef lachte. Dann zwickte er Schielin in die Schulter und presste ein heiseres »Äsl« hevor. Josefs Sprache war verwaschen und brachte immer etwas bedrückend Düsteres mit sich.

Als Josef ihn anstieß und »Polezei? Hm!« sagte, sah Schielin ihn ernsthaft an und antwortete, dass er jemanden suchen müsse, der verschwunden war. Josef blickte betroffen und nickte.

»Kandras«, sagte Schielin in das kurze Schweigen, ohne darüber nachzudenken, weshalb er den Namen nannte. Die Wirkung auf den verrückten Josef erschütterte ihn. Mit einem erschrockenen, zugleich angstvollen »Ah« fuhr der zusammen, fing ein aufgeregtes Zappeln an und stob davon. Erst geradewegs Richtung Mangenturm, dann nach rechts weg, zum Bahnhof vor. Dabei schlenkerten Arme und Beine, begleitet vom hochfrequenten Nicken des Kopfes, als zögen unsichtbare Gummifäden unkoordiniert an allen Extremitäten. Schielin war ebenso erschrocken und sah ihm nach. Was hatte er mit Kandras zu tun? Und was machte ihm so Angst, wenn er den Namen hörte?

*

Das alte Bürgerhaus, in dem *Faynbach & Partner* ihre Büros hatten, befand sich nicht weit vom Hafen entfernt, in der Ludwigstraße. Auf diesen Kehrenbroich war er sehr gespannt. Die Büroräume waren eine Enttäuschung für Schielin. Er hatte noch nie Gelegenheit, die Räume einer Privatbank aufzusuchen, weder dienstlich, und privat schon gar nicht. Er hatte aber ganz konkrete Vorstellungen davon, wie solche Orte des Kapitals beschaffen sein sollten.

Er erwartete Stille. Zuallererst musste es still sein. Eine Stille die sich aus den Mengen der Gelder und Anlagen ergab, über deren Existenz seine Besitzer wohliges Schweigen ausbreiteten. Allenfalls wurden an Mahagonitischen halblaute Gespräche über wichtige Dinge geführt, wobei das Gesprochene von Wänden, Böden und Mobiliar geradezu aufgesogen werden musste. Und damit dieses Schweigen, diese Stille greifbar wurde, erwartete er alte Dielen, die, wenn teure Lederschuhe sie mit festem Schritt walkten, auch knarren durften. An den Wänden sollten schmale Sideboards aus edlem Holz stehen, darauf Vasen, immer mit frischen Blumen, und darüber schließlich eine Reihe von Ölbildern, anfangend bei den Gründern bis hin zum letzten Direktor. So gehörte sich das, weil es in amerikanischen Filmen auch immer so dargestellt wurde.

Schielin traf einen Ort an, hinter dessen Türen auch ein Zahnarzt seine Arbeit verrichten hätte können. Keine Dielen, keine Ölbilder, kein Schweigen. Stattdessen Nüchternheit. Dem Zeitgeist entsprechende Nüchternheit und digitale Strenge moderner Geldbewirtschaftung. Die Möblierung erfüllte die an sie gerichteten funktionalen Anforderungen. Repräsentatives war nicht zu finden. Damit hätte man leben können. Schockiert war Schielin allerdings von dem, was da an den Wänden hing. Kunstdrucke! Billige Drucke in Baumarktrahmen! Was war das für eine Privatbank? Dann noch die Auswahl der Motive. Franz Marcs Turm der blauen Pferde hing neben Monets Gartenteich. Die teuersten Sonnenblumen der Welt durften natürlich nicht fehlen, dazu ein wenig Popart. Schielin suchte nach einem Motiv von Spitzweg, das auch noch gut gepasst hätte. Und Stille? Das Telefon piepte unerträglich hoch und aus unsichtbaren Lautsprechern drang die Zwangsfröhlichkeit von Antenne Bayern.

Schielin entschuldigte sich bei Kehrenbroichs Sekretärin für sein zu frühes Erscheinen. Da der Chef noch nicht im Hause war, wie er erfuhr, wartete er in einem nüchternen Besucherraum. Wenigstens das Ledersofa war einigermaßen gemütlich. Schielin war verwundert. Vielleicht war das alles ja auch von Artdirektoren entworfen und vermittelte auf subtile Weise eine Botschaft, die einem erst ab bestimmten Kontoständen erfahrbar wurde? Schielin beschloss, sich dieses Unternehmen genauer anzusehen.

Er hörte unterdrücktes Reden im Vorzimmer und kurze Zeit später wurde er in das Büro von Kehrenbroich gebeten. Mit Zahnarzt hatte er gar nicht so falsch gelegen. Kehrenbroich saß aufrecht und mit ernstem Gesicht hinter einem gläsernen Schreibtisch. Schielin wartete förmlich auf ein »Na was haben wir denn«.

Akten, Dokumente oder sonstiges, was an Arbeit erinnern könnte, suchte Schielin vergeblich. Ein schwarzes Telefon, an der Seite des Tisches ein Flachbildschirm und daneben ein voluminöser Montblanc, das waren die einzigen Insignien der Macht. Kehrenbroichs aufgesetzte Ernsthaftigkeit war nicht authentisch und konnte Schielin nicht überzeugen. Gerade die gänzlich abwesende Gelassenheit seines Gegenübers machte ihn zum geborenen Opfer für einen erfahrenen und zu jeder Gemeinheit bereiten Gendarmen, denn – Kehrenbroich war kreidebleich. Er hatte also Angst, und wenig Nerven. Aber weswegen nur? Schielin nahm auf dem Besucherstuhl Platz und dachte an Funks Sessel. Welch ein Abstieg. Er schwieg und sah Kehrenbroich aufmunternd an. Schließlich war der in seinen eigenen vier Wänden und sollte das Gespräch beginnen. Kehrenbroich ließ sich durch Schielins Geste tatsächlich animieren.

»Sie sind von der Polizei«, sagte er feststellend und musste sogleich räuspern. Oh je, dachte Schielin, und blieb erst einmal wortkarg.

»Ja.«

»Sie kommen sicher wegen der Sache von Herrn Kandras zu mir?«

»Der Sache?«, fragte Schielin und runzelte die Stirn.

»Na ja. Ich meinte in der Vermisstensache Raimund Kandras. Ich war es doch, der das gemeldet hat, bei der Polizei.«

Schielin richtete sich auf. »Ja. Deswegen bin ich hergekommen. Mich interessiert, was Sie dazu bewogen hat, Herrn Kandras als vermisst zu melden.«

Kehrenbroich sah Schielin fragend an.

»Es ist nun doch ungewöhnlich, dass ein Bankdirektor eine Person als vermisst meldet und niemand aus der Familie. Soweit ich informiert bin, waren Sie mit Herrn Kandras ... nur geschäftlich verbunden«, sagte Schielin und lächelte vertrauenswürdig.

»Ja. Das sind Sie richtig informiert«, entgegnete Kehrenbroich zurückhaltend und setzte hinzu: »Haben Sie denn schon etwas erfahren können?«

»Nein. Bis jetzt noch nicht. Die Fahndung läuft und wir denken, dass das Auto uns da weiterhelfen wird«, lautete Schielins Antwort. Dann fragte er erneut: »Von Seiten der

Familie, von Freunden oder Bekannten hat sich bei uns noch niemand gemeldet«, und mit einem Lachen fügte er an, »... nur Sie scheinen Herrn Kandras zu vermissen!«

»Mhm. Nun ja. Also, das mag Ihnen vielleicht ungewöhnlich erscheinen. Es ist aber schon zu erklären. Wir, also die Bank, sind mit Herrn Kandras seit längerer Zeit in verschiedene Projekte involviert. Sehr umfangreiche Geschichten. Wir hatten in der letzten Woche einige wichtige Termine vereinbart, zu denen Herr Kandras nicht erschienen ist, uns aber auch keine Absage hat zukommen lassen. Das ist nicht seine Art, verstehen Sie? Er ist sonst sehr zuverlässig, und da habe ich mir eben Gedanken gemacht. Als dann zum Wochenende hin immer noch keine Nachricht von ihm eingetroffen war, bin ich zur Polizei gegangen. Das war doch nicht falsch, oder?«

Schielin schüttelte wohlwollend den Kopf. »Nein, Nein. Überhaupt nicht Herr Kehrenbroich. Überhaupt nicht. Ich frage das auch nur aus reiner Routine.«

Kehrenbroich nickte. »Es gibt also noch keine Neuigkeiten, noch keine Information über den Verbleib von Herrn Kandras?«

»Nein. Leider.«

Nach einer kurzen Pause fragte Schielin: »Sie sagten vorhin *unsere Bank*. Wenn ich Sie fragen dürfte, wie kann man das verstehen. Ist die *Faynbach & Partner* im Besitz ... Ihrer Familie?«

Kehrenbroich missfiel diese Frage sichtlich. »Ich sagte *unser Haus*. Es mag sein, dass Sie das interessiert. Ich denke aber nicht, dass eine Auskunft über die Eigentümerstruktur unseres Hauses Ihnen helfen wird, die an Sie gestellte Aufgabe zu bewältigen.«

Respekt!, dachte Schielin, und fragte sich, aus welchem Grund Kehrenbroich so verbissen und unprofessionell reagierte. So ein Verhalten offenbarte letztlich große Unsicherheit mit der Situation umzugehen.

Schielin piekte noch mal. »Ich meine, wäre es vielleicht möglich, dass das Verschwinden von Raimund Kandras negative Folgen für die *Faynbach & Partner* haben könnte?«

Kehrenbroich war nun sichtlich gereizt. »Wie kommen Sie denn darauf? Es wird doch wohl noch möglich sein, sich um einen Geschäftspartner zu sorgen!«

»Ich komme nicht darauf, Herr Kehrenbroich. Es war nur eine Frage. Die an mich gestellte Aufgabe verlangt, solche Fragen zu stellen«, entgegnete Schielin ruhig.

»Also in keinster Weise hat das für die Bank … negative Folgen«, lautete Kehrenbroichs schmale Antwort.

»Haben Sie eigentlich Kontakt zur Familie von Herrn Kandras? Kennen Sie seine Frau, die Tochter?«

Kehrenbroich blieb schmallippig »Ja. Man kennt sich.«

Schielin hätte noch einige Fragen stellen wollen, entschied sich aber dafür, das vorerst sein zu lassen. Sollte Kandras wirklich nicht mehr auftauchen, würde er noch Gelegenheit haben, Herrn Direktor intensiver auf den Zahn zu fühlen. Doch dazu brauchte er ein wenig mehr Informationen über *Faynbach & Partner*. Er beendete er das Gespräch. Wenigstens lag die Bank günstig, um im Teeladen noch schnell einzukaufen und mit der Besitzerin ein Schwätzchen zu halten. Sie wusste über die Bank leider nichts zu erzählen. Die Leute gehörten nicht zur Kundschaft. Schielin fuhr zur Dienststelle zurück, wo er den unvermeidlichen Schreibkram erledigte und dann nach Hause fuhr.

Er war froh, heute nicht mit dem Fahrrad gefahren zu sein, denn er fühlte sich montagsmüde. Zu Hause angekommen, traf er Marja mit den beiden Töchtern Lena und Laura in der Küche an. Es war unmöglich nicht zu registrieren, dass die Stimmung weit jenseits von harmonisch war. Und das hatte diesmal nichts mit ihm zu tun. Er hatte einen eher unpassenden Augenblick für sein Kommen erwischt. Sein Gruß wurde von allen artig, jedoch ohne jegliche Euphorie erwidert. Er ging zu Marja, die an der Arbeitsplatte stand, ihm halb den Rücken zugewandt hatte und schweigend Kartoffeln schälte. Er fasste sie mit beiden Händen an der Seite und hauchte ihr einen kurzen Begrüßungskuss auf die Wange. Schweigen. Lena, mit vierzehn Jahren die Jüngere, fischte sich den halb vollen Müllbeutel und brachte ihn raus. Gar nicht dumm, dachte Schielin. Die Verzweiflung musste aber schon groß sein, dass derartige Arbeiten ohne Aufforderung verrichtet wurden, nur um der Situation zu entkommen. Laura, die Fünfzehnjährige, rutschte etwas unschlüssig auf dem Stuhl herum. Die Müllbeutelnummer war schon verbraucht und eine elegante Lösung daher in der Kürze der Zeit nicht verfügbar. Sie verzog sich wortlos.

Schielin schüttelte den Kopf und angelte sich ein Stück Bergkäse vom Brett. »Muss ich was wissen?«, fragte er und war froh, als seine Frau nur den Kopf schüttelte, ein weiteres Stück Käse mehr abschlug als schnitt, und mit einer aggressiven Bewegung in den Mund stopfte. Ihr zurückhaltender Zorn milderte sich, nachdem sie ein, zweimal heftig ihre Kiefer hatte mahlen lassen. Mehr Informationen brauchte er nicht. Er stöhnte mitfühlend, um seine Anteilnahme kundzutun. Es war einfach schwierig. Laura machte auch ihn manchmal schier wahnsinnig. Wobei er meinte,

Licht am Ende des Tunnels zu sehen. Seit einiger Zeit kam er besser mit ihren Eskapaden zurecht. Für eine Pubertierende war er nun eben mal Feindbild. Gerade er – ein Bulle. Ziemlich peinlich für das Töchterchen. Er hätte seine Haare grün oder rosa färben lassen können, sich ein ganzes Stachelschwein durch Oberlippe, oder sonst wo gut sichtbar und hinderlich, piercen lassen können – es hätte nichts genutzt. Gleich was er angestellt hätte. Für Laura war er Feindbild. Also ließ er es sein, sich in irgendeiner Weise zu verstellen, machte weder auf Kumpel noch auf Tyrann, blieb einfach wie er war und wartete. Wartete im Vertrauen darauf, dass die Zeit für ihn und Marja arbeitete und es vorübergehen mochte.

Jedenfalls war er heute froh, nicht in Details eingeweiht worden zu sein. Er zog sich um, setzte sich aufs Fahrrad und fuhr das kurze Stück hinüber zur umzäunten Streuobstwiese, um Ronsard einen Besuch abzustatten. Die beiden Friesen kamen sofort an den Zaun getrabt, als sie ihn erblickten. Am Lenker seines Rades baumelte der gelbe Eimer: Hafer mit Gerste. Im Gegensatz zu den Friesen verharrte Ronsard zunächst am anderen Ende der Weide, sah aufmerksam in Schielins Richtung und folgte dem, was sich vorne am Zaun tat. Langsam näherte er sich schließlich, mit überlegten und festen Schritten. Elegant sah das zwar nicht aus, aber es strahlte Selbstsicherheit und Beharrlichkeit aus. Schielin rieb ihm kräftig den Nasenrücken, als er endlich am Zaun angekommen war. Ronsard war groß. Viel größer als man sich einen Esel vorstellen mochte. Er war geradezu riesig. Wie es sich eben für einen fast reinrassigen *Grand-Noir du Berry* gehörte. Der stand nun auf einer Weide hoch über dem Bodensee – ein groß gewachsenes, stolzes Tier mit störrischem Kopf, glänzend schwarzem Fell und einer unglaublichen Tute von Schreiorgan, so dass es unmöglich war, ihn in nächster Nähe von Häusern unterzubringen. So war die alte Obstweide ein Stück draußen, nahe am Wald, gerade recht. Zurzeit allerdings war nichts mehr von Ronsard zu hören. Schielin wusste nicht weshalb, aber er schrie nicht mehr, und langsam begann er sich ein wenig Sorgen zu machen, denn er mochte seinen Esel. Die Friesen waren für Marja und die Kinder; Ronsard hingegen war ihm vorbehalten und bis heute hatte er es nicht bereut, ihn vor einigen Jahren in einer unüberlegten Aktion gekauft zu haben. Etwas eigenwillig zwar, aber andere legten sich Freundinnen zu, holten sich ihren Kick mit Affären und finanzierten dann ihre Scheidungen. Schielin war da mit Ronsard glücklicher, wenngleich es ihm immer noch argwöhnische Blicke einbrachte, wenn er mit seinem Esel unterwegs war. Er genoss die Wanderungen mit dem Esel; diese Zeitspannen kontrollierter Einsamkeit. Im Moment war dafür allerdings keine Zeit. Nicht mal für einen kleinen Abendspaziergang, die Leiblach hinunter und übers Wannental und Streitelsfingen wieder zurück.

Ein Toter

Es vergingen drei weitere Tage, in denen Ronsard stumm blieb, die *Karlsruhe* unbeirrbar zwischen Meersburg, Bregenz und Rohrschach ihre kurzlebigen Spuren ins Wasser schnitt, die Kolonne an Autos und Menschen, die über die Seebrücke zog, nicht abzureißen schien und tausende Erholungssuchende ins Eichwaldbad strömten, wo sie sich vor der mittelalterlichen Fassaden- und Turmkulisse der Insel gleißenden Sonnenstrahlen auslieferten. Die mutigeren unter ihnen wagten sich sogar schon in den See, dessen Pegel langsam stieg, mäßig angetrieben von kalten Tauwassern, die der Rhein, angereichert mit Schlamm, Steinen und Holz, aus den Bergen heranbrachte, wie seit Jahrtausenden.

Dann, von einer Stunde zur anderen, wurde den Empfindsamen und Empfindlichen das fühlbar, was an den Barometern der Stadt sichtbar wurde: mit dem verfrühten Sommerwetter war es vorerst vorbei. Die Zeiger fielen mit einer solchen Geschwindigkeit, dass auch das heftigste Klopfen an den Gläsern dem Niedergang keinen Einhalt gebieten konnte. Die Wetterfühligen spürten den anstehenden Wechsel in Armen, Beinen, alten Narben und in verschiedensten Ausprägungen wetterbedingter Kopfschmerzen.

Schon am Morgen hatten sich düstere Wolken über dem See versammelt. Sie hingen so tief, dass weder Säntis, das Montafon oder die nach Norden weisenden Hügelketten des Schweizer Ufers erkennbar waren. Das inzwischen aufgebrachte Wasser des Sees brandete in Wellen, die man an dem gestern noch so friedlichen Ort nicht hätte erwarten können, in die Bregenzer Bucht. Ein beständiger Wind traf von Nordwesten her auf die Stadt, brach sich das erste Mal an Pulverturm und Bahndamm, stob über die Hintere Insel und jagte weiter durch die Gassen, immer weiter nach Osten. Der Wind und das zu unruhigem Leben erwachte Wasser trugen neue Geräusche zwischen die Mauern. Eine Melange aus hohem Pfeifen, schwindeligem Rauschen und dem beständigen Platschen der Wellen, die alles andere überlagerte.

Und noch etwas brachte der Wetterumschwung. Am Ostufer, dort wo die Seebrücke auf die Insel traf und auf einer vorgelagerten Fläche die Spielbank ihre kantenfreien Glasflächen dem See zuwandte, dort wo das Wasser ein wenig ruhiger war und die vertäuten Boote in minderem Maße hysterisch auf und ab hüpften – an diesem Ort zog einer der Bootsverleiher mit einem langen Eisenhaken einen Packen an den Steg. Noch im Heranholen, als das große Bündel sich im Schwung einer Welle sanft drehte, wurde das aufgedunsene Gesicht eines Mannes erkennbar.

Am dritten Tag nachdem ein Bankdirektor namens Kehrenbroich seinen Geschäftspartner Raimund Kandras als vermisst gemeldet hatte und Anna Kandras ihren Mann nicht als ihren Mann benennen wollte, konnte Schielin die Vermisstenakte Kandras zur Seite legen – und eine neue Akte eröffnen – eine Mordakte. Denn es war völlig unmöglich, dass sich der Tote selbst die Hände am Rücken gefesselt hatte.

Und so plötzlich der Sturm über Stadt und See gekommen war, so plötzlich verschwand er in Straßen und Gassen. Als der wasserschwere Körper des Toten mit großer

Mühe auf den gepflegten Uferrasen gebracht worden war, der elend zu Tode gekommene Körper regungslos dalag, im Schatten von Spielbank und Insel, genau in diesem Augenblick kehrte die Stille wieder, ohne dass es einer der Anwesenden wahrgenommen hätte. Schielin nicht, der versuchte, die besser ausgestattete Spurensicherung der Kollegen in Kempten herbeizutelefonieren. Und auch Lydia Naber nicht, die in großer Ruhe und Gewissenhaftigkeit die Leiche einer ersten Sichtung unterzog. Vom Sturm war nur ein Hauch geblieben, der sanft um die Altstadthäuser spielte. Umso schneller und gleich ungestüm, wie zuvor der Sturm, raste nun die Nachricht von Gasse zu Gasse, von Laden zu Laden, hinein in Hotels und Cafés. »Ein Toter. Sie haben einen Toten aus dem See gezogen«, und etwas leiser, flüsternd: »Es heißt, er sei ermordet worden. Ersäuft, im See. Umgebracht!«

Sorgte die Nachricht zunächst für neugierige Erregtheit, so wich sie bald einem ruhelosen Schweigen. Ein Ermordeter, im See, bei uns, so nahe. So nahe, ein Mord? Und viele fragten stumm und sich der Erreichbarkeit der einem selbst Zugehörigen vergewissernd, wer es wohl sein mochte, der da tot aus dem See gezogen worden war. Und wer ihn getötet hatte?

Schielin brauchte sich zu diesem Zeitpunkt die erste der Fragen nicht mehr zu stellen. Er und Lydia standen bereits am Anfang der Tätigkeiten, die der zweiten Frage eine Antwort verschaffen sollten. Es wurde ein langer Freitagabend, an welchem er Ronsard nicht zu Gesicht bekam. Der Tote war bereits auf dem Weg nach München, weil die Rechtsmedizin in Memmingen keine Ressourcen mehr frei hatte, und die Spurensicherer aus Kempten beäugten neidisch die großzügigen Altbaubüros ihrer Lindauer Kollegen. Sie sonderten dabei den ein oder anderen Spruch ab, auf den niemand einstieg, und schrieben dann stumm nieder, was ihre Arbeit erbracht hatte. Eine männliche Leiche, Mitte vierzig, einsneunzig groß, vollständig bekleidet. Die Hände auf dem Rücken gefesselt, mehrfacher, einfacher Knoten und am Kopf deutliche Spuren stumpfer Gewalteinwirkung. In der Kleidung des Toten keinerlei Ausweispapiere oder andere Dinge, die Hinweise auf seine Identität hätten geben können. Aber Schielin erkannte in dem wachsigen aufgeschwemmten Gesicht die Züge des Jungen wieder, der vor fast vierzig Jahren auf dem Schulhof herumtobte. Es war Raimund Kandras.

Lydia Naber fasste die bisherigen Fakten in Berichten zusammen, fertigte eine Tabelle mit Temperaturmessungen, die in halbstündlichem Abstand durchgeführt worden waren – Wasser, Boden, Leichnam – und schickte alles per Fax nach München, wo die Blätter in der nächtlichen Einsamkeit des gerichtsmedizinischen Instituts wieder zum Vorschein kamen. Schon am nächsten Tag würden sie mehr wissen. Schielin überlegte derweil, ob er Anna Kandras anrufen sollte oder ihr die Nachricht persönlich überbringen sollte. Kurz entschlossen nahm er den nächst besten Dienstwagen und fuhr die schon bekannte Strecke nach Schachen, nicht ohne seinen Besuch jedoch vorher anzukündigen. Anna Kandras ließ ihn soweit eintreten, dass sie die Tür noch schließen konnte. Draußen war es Nacht und der gewaltige Wohnraum erhielt von einer Stehlampe nur wenig Licht. Leise Klaviermusik erhellte den Raum weit mehr. Klingt nach Grieg, ließ sich Schielin kurz ablenken, kam dann aber schnell zur Sache und berichtete Anna Kandras, dass man ihren Mann gefunden hatte. Von der Abwesenheit jeglichen Erschreckens an ihr war er nicht mehr überrascht. Hingegen war er sich nicht sicher, was in diesem Augenblick wirklich in ihr vorgehen mochte. Ihr Wesen war ihm immer noch fremd. Ob das so bleiben würde?

Morgen würde sie jedenfalls in München zugegen sein, um Kandras, wie sie ihren Mann nannte, zu identifizieren. Wer sollte das auch sonst tun? Kandras Eltern waren beide schon tot, er hatte keine Geschwister und weitere Verwandtschaft gab es nicht. Freunde hatten sich bisher nicht gemeldet, und Kehrenbroich …?

Schielin hatte im Laufe seiner Ermittlungen fast Mitleid mit Kandras bekommen, als immer deutlicher wurde, dass er ganz alleine in der Welt stand. Vielleicht empfand er so, weil er sich selbst nicht vorstellen konnte, derart ohne familiäre und freundschaftliche Bindungen zu leben. Als er sich diese Gedanken machte, hatte der Einsame bereits zu einem Paket zusammengebunden in der Bregenzer Bucht geschwommen. Schielin wurde über die Gedanken müde und wallte zurück zum Wagen. Morgen war auch noch ein Tag. Da würde er alles Weitere mit Lydia besprechen.

Der Morgen begann mit einem einsamen Frühstück daheim in Motzach. Marja und die Kinder waren schon weg. Schielin hatte verschlafen und äugte missmutig hinaus in verregnetes Grau. Träume hatten ihn die ganze Nacht gequält. Selbst der Post-it mit den vier frechen Zeilen, den Marja an die Schlafzimmertür geheftet hatte, befreite ihn nicht aus seiner üblen Laune. Er rief Lydia an und bat sie ihn abzuholen. Nichts verabscheute er mehr als Hektik am Morgen. Er brühte Lindeskaffee und mischte die schwarze, nach Malz duftende Brühe zur Hälfte mit Milch. Der würzige Duft beflügelte die Gedanken. Wer brachte es fertig, diesem kräftigen Kerl, wie Kandras es war, auf den Kopf zu schlagen? Die Wunde befand sich zwischen Schläfe und Ohr, auf der rechten Schädelseite. Vielleicht ein Angriff von schräg hinten? Gleich ob von hinten oder von vorne. Nerven musste der Täter jedenfalls haben. Gute Nerven. Schließlich wurden Kandras alle Taschen geleert, die Hände gefesselt und er dann ins Wasser geschmissen. So in etwa stellte Schielin sich den Tathergang vor, während er den Magen schonenden Milchkaffee schlürfte und Radio Seefunk den Hintergrund beschallte. Der Täter musste sehr entschlossen gehandelt haben. Von draußen hörte er Motorengeräusch und kurz darauf das völlig unnötige Hupen. Lydia.

Sie arbeitete nun schon einige Jahre mit Schielin zusammen und merkte sofort, wie die Stimmung bestellt war. Bis kurz hinter Leutkirch sagte sie keinen Ton. Dann traute sie sich.

»Ich habe gehört Ronsard schreit nicht mehr. Ist er krank?«

Schielin überlegte. »Mhm. Ich denke nicht. Er macht einen ganz gesunden Eindruck.«

Sie lachte zur Windschutzscheibe hinaus. »Vielleicht hat er Liebeskummer?«, und ihr abruptes Schweigen danach ließ es so klingen, als hätte sie ungewollt einen Gedanken ausgesprochen.

Schielin sah sie an und schüttelte ungläubig den Kopf. »In wen denn? In einen der Friesen?«

Sie grinste böse und schielte zu Schielin hinüber. »Ein schwuler Esel, boooh.«

»Er ist kastriert«, stellte Schielin nüchtern fest.

»Na ja. Vielleicht ist es ja was … Platonisches.«

»Dann würde er sicher schreien.«

»Stimmt auch wieder. Also nicht verliebt und platonisch auch nicht.«

Schielin drehte sich im Autositz und sah sie von der Seite an. »Wie bist du denn heute drauf?«

»Ach. Eigentlich ganz gut.«

»So so, eigentlich. Daheim alles in Ordnung?«

»C'est toute parfait«, war ihre knappe Antwort.

Er ließ es dabei bewenden. Wenn sie mehr von ihrem Jungen und dem Künstler erzählen wollte, würde sie das sicher tun.

Sie wechselte das Thema. »Ich habe übrigens die Akte durchgesehen. Scheint ja ein eigentümlicher Kerl gewesen zu sein, dieser Kandras. Beide Eltern verstorben, keine Geschwister, von der Frau seit Jahren getrennt, aber nicht geschieden. Relativ reich, und trotzdem – keine Freunde. Nicht mal falsche. Der große Einsame, he?«

»Ist mir auch aufgefallen. Klingt verdammt einsam. Aber vielleicht findet sich noch der ein oder andere falsche Freund. Wir müssen uns übrigens noch seine Wohnung ansehen. Wenn es in München flott geht, klappt das vielleicht heute Nachmittag noch.«

»Seine Frau kommt, oder?«, frage Lydia skeptisch.

Schielin schüttelte den Kopf. »Seine Frau kommt, ja, aber sie ändert nichts an Kandras' Einsamkeit. Als ich bei ihr war, da sprach sie immer nur von *Kandras*. Kein einziges Mal gebrauchte sie die Formulierung *mein Mann* oder benutzte seinen Vornamen. Sie sprach wie von einem Fremden, einem Geschäftspartner oder jemanden, den man flüchtig aus einem Verein kennt oder so.«

Lydia zuckte mit den Schultern und meinte: »Ja, und?«

»Ja und«, echote Schielin, »das ist doch eigenartig, oder findest du vielleicht nicht?«

»Nee. Überhaupt nicht. Schließlich leben die schon seit langem getrennt. Und wer weiß schon was das für eine Ehe war. Vielleicht ist genau das ihre Art von Scheidung.«

Schielin schwieg und ließ seinen Blick zwei Runden lang den Scheibenwischern folgen.

*

Im gerichtsmedizinischen Institut verlief der Termin wider Erwarten schnell und problemlos. Kaum waren Schielin und Lydia in den muffigen Räumen angekommen, erschien auch schon Anna Kandras. Sie trug ein dunkles Kostüm und hatte einen dezenten, dunkelroten Lippenstift aufgetragen. Es war aber nicht ihre Schönheit, die Schielin irritierte, sondern ihr von diesem so befremdlichen Ort völlig unbeeindrucktes Auftreten. Maß und Geschwindigkeit ihrer Schritte drückten Zielstrebigkeit und Sicherheit aus. Ihr Blick, der über die nüchterne Einrichtung wanderte, zeigte Interesse und kein Unbehagen. Sie schien weder von dem Ort noch von dem, was sie erwartete, beunruhigt oder verunsichert zu sein.

Nach der kurzen Begrüßung betraten sie den Obduktionsraum. Raimund Kandras Leichnam lag schon auf einem der Stahltische. Sein Haupt und der obere Teil der Brust waren nicht von dem grauen Laken bedeckt. Es war zu erkennen, dass die Fesselung noch nicht gelöst worden war. Das bewirkte, dass der Oberkörper verkrümmt auflag. Vom unteren linken Rippenbogen bis zum linken Schulteransatz war eine alte, hässliche, schlecht verwachsene Narbe zu erkennen.

Anna Kandras trat ganz nahe an den Tisch heran und sah auf den Toten. Lydia stand neben ihr. Schielin brachte sich schräg gegenüber in Stellung, denn er wollte Anna Kandras im Blick behalten. Sie stand aufrecht und regungslos vor Kandras. Schielin registrierte, dass die Fingerspitzen ihrer Hände leicht die Stahlkanten des Tisches berührten. Nicht um sich abzustützen, weil ihr vielleicht unwohl gewesen wäre. Nein. Es war ein weiteres Zeichen ihrer Scheulosigkeit gegenüber der Situation und vor allem gegenüber dem Toten, der vor ihr auf dem Stahltisch lag. Sie musterte ihn. Schielin musterte sie. Es war nicht das erste Mal, dass er mit Angehörigen an diesem Ort weilte. Dazu hatte er in den letzten zwanzig Jahren bei der Kriminalpolizei durchaus öfter Veranlassung. Aber noch nie hatte er Angehörige erlebt, die sich so verhielten wie Anna Kandras. Das war ihm noch nie begegnet. Er folgte dem Blick ihrer dunklen Augen, wie er langsam vom Gesicht des Toten zur Brust wanderte. Schielin sah, wie sie die Augen kurz zusammenkniff, offensichtlich an der Narbe hängen blieb. Eine halbe Minute mochte vergangen sein, dann hob sie den Kopf, blickte seitlich zu Lydia, und sagte mit ruhiger, fester Stimme: »Ja. Das ist Raimund Kandras. Was benötigen Sie von mir?«

Lydia Naber schüttelte nur den Kopf.

Schielin fragte: »Ist Ihnen etwas aufgefallen? Ich dachte nur, Sie hätten etwas bemerkt«

Sie sah auf. »Es war nur … wegen dem Hemd.«

»Hemd?«, wiederholte Schielin.

»Ja. Das Hemd hier. Das ist nicht sein Stil.«

Sie schien zu überlegen. Nach einer kurzen Pause deutete sie auf das Laken und fragte: »Kann ich ihn ganz sehen?«

Schielin nickte. Ihm war aufgefallen, dass ein Hauch von Bitterkeit mitgeschwungen hatte, als sie *ihn* sagte. Und noch etwas war da gewesen. Er überlegte. Als er meinte es zuordnen zu können, war er sich nicht mehr sicher. Das, was sie sagte, hatte irgendwie enttäuscht geklungen. Enttäuschung?, fragte er sich stumm, während Lydia das Laken vorsichtig wegzog. Anna Kandras trat einen Schritt vom Tisch zurück. Sie schüttelte energisch den Kopf und sagte etwas zu laut für den Ort. »Er trug immer Anzüge, schwarze Anzüge. Ich kann diesen Aufzug hier wirklich nicht verstehen, diese weiten Cordhosen, das Hemd, ... die klobigen Schuhe.«

Sie sah Lydia irritiert an. Ihr Ton war frei von Ironie. »Wissen Sie, er war der Meinung, einen gewissen Sinn für Eleganz zu besitzen und verband dies vor allem mit der Farbe schwarz, wenngleich ihm die intellektuelle Basis fehlte, damit eine innere Haltung, etwa zum Existenzialismus, zu verbinden.«

Schielin wunderte sich darüber, dass sie Lydia adressierte und nicht ihn. Offensichtlich war er hinsichtlich des aufgenommenen Themas ein nicht adäquater Gesprächspartner. Schon der Ton und die Formulierung, die sie gebrauchte. Stumm wiederholte er: »Einen gewissen Sinn für Eleganz«, und er unterließ es, seinen Augen den kurzen Ausflug auf seine Cordhose zu gestatten. Vielleicht hatte auch er nur einen *gewissen Sinn* für Eleganz. Immerhin war der Termin mit Witwe Kandras in dem Maße informativ und unterhaltsam, wie andere Aufenthalte hier emotional anstrengend waren. Er blieb stiller Beobachter und überließ Lydia die weitere Gesprächsführung.

»Ziemlich düster, immer nur in Schwarz gekleidet herumzulaufen, oder?«

Anna Kandras nickte.

»Und diese Kleidung hier finden Sie auffallend unpassend für Ihren Mann?«, fragte Lydia nüchtern.

»Wie ich schon sagte. Das war nicht sein Stil«

Schielin bemerkte ein verhuschtes Lächeln auf ihrem Gesicht als sie weitersprach.

»Es war sogar so, dass er diese Art von Landhausstil und Jodelmodernismus verabscheute. Es hätte auch nicht zur seiner Vorstellung des erfolgreichen Geschäftsmannes gepasst. In keiner Situation. Ich kann mir nicht erklären, was ihn dazu bewogen hat, so herumzulaufen. Verstehen Sie. Das passt einfach nicht zu ihm.«

»Wissen Sie, wie diese Narbe zustande gekommen ist?«, fragte Schielin.

Anna Kandras sah auf die Brust des Toten. Dann sah sie Schielin an und schüttelte den Kopf.

Schielin nickte Lydia zu. Sie ließen es vorerst dabei bewenden. Im Nebenraum wartete das Team darauf, endlich mit der Obduktion zu beginnen, und draußen im Gang stand schon die nächste Bahre.

Sie begleiteten Anna Kandras hinaus und vereinbarten für den nächsten Tag einen Termin. Als sie aus Schielins Blick verschwunden war, meinte er: »Das war ja vielleicht ein Auftritt. Ich bin immer noch ganz gerührt von der Betroffenheit und Trauer.«

»Also eine Heulsuse ist sie sicher nicht«, entgegnete Lydia, ohne dass ein kritischer Anklang dabei hörbar war.

»Du meinst, sie ist eine Frau, die ihre Emotionen sehr gut im Griff hat«, sagte Schielin.

Sie nickte nachdenklich, hängte ein gedankenverlorenes »Mhm« an und sah der dunklen Schönheit nach. Dann kehrten sie zurück und verfolgten das wissenschaftliche Tun der Rechtsmediziner.

Ronsard

Als Schielin am Abend nach Hause kam, stand sein Nachbar Albin Derdes im Hof und unterrichtete ihn sogleich darüber, dass Ronsard den ganzen Tag keinen Laut von sich gegeben hatte. Schielin war sich sicher, dass Albin zuvor drinnen bei Marja gewesen war, ihr das gleiche berichtet und dabei ein oder zwei *Heidis* gekippt hatte. *Heidis*, so nannte Derdes den Williams aus Maienfeld, den Marja von Besuchen bei ihrem Bruder mitbrachte.

Schielin nickte ihm beiläufig zu, so als würde ihn die Nachricht nicht sonderlich beeindrucken, und doch gingen ihm sorgenvolle Fragen durch den Kopf. Andererseits war es auf eigenartige Weise beruhigend zu wissen, dass allen, die es gewohnt waren, das Schreien seines Esels offensichtlich fehlte. Sie machten sich sogar Gedanken darüber, was der Grund dafür war.

Er wechselte noch einige Sätze mit dem guten Derdes, ging ins Haus, begrüßte Marja mit einem flüchtigen Kuss, zog sich um und machte sich auf zu Ronsard. Der ließ sich bereitwillig das Halfter umlegen und folgte Schielin, der die beiden Friesen daran hinderte, ihnen zu folgen. Dann zog er mit dem Esel in Richtung Streitelsfingen davon. Hinter den letzten Häusern bog er vom Weg ab, querte eine alte Streuobstwiese und nahm den steilen Abgang, hinunter zur Leiblach. Unten angekommen, nahm Schielin das Führungsseil vom Halfter. Rechts des Weges plätscherte die Leiblach und über dem Weg schloss sich ein saftig grünes Blätterdach.

»Mein lieber Ronsard? Du schreist nicht mehr und die

Frauen weinen nicht mehr, wenn ihre Männer ersäuft werden. Das macht mir Sorgen.«

Schielin wartete einen Moment, lauschte in den Wald, ob sie alleine waren und fuhr dann fort. »Es passt einfach gar nichts zusammen. Diese Frau und dieser – Kandras! Ich bitte dich! Sie sieht gut aus, sehr gut. Sie ist intelligent und hat offensichtlich ausreichend Geld. Das bedeutet – Unabhängigkeit. Aus welchem Grund heiratet sie diesen Kerl? Jeden hätte sie haben können!«

Er sah beim letzten Satz nach rechts. Ronsard war stehen geblieben, um einen Büschel Gras vom Wegrand aufzunehmen. Mit den wulstigen Lippen richtete er die Halme gekonnt zurecht und trat dann wieder an.

Schielin schnaufte. »Gut. Wir wissen nicht welche Qualitäten Kandras hatte. Aber deswegen muss man ja nicht gleich heiraten. Wozu? Woody Allen hat schon recht: Sex ohne Liebe ist eine wirklich dumme Sache. Aber von all den dummen Sachen in der Welt ist es die schönste.«

Schielin sah missmutig in den Wald. »Dann die Trennung. Sie kommt mir so unüberlegt vor wie die Heirat selbst. Nicht zu vergessen, dass die Ehe auf dem Papier noch existiert, seit Jahren! Aus geschäftlichen Gründen, wie sie angibt ...« Er schüttelte den Kopf. Ronsard malmte im Takt mit seinen Schritten.

»Die Spurenlage ist eine einzige Katastrophe. Ätzend, sag ich dir. Das Auto weg. An der Leiche nichts was irgendwie verwertbar wäre. Kein Handy, kein Schlüssel, weder von der Wohnung noch vom Auto. Ich wette mit dir, dass die Handyortung nichts bringen wird, aber vielleicht steht der Porsche ja hier im Gebüsch und wartet nur darauf, dass irgendein Esel vorbeimarschiert ... «

Ronsard trottete stumm neben her. Festigkeit lag in jedem seiner Schritte. Einzig die Fliegen, die er anlockte, und die ab und an hysterisch in Schielins Ohr sausten, sorgten für kurze Störungen.

Schielin führte seinen Monolog fort. » Bankdirektoren, die ihre Kunden vermissen? Du guter Gott? Mit geht es jetzt schon so wie meinem Großvater, der immer gesagt hat, die Welt sei verrückt geworden.«

Schielin hob den Zeigefinger in Richtung Ronsard: »Monsieur! Das ist gar nicht gut für den Tourismus hier am See, das kannst du mir glauben. Treibende Leichen vor der Seebrücke sieht man hier nicht gerne.«

Er vertrieb eine Fliege vom Ohr. »Dieser Kehrenbroich. Ein komischer Kerl. Ob der was mit der Anna Kandras hat? Das liegt doch eigentlich nahe und da wäre ja ein Motiv zu finden, aber …«, er unterbrach und sah nach rechts. Das Grasbüschel war verschlungen. Bei jedem Schritt federte jetzt eine völlig entspannte Unterlippe abwärts und wippte beleidigt nach. Es sah gelangweilt aus. Schielin richtete den Blick wieder nach vorne und sprach weiter: »… jedenfalls ist mir das zu einfach. Wir werden erst mal die Familienverhältnisse klären müssen. Es ist alles verworren. Einfache Dinge werden so kompliziert gemacht. Da war ich froh, endlich sicher zu sein, dass die Erde keine Scheibe ist, sondern eine Kugel. Kugel – ist doch ein so schönes Wort. Sagt da neulich so ein Wissenschaftler, nein, die Erde ist keine Kugel, sondern eine abgeplatteter Rotationsellipsoid. Ich bitte Dich, soll man es doch bei Kugel lassen. Außerdem klingt das andere fast wieder nach Scheibe, oder? Genau wie mit den Kühen. Die sind mit dran schuld, dass wir hier am See so tolles Wetter haben. Die produzieren derart viel Methangase mit ihrer Verdauung, dass sie die Erderwärmung mit vorantreiben. Stell dir das mal vor, durch Kuhfürze wird angeblich die Erde wärmer? Und es gibt schon Zeigefingergutmenschen, die fordern, wir sollten weniger Fleisch essen; wegen dem Klima.«

Er hatte den letzten Satz mehr sich selbst zugedacht, doch Ronsard blieb stehen und sog kräftig Luft durch die Nüstern, blies danach noch geräuschvoller aus. Es entstand ein jammernder Laut, angesiedelt zwischen Quietschen und Pfeifen. Das könnte was werden, dachte Schielin. Doch Ronsard täuschte ein paar Mal Vorbereitungshandlungen an und ließ dann alle Aufregung im milden Plätschern der Leiblach verrinnen. Schielin war enttäuscht. Sehr enttäuscht.

Trotzdem schlief er in dieser Nacht gut und das Frühstück am nächsten Morgen fand in seltener Harmonie statt, was nicht zuletzt daran lag, dass alle rechtzeitig aus den Federn gekommen waren und der Tag nun ohne Hetze beginnen konnte. Zudem war es Freitag und die Aussicht auf das Wochenende, vielleicht sogar bei schönem Wetter, wirkte besänftigend. Die Stimmung war derart gut, dass sich Schielin traute, Laura und Lena zu fragen, ob ihnen der Name Kandras etwas sagen würde. Schließlich waren die beiden in etwa dem gleichen Alter wie Nora Kandras. Er bekam tatsächlich eine Antwort und nicht diesen Gesichtsausdruck zu sehen, der ihm vermittelte, am Abschmelzen der Polkappen, dem Klimawandel, Tiertransporten und sozialer Ungerechtigkeit Schuld zu tragen. Beide kannten Nora Kandras und sahen ihn nun erwartungsvoll an. »Und wie ist sie so?«, wollte er wissen.

»Wieso?«

Er ging nicht darauf ein. »Ist sie nett ... umgänglich?«

»Na ja. Sie geht in die Sechste, ist aber in keiner Clique ... sie steht immer ein wenig allein rum. Sie ist aber musikalisch irre begabt, macht bei Jugend musiziert mit. Klavier.«

Laura sah ihn, Desinteresse vortäuschend, aus den Augenwinkeln an und fragte betont nebenbei: »Ist was mit ihr?«

Schielin blieb stumm. Noch war die Pressemeldung nicht freigegeben. Niemand wusste offiziell um die Identität des Toten, der vor der Spielbank aus dem Wasser gefischt worden war. Es wäre unfair gewesen, seine Tochter mit einem solchen Wissen zu plagen.

*

Kurze Zeit später im Büro besprach er mit Lydia die Ergebnisse der Obduktion. In der Innenfläche der rechten Hand hatte man eine frische, noch nicht verheilte Schnittwunde festgestellt. Im Einschnitt konnte ein winziges Stück Muschelperlmutt gesichert werden. Sie hatten keine Erklärung dafür.

Die wichtigste Information bestand darin, dass Raimund Kandras ertrunken war. Somit stand fest, dass er noch am Leben gewesen sein musste, als das Wasser in seine Lungen eindrang. Allerdings konnte angesichts der massiven Kopfverletzung davon ausgegangen werden, dass er in bewusstlosem Zustand ins Wasser verbracht worden war.

Vor einem Rätsel standen die Rechtsmediziner angesichts der Beurteilung der Narbe auf Kandras Brust. Sie war zweifelsfrei die Folge einer schweren Verletzung, die Kandras mit einem stumpfen, kantigen Gegenstand beigebracht worden sein musste. Das Sonderbare bestand darin, dass diese Verletzung niemals mit gängigen medizinischen Maßnahmen versorgt worden war. Das legten Form und Ausprägung der Narbe nahe.

Schielin überlegte, welche Gründe es geben konnte, dass Kandras eine solche Verletzung ohne ärztliche Hilfe auskuriert hatte. Er wollte sich gerade mit Lydia darüber austauschen, als er Erich Gommert bewegungslos und lauschend im Türrahmen lehnen sah.

Sie waren derart in ihre Diskussion und Gedanken vertieft gewesen, dass er ihnen bisher gar nicht aufgefallen war. Allerdings war es auch die Eigenart von Gommert, leise am Gang auf und ab zu schleichen, beständig eruierend, wo Dinge abliefen, die ihn interessierten. Gommert war *Zett Be Vau* – er stand zur besonderen Verwendung bereit. Er hatte keinen eigenen Tätigkeitsbereich, versah manchmal mehr, manchmal weniger die formellen und verwaltungstechnischen Erfordernisse der Dienststelle. Er holte gerne Brotzeiten, organisierte Festivitäten, war für die Computer der Dienststelle zuständig, verbrachte viel Zeit im Büro des Chefs und lauschte unheimlich gerne. Er war das Mädchen für alles, böser Geist und gute Seele in einem – und, was kaum jemand bewusst wahrnahm, derjenige, der wesentlich für das Betriebsklima verantwortlich war und den Laden emotional zusammenhielt. Ganz sicher gehörte er nicht zu denjenigen, die einen Fall aufklären konnten. Aber er schuf ohne es selbst zu wissen, die Voraussetzungen dafür, dass genau dies von seinen Kollegen geleistet werden konnte. Im Augenblick jedoch war er für Schielin und

Lydia böser Geist, denn die beiden konnten es nicht ausstehen, wenn Gommert sich anschlich und seine Lauscher stellte.

Lydia warf einen vernichtenden Blick in Richtung Tür und auch Schielin bemühte sich möglichst abweisend dreinzusehen, was ihm nicht so recht gelang. Er wusste ja, dass jegliches Bemühen jenseits grober Unhöflichkeiten oder körperlicher Gewalt fruchtlos bleiben würde, um Gommi, wie sie ihn nannten, zum Gehen zu bewegen. Der blickte derweil gewohnt ausdruckslos drein, übersah alle deutlichen, nonverbalen Signale, die ihn darauf hinwiesen unerwünscht zu sein, und mischte sich mit einem seiner berüchtigten Ermittlungstipps ins Gespräch ein. Das hatte Schielin schon befürchtet, denn Gommert hatte leider die unangenehme Eigenschaft, zum falschen Zeitpunkt, am falschen Ort, ungefragt seine Meinung kundzutun. Mit dieser Eigenheit war er nun keineswegs alleine. Ein Alleinstellungsmerkmal hingegen verschaffte er sich dadurch, dass sich seine Meinungsäußerungen Bahn brachen, ohne zuvor so sinnreiche Filterungen zu durchlaufen wie logische Erwägungen, Höflichkeit oder rationale Betrachtung objektiver Sachlagen. So führten seine Einwürfe, Ergänzungen und gut gemeinten Ratschläge unter freisinniger Verwendung von Schlag- und Fremdworten mitunter ganze Geröllhalden von Gedankenunrat mit sich.

Schielin hätte eigentlich wissen müssen, dass ihm Gommert nicht erspart bleiben würde. Ein Mord! Da mussten sie jetzt eben durch. Schlimm war nur, dass in der Person von Gommert Unsinnsäußerungen wie auch Dialekt in enthemmtester Prägung auf das Gegenüber trafen. Nicht, dass gegen Dialekt etwas einzuwenden gewesen wäre. Dialekt war hier allen eigen. Lydia war eine wahre Koryphäe, galt es ein aus der Tiefe des Gaumens nach oben dringendes *R* durch sanften Zungendruck erfolgreich zu erdrosseln, noch bevor die Zungenspitze in die Lage versetzt wurde, in fränkischer Manier an den Zähnen zu rollen. Schielin hörte sie so gerne »super« sagen, was bei ihr wie *supchch* klang. Es war einfach schön, nur dass er es ihr nie sagte.

Gommert hingegen verlieh, wenn er meinte, etwas Wichtiges zu sagen, dem Schwäbischen ein Übermaß an Ordinärem. Er dehnte und zog alle Vokale bis zum Unerträglichen. Selbstlaute liebte er über alles. Schon der Beginn, den er an diesem Freitagmorgen wählte, war fundamental falsch. Ohne zu grüßen sülzte er ein »Ja no ihr zwoi« in den Raum. »Dees Verbreche schteht doch in gaanz engr Verbindung mit dem Sää. Da müsset sich doch ein Ermittlungsahnsatz ergäbe losse.«

Er ließ dem Wörtchen *ganz* durch die Dehnung des *A* in besonderer Weise Gewicht zukommen.

Schielin schwieg. Lydia zog die linke Oberlippe an. Kein gutes Zeichen. »Suupch. Wie kommst du bloß auf die Idee mit dem See? Ist ja genial.«

Gommert war weder peinlich berührt noch erschüttert. Er war davon überzeugt zu denjenigen zu gehören, deren wahres Potenzial unterschätzt wurde und somit ungenutzt verkommen musste.

»Ha jo. Irgendwie muss der ja ins Wasser komme sei, oderch?«

Schielin nickte Lydia zu. »Schreibs auf.«

Sie griff nach einem Notizzettel und meinte. »Kinder und Narren sprechen die Wahrheit.«

Dann gab sie Gommert mit zwei kurz dahin geworfenen Handbewegungen das Zeichen, dass er sich aus dem Staub machen sollte. Und tatsächlich machte er Anstalten ihr Folge zu leisten, ohne von der doch abweisenden, ja rüden Art in irgendeiner Weise gekränkt zu sein. Vorher sagte er noch: »Ihr solltets den Fall aber emole au heumeneutisch betrachte tue.«

Die beiden sahen sich verdutzt an. Ein neuer Begriff war soeben in die Kriminalistik eingezogen. Lydia wiederholte trocken »heumeneutisch«

Gommert, eigentlich schon im Gehen begriffen, hob an: »Des isch …«

Schielin unterbrach ihn mit einem energischen und genervten »Bitte, Gommi! Ich will's gar nicht wissen.«

Jetzt war er beleidigt. Gommert war beleidigt und er ließ es Schielin spüren, indem er still und langsam die Tür schloss. Und Schielin hatte sofort ein schlechtes Gewissen, denn eigentlich war ihm Gommert ja nicht unsympathisch. Wirklich nicht. Seine Vorzüge waren unbestritten. Er sog alles, was er in den verschiedenen Büros aufschnappte, wie ein Schwamm auf und konnte es auf Verlangen, wie auch unverlangt, noch Jahre später repetieren. Wieso nur musste er immer in den ungelegensten Augenblicken auftauchen und was brachte ihn dazu, sich mit der Arbeit der anderen zu beschäftigten? Schielin wusste, dass er einen Hund hatte. Wieso erzählte er nicht mal etwas von diesem Vieh. Das war neutral bis belanglos und führte garantiert nicht zu Schwierigkeiten. Aber nein. Gommert hatte noch nie von seinem Hund erzählt.

Schielin schnaufte laut, als die Tür endlich einklinkte und wandte sich Lydia zu. »Also, der Schlag auf den Kopf hat die rechte vordere Schädeldecke zertrümmert. Kandras war mit ziemlicher Sicherheit bewusstlos. Der Schlag allein allerdings hätte nicht zum Tod geführt. Derjenige, der zugeschlagen hat, muss in etwa gleich groß gewesen sein und benutzte dazu etwas rundes, ein festes Rundholz vielleicht, etwa fünf Zentimeter Durchmesser mit einer sehr glatten Oberfläche.«

Lydia blätterte im Obduktionsbericht und ergänzte: »Der Schlag ist von schräg hinten geführt worden, zur rechten Schädelseite. Also ein Rechtshänder. Mich wundert, dass er am ganzen Körper keine weiteren Verletzungen hat. Keinerlei Sekundärverletzungen. Das ist doch nicht normal, oder? Wieso finden sich keine Hämatome, keine Schleif- oder Abriebspuren an der Haut? Die Klamotten waren auch intakt und ohne Risse oder dergleichen. Keine ausgerissenen Haare. Also ich finde das eigenartig .... Könnte aber auch bedeuten, dass der oder die Täter den Körper nicht herumschleifen mussten. Ihn nicht für einen Transport in einen Kofferraum gepackt haben. Ein Schlag auf den Kopf – und hops, ab ins Wasser.«

Schielin sah sie stumm an. »Also direkt am Wasser. Oder der Täter ist äußerst zielstrebig vorgegangen und hat das alles berücksichtigt, war vorbereitet.«

»Hältst du das für eine mögliche Variante?«, fragte Lydia.

»Nein. Möglich zwar schon, aber ich denke das ganze ist direkt am Ufer passiert.«

»Oder auf dem Wasser«, ergänzte sie.

»Ein Boot, oder ein Bootssteg, eine Ufermauer.« Er überlegte. »Das ist aber kaum möglich. Das Wasser ist noch derart niedrig und die Stellen, die in Betracht kämen, liegen doch so hoch. Nein, da wäre er beim Hineinschmeißen am

Grund aufgeschlagen, und dann wären Schürfungen und Hämatome zurückgeblieben. Bootssteg wäre zwar möglich, aber ich tendiere im Moment eher zu Boot.«

»Also da, wo man ihn rausgezogen hat … auf der Ostseite der Insel … legt nahe, dass es irgendwo in der Bregenzer Bucht geschehen sein muss. Es ist doch eher unwahrscheinlich, dass der Körper von der Schachener Seite her um die ganze Insel getrieben ist. Da wäre er vorher an der Hintern Insel angelandet.«

Schielin stimmte ihr zu. »Ja. Eher die Ostseite. Da sind auch weniger Boote unterwegs. Von der Schachener Seite her wäre er sicher von einem Boot entdeckt worden.« Nach einer kurzen Pause, in der er überlegte, meinte er: »Wir sollten das Ufer von der Seebrücke aus bis zur Ladestraße hin absuchen, auch wenn das Wetter inzwischen alles verwindet und verregnet hat. Was mir zu denken gibt, ist die lange Zeit, die er im Wasser war. Drei bis fünf Tage haben die Münchner gesagt. Da könnte der Tatzeitpunkt zwischen Freitag und Sonntag letzter Woche gelegen haben, oder?«

Lydia nickte und fragte: »Wann hat man ihn zum letzten Mal gesichert gesehen?«

»Das war Dienstagabend letzter Woche. Ich habe mit seiner Sekretärin telefoniert. Sie hat sich da von ihm verabschiedet. Danach gab es, jedenfalls nach unserem aktuellen Kenntnisstand, niemanden mehr, mit dem er Kontakt hatte. Nichts. Und das Auto ist ja auch verschwunden. Das kann sich ja nicht in Luft auflösen. Wer immer das beiseite geschafft hat, er hat es gründlich erledigt.«

Lydia überlegte. »Und die Sekretärin hat ihn nicht vermisst?«

Schielin hob fragend die Hände.

Sie winkte ab und wechselte das Thema. »Das ist schon eine lange Zeit, von Dienstagabend bis zum vermutlichen Tatzeitpunkt. Vor allem haben wir echte Probleme mit Alibis. Bei so einem langen Tatzeitraum lässt sich kaum jemand festnageln.« Sie sah ihn ernst an. »Was machen wir mit der Anna Kandras. Da haben wir heute noch einen Termin, oder?«

Schielin schüttelte den Kopf. »Nein. Das lassen wir sein. Ruf sie bitte an und sage den Termin ab. Wir haben noch zu wenige Informationen, um die wirklich richtigen Fragen zu stellen. Ich schlage vor, du kümmerst dich um diese Privatbank samt Direktor und ich leuchte Kandras mal näher aus.«

Als sie wortlos zum Hörer griff, um bei Anna Kandras anzurufen, unterbrach sie Schielin. »Warte mal. Was hältst du eigentlich von dieser Anna Kandras?«

»Schöne Frau«, antwortete Lydia prompt, »macht auf mich einen sehr kontrollierten Eindruck, aber ich muss dir sagen, trotz allem ... also ich finde sie sympathisch.«

Ein überraschtes »Mhm« war alles, was sie zur Antwort bekam. Dann führten beide ihre Telefonate. Schielin verabredete sich mit Putzfrau und Sekretärin, um in Kandras Wohnung zu gelangen. Vielleicht wussten die beiden ja etwas zu berichten, was weiterhelfen konnte. Anna Kandras nahm nicht ab. Lydia sprach auf den Anrufbeantworter und sagte den Termin ab. Dann, nachdem Schielin schon gegangen war, schloss sie die Bürotür, legte ihren Notizblock zurecht und begann erneut zu telefonieren. Nebenbei befüllte sie Google mit den Begriffen, die ihr während der Telefonate in den Sinn kamen. Sie entdeckte einige

Einträge über die Bank, die von schweizerischen Servern stammten. Die Inhalte waren ihr wenig verständlich. Aber ihr kamen diese gemeinsamen Treffen mit österreichischen und schweizerischen Kollegen in den Sinn. Man traf sich zum Schießen, Grillen oder Fußballspielen und das war Gold wert. Ohne direkte, inoffizielle Kontakte war man hier an den Grenzen doch aufgeschmissen. Auf die Ergebnisse eines offiziellen Ermittlungsersuchens hätten sie Wochen, ja Monate warten müssen.

Sie wählte eine lange Nummer und am anderen Ende meldete sich Kathrin Seebrugger von der Kripo St. Gallen. Die freute sich über den Anruf und dann auch darüber, ihrer Kollegin helfen zu können. Und die Schweizer – die hatten vielleicht Datenbanken ...

Mehrfach telefonierte sie hin und her, dazwischen vervollständigte Lydia die Erkenntnisse mit Recherchen bei den Einwohnermeldeämtern und der Bankenaufsicht, sowie im Internet. Als sie alles beieinander hatte, lehnte sie sich müde und zufrieden zurück. Nach einer kurzen Zeit der Entspannung brannte sie darauf, dass Schielin zurückkäme. Er würde überrascht sein über das, was sie herausgefunden hatte.

*

Als Schielin an der Wohnung von Kandras ankam, warteten Putzfrau und Sekretärin bereits vor dem Eingang. Anhand der äußeren Erscheinung konnte er nicht zuordnen, wer von beiden nun Putzfrau und wer Sekretärin war. Er traf auf zwei attraktive, gepflegte Frauen Mitte vierzig. Ohne großes Aufhebens gingen sie ins Haus. Kandras bewohnte ein in den sechziger Jahren erbautes Haus an der Steig in Reutin. Es stand hoch über der Straße. Eine breite Fensterfront in Erd- und Obergeschoss zog sich an der nach Süden ausgerichteten Längsseite hin. Im Erdgeschoss ragte eine Markise, die über die gesamte Hauslänge verlief, ein Stück über die Terrasse. Schielin wunderte sich. Die Markise war sicher bei Sonnenschein ausgefahren worden. Und als das schlechte Wetter kam, konnte Kandras sie nicht mehr einholen.

Er drehte sich um und sah Richtung See. Von hier hatte man einen wundervollen Blick, bis hinüber zur Rheinmündung und auf die Berge.

Im Obergeschoss waren die Jalousien ein Stück herabgelassen. Im Erdgeschoss befand sich außer dem riesigen Büroraum nur eine kleine Küche, eine Dusche und eine Toilette. Kandras bewohnte das Obergeschoss. Schielin ging langsam die breite Wendeltreppe nach oben. Die beiden Frauen folgten ihm. Die Brünette sagte, dass sie am Montag Vormittag hier gewesen war und wie immer das ganze Haus gereinigt hatte. Das war also die Putzfrau, und er musste auf Spuren oder dergleichen nicht mehr achten, was ihm den Termin hier erleichterte.

Als er im türlosen Wohnbereich von Kandras ankam und die Kargheit der Räume wahrnahm, flog ihn wieder ein Hauch von Mitleid an. Die beiden Frauen interpretierten sein bisheriges Schweigen richtig, und waren wieder nach unten zurückgekehrt. Von dort hörte er Getuschel. Langsam ging er den Gang entlang, vorbei an der Küche, deren Ausstattung ihn kurz aufhielt. Von den glänzenden schwarzen Fliesen, den schwarzen Kücheneinbauten und den chromblinkenden Griffen ging eine klinische Reinheit und

Kühle aus, die seiner Meinung nach in einer Küche nichts verloren hatte. Aber das war Geschmackssache. Gegenüber lag das Bad. Ein Traum aus schwarzen Fliesen. Wenigstens die Duschwanne war hell. Der Boden des gewaltigen Wohnraums, der zwei Drittel der Grundfläche einnahm, war mit dunkelbraunem Parkett belegt. Schielin fand an der Wand gegenüber der Fensterfront ein weißes, dreisitziges Ledersofa. Davor stand ein Glastisch, gegenüber ein Flachbildfernseher in einem Audioschrank. Darunter eine Stereoanlage. Hinten links, in der Ecke, als wäre es woanders im Wege gewesen, vereinsamte ein Regal. Schielin fand dort ein paar CDs und DVDs. Nichts besonderes, ein paar Bruce-Lee-Filme, und die musikalische Erlebniswelt von Kandras waren mit etwa dreißig CDs ebenfalls befriedigt. Überwiegend Popsammlungen. Kaum CDs einzelner Interpreten, Klassisches gab es überhaupt nicht. Schielin blieb irritiert stehen, befühlte unkonzentriert die glatte Oberfläche einer CD-Hülle und sah sich um. In einem ersten Reflex fragte er sich, wie jemand so leben konnte. Wie war jemand beschaffen, der es in einer derart kalten Umgebung aushielt? Kein Wunder, dass es keine Bezugspersonen gab. Was Schielin hier vorfand, hatte nichts mit einem Ausdruck avantgardistischer Reduktion zu tun oder dem existenzialistischen Ansinnen einer Wohn- oder Lebenskultur. Das Wenige und Teure, das hier verloren stand, strahlte ein Armseligkeit aus, die Schielin selten so erlebt hatte. Kein Bild an der Wand, nichts, was mit der Person Kandras in Zusammenhang zu stehen schien. Keine Fotos. Nicht mal von der Tochter. Nirgends war auch nur ein Buch zu entdecken. Er ging den Gang zurück und sah ins Schlafzimmer. Ein überbreites französisches Bett mit Chromrahmen dominierte den Raum. Gegenüber eine breite Front verspiegelter Schranktüren, in denen sich das Zebramuster der Tagesdecke vervielfachte. Schielin öffnete die Schranktüren. Schwarze, schwarzgraue und dunkelgraue Anzüge. Weiße Hemden. Blaukarierte Hemden. Blaugestreifte Hemden.

Er ging ein Zimmer weiter. Das einzige, in dem Teppich verlegt war. Auf dem Schreibtisch stand ein Notebook. Daneben lag ein Terminplaner. In den Regalen standen Aktenordner und Gesetzessammlungen. Schielin packte Notebook und den von zartem schwarzem Leder umhüllten Planer unter den Arm und ging wieder nach unten.

»Wollte Kandras hier ausziehen?«

Die Sekretärin verneinte schweigend.

»Schaut irgendwie armselig aus da droben«, stellte Schielin nüchtern fest und deutete mit einer kurzen Kopfbewegung zur Wendeltreppe.

Die Putzfrau zuckte kommentarlos mit den Schultern und kaute ihren Kaugummi. Es sah blöde aus.

Schielin wandte sich an die Sekretärin. »Gab es in letzter Zeit etwas Außergewöhnliches? Anrufe, Besucher oder so?«

Sie schüttelte den Kopf. »Nein. Die letzten Wochen war es Gott sei Dank friedlich.«

Schielin legte den Kopf zur Seite. »Was heißt, die letzten Wochen? Was war denn davor?«

Sie rollte die Augen. »Na da war dieser Blödmann, der sich wegen seiner Bauplätze so aufgeführt hat.«

Die Putzfrau unterbrach das Kauen. Schielin verzichtete auf Höflichkeiten. »Geht es etwas genauer, bitte. Wer war der Blödmann? Welche Bauplätze?«

Sie sah ihn beleidigt von unten herauf an und wackelte

ein wenig mit dem Kopf. »Mondringer hieß er. Der hat hier ganz schön Terz gemacht. Er hat angerufen, war öfters selbst hier und hat rumgeschrien. Einmal habe ich sogar die Polizei geholt, als Ra …, also Herr Kandras, nicht hier war …«

Schielin vermied es, sie anzüglich anzulächeln, als ihr der Vorname beinahe herausgerutscht wäre, und er wollte sie nicht unterbrechen

»… aber der Mondringer hat sich ja totgefahren, also ich meine, der ist ja vor, so zwei Wochen ists her, da ist der ja in den Laster gefahren. Droben auf der B31. Tot. Ja.«

»Und seitdem ist Ruhe«, ergänzte Schielin.

»Ja«, stellte sie trocken fest.

»Weswegen war dieser Mondringer denn so sauer auf Kandras?«

»Es gab Schwierigkeiten bei einem Projekt«, sagte sie emotionslos und fügte etwas hektisch und rechtfertigend hinzu: »Aber wir konnten nichts dazu.«

»Mhm. Und worum ging es da genau?«

»Ganz normales Ding eigentlich. Der Mondringer hat sich an einem Immobilienprojekt beteiligt. Er hatte das Grundstück für ein Premium-Resort erworben und unsere Firma war für den Rest des Projektes zuständig.«

Schielin verzichtete darauf, sie danach zu fragen, was unter einem Premium-Resort zu verstehen war. »Und wo gab es Schwierigkeiten?«

»Auf unserer Seite nicht. Der Mondringer hat irgendwelche Unterlagen nicht beigebracht, weswegen das Amt … also das Grundbuchamt, die notwendigen Eintragungen nicht vornehmen konnte. Das hat sich dann halt alles verzögert … so eben.«

»Und deswegen hat er dann hier Rabatz gemacht?«, fragte Schielin ungläubig.

Jetzt zuckte sie die Schultern. »Das war ein völlig Irrer«, und etwas leiser danach, »es heißt ja auch, der sei absichtlich in den Laster gefahren. Ich trau es ihm zu. Obwohl ihm … Herr Kandras noch geholfen hat. Finanziell.«

»Wie … geholfen? Und welcher Laster?«

»Die Details kenne ich nicht, aber Herr Kandras hat dem Mondringer irgendwie aus der Patsche geholfen.«

»Aus welcher Patsche denn?«, fragte Schielin ungehalten.

»Ja. Der Mondringer hat das Geld aus dem Grundstücksverkauf dringend gebraucht, weil er wohl andere Verpflichtungen hatte. Und da ist ihm Herr Kandras entgegengekommen.«

Oh je, dachte Schielin. Kandras ist ihm entgegen gekommen. Das kann man wohl nur wörtlich nehmen. Hoffentlich nicht als Laster. Er fragte: »Wo sollte diese Premium-Klit … dieses Resort denn entstehen?«

»In Wasserburg.«

»Und wer war an diesem Projekt alles beteiligt?«

»Mondringer, Kandras, unsere Bank und eine österreichische Bank … aus Bregenz … Raiffeisen.«

»Und was ist nun mit dem Laster?«

»Na ja. Der Mondringer ist doch in den Laster gefahren … auf der B31 bei Friedrichshafen irgendwo. Er ist tot.«

Schielin schwenkte um und fragte überraschend: »Und Sie haben ihn auch nicht vermisst, als er sich seit jenem Dienstag nicht mehr gemeldet hat?«

Die Frage verstimmte sie. »Ich hatte mir ab Donnerstag

frei genommen. Und Herr Kandras hat nicht jeden Tag mit mir telefoniert. Er hat seine Termine selbst organisiert und etwas Wichtiges ist auch nicht reingekommen, dass ich ihn hätte verständigen müssen.«

»Und in welcher Beziehung standen Sie zu Raimund … Kandras?«

Die Putzfrau unterbrach wieder ihr Kauen und lauschte.

»Ich war seine Sekretärin«, lautete die beleidigte Antwort.

Schielin nickte und sah zur Putzfrau. Er ließ es sein, sie zu fragen.

Im Büro packte er einige Akten ein. Die letzten Steuererklärungen und Korrespondenz. Die Sekretärin scherte sich nicht darum, was er mitnahm und sonst schien sich auch niemand für die Nachlassenschaft von Kandras zu interessieren. Als er fertig war, nahm er die Wohnungsschlüssel in Verwahrung und schickte die beiden nach Hause. Gerade als er zur Dienststelle zurückfahren wollte, kam der Post-Seppi, der auch für Schielin zuständig war, mit dem Rad vorbei. Schielin stoppte ihn und fragte, ohne zu erklären worum es eigentlich ging, nach Kandras. Seppi war noch relativ nüchtern für die Tages- und Jahreszeit. Es konnte auch daran liegen, dass die Weinstube Reutin für ein paar Tage geschlossen hatte. Schielin erhielt nachvollziehbare Antworten. Es gab keinen Nachsendeantrag, es waren keine auffälligen Sendungen eingegangen, nicht mehr und nicht weniger Post in der letzten Zeit. Von Seiten der Deutschen Post war also alles in bester Ordnung.

*

Die Akten deponierte Schielin in einer Kiste. Funk würde sie durchsehen müssen. Schielin musste aber einen günstigen Augenblick abwarten, ihm das beizubringen. Lydia Naber wartete schon ungeduldig darauf, endlich mit ihm reden zu können, was sich durch ihre unaufdringliche Ausgeglichenheit und die bedachten Bewegungen ausdrückte. Er kannte diese verborgene Aufgeregtheit und tat ihr den Gefallen. »Du hast doch was, oder? Leg schon los.«

Ihr Kopf bewegte sich langsam nickend auf und ab. »Und was gar nicht so Schlechtes. Ich will dafür gelobt werden.«

»Lass erst mal hören.«

»Ich habe mich über diese Bank hergemacht und was mich besonders interessiert hat, war – wem gehört eigentlich so eine Bank?«

»Interessiert mich auch. Wie gründen wir also eine Bank?«

Lydia Naber ging nicht darauf ein. »Hör zu. Kehrenbroich ist zwar Direktor, aber ihm gehört die Bank nicht. Und die besondere Feinheit ist – es handelt sich bei *Faynbach & Partner* um keine Bank, sondern um eine Liechtensteiner Vermögensverwaltungs-AG. Das ist ein großer Unterschied. *Faynbach & Partner* unterhält hier in Lindau nur eine Dependance, hat also keine Struktur aufgebaut, die der einer Bank entspricht. Das ist wichtig, denn ansonsten würde sie nicht unter die Ausnahme von Paragraf zweiunddreißig Kreditwirtschaftsgesetz fallen.«

Schielin schaute sie fragend an. »Hast du einen Crashkurs bei Funk gehabt, oder was?«

Lydia Naber verzog den Mund und fuhr fort.

»Das ganze funktioniert so. Bei der BKG handelt es sich

um eine Liechtensteiner AG, die im Besitz einer Finanzdienstleistungslizenz ist. Die BKG ist sozusagen die Muttergesellschaft und hat beherrschenden und geschäftsführenden Einfluss auf eine deutsche GmbH – *Faynbach & Partner*. Die BKG hält hat an *Faynbach & Partner* achtzig Prozent Gesellschaftsanteile und hat somit die geschäftsführende Kontrolle. Kehrenbroich hält übrigens zwanzig Prozent.

»So so, hält er«, warf Schielin ein.

»Um es vorweg zu nehmen. Die BKG ist eine ordentliche Liechtensteiner Gesellschaft, also keine Scheinfirma. Die haben in Liechtenstein richtige Büros, eine Geschäftsführerin und so. Also nicht nur ein Briefkasten.«

»Das hätte ich jetzt eigentlich erwartet«, sagte Schielin.

Lydia Naber deutete durch eine Handbewegung an, dass es ihr ähnlich ergangen wäre. »Die BKG wiederum ist im geteilten Besitz zweier Schweizer Firmen. Eine heißt *DKL Immo*, hat ihren Sitz in St. Gallen und die andere hört auf den Namen *Sypexa*, und ist ebenfalls in St. Gallen beheimatet.«

Lydia legte ein Kunstpause ein. »*DKL Immo* und *Sypexa* gehören zur IFKA.« Lydia Naber hielt inne und sah Schielin an. Der winkte, dass sie weitermachen möge.

»IFKA steht für Immobilien und Finanzholding Kahlenberg. Frau Kahlenberg.«

»Wieso Frau Kahlenberg?«, fragte Schielin, der überlegte, wieso es sich um eine Frau handeln musste.

Lydia stöhnte. »Vergiss das mal mit der Frau.« Sie sah ihn eindringlich an und wiederholte langsam: »Kahlenberg«

Schielin überlegte und Lydia Naber wartete gespannt. »Immer noch nicht geschnallt?«

Schielin schüttelte den Kopf. »Nein. Was denn?«

Sie schüttelte ärgerlich den Kopf. »Mensch, du Denkschnecke! Kahlenberg!«

Er überlegte. Den Namen hatte er schon mal gehört, allerdings konnte er den Zusammenhang im Moment nicht herstellen.

»Okay. Du bist ein Mann, es war ein schwerer Tag, du hast zwei pubertierende Töchter und einen kastrierten, schreifaulen Esel. Ich gebe dir ein wenig mehr.«

Sie wartete ein paar Sekunden, um seine Aufmerksamkeit zu steigern. Dann flüsterte sie. »Anna Kahlenberg.«

Schielin schlug auf den Tisch. »Nein!«

»Na also! Anna Kahlenberg, verehelichte Kandras.«

Schielin lehnte sich zurück. »Dieses Luder. Das ist ja ... irre. Anna Kandras ist Besitzerin von *Faynbach & Partner*.«

»Ist ja nicht verboten, oder«, meinte Lydia.

»Das nicht. Aber astrein ist das wirklich nicht. Wie bist du drauf gekommen?«

»Bisschen telefoniert, in die Schweiz, mit einem Kollegen im LKA, dazu Google und unsere bescheidenen Infosysteme, das Übliche halt. Wir können uns übrigens mit unseren läppischen Datenbanken verstecken, wenn ich mir ansehe, was inzwischen alles im Internet herauszubekommen ist.«

Schielin hörte ihr nur noch halb zu. Er sah Anna Kandras vor sich. Sie stand im Mittelpunkt dieses Falles, das wurde immer deutlicher.

»Also Faynbach ist keine Bank?«, fragte Schielin.

»Nein. Definitiv nicht. Aber so was Ähnliches. Faynbach darf Finanzdienstleistungen anbieten ohne eine deutsche Zulassung zu brauchen. Das ist der Trick an det janze.«

»Ja dann ist mir das schon klar, mit den Bildern und so ...«, sagte Schielin versonnen.

»Welche Bilder?«, wollte Lydia wissen.

Schielin winkte ab. »Ach. Unwichtig. Aber was anderes. Ist es eigentlich schwer, eine Bank zu gründen?«

»Nee. Brauchst nur das nötige Kleingeld dazu.«

»Wie viel?«

»Kommt drauf an, ob es eine Bank im EWR-Gebiet sein soll oder eine Offshore Bank.«

»Offshore, das ist dann außerhalb des Europäischen Wirtschaftsraumes, oder?«

Lydia Naber nickte. »Genau. Für eine US- oder EU-Zulassung brauchst du circa vier Millionen Dollar Einlage und die Gebühren für die Bankgründung – mit allem drum und dran – liegen so bei etwa dreihunderttausend Euro.«

»Geht eigentlich«, sagte Schielin.

»Na ja. Aber bei den Amis und bei uns in der EU ist das auch noch mit enormen Auflagen und Kontrollen verbunden. Und genau da liegt ja das Problem für gewisse Leute. Aber wofür gibt es schließlich Juristen. Einige habe da interessante Lösungen gefunden – für ihre Mandantschaft. Zum Beispiel mit einer sogenannten Schwedischen Creditunion. Das kostet nur etwa fünfzigtausend Euro und fällt unter die Ausnahmen vom Zweiunddreißiger Kreditwirtschaftsgesetz.«

»Also so eine Art IKEA-Bank. Buchen Sie schon oder blechen sie noch«, meinte Schielin.

Sie schüttelte den Kopf. »Diese schwedische Creditunion ist in der EU angesiedelt – ohne aber den strengen

Regeln unseres KWG anheim zu fallen. Deutsche natürliche oder juristische Personen können eine direkte Vertragsbeziehung mit der Schwedischen Creditunion eingehen – also Bankgeschäfte abwickeln. Voraussetzung ist aber, dass die Gesellschaft in Schweden alle Anforderungen einer, erschrick jetzt bitte nicht, *steuerlichen Betriebsstätte* und eines *ordentlichen Geschäftssitzes* erfüllt. Allerdings darf eine solche Creditunion in Deutschland nicht mit einer Niederlassungsstruktur auftreten, denn dann würden wieder unsere strengen Regeln gelten. Aber wer so ein Ding aufzieht, will eh keine Filialen aufmachen. Die richten hier eine Repräsentanz ein und der Rest läuft übers Internet.«

»Aber wozu bitte ist denn der ganze Schmotter notwendig? Offshore-Bank, Creditunion, Finanzdienstleister?«

Lydia Naber sah ihn mit großen Augen an. »Freiheit und Unabhängigkeit. Du kannst dann eigene Pfandbriefe und Anleihen ausgeben – für welchen Zweck auch immer. Eigene Letters of Credit erstellen, Empfehlungen und Kontoauszüge drucken. Das ist doch schon was wert, oder?«

Schielin sah sie ungläubig an. Er konnte sich nicht so recht vorstellen, wie es war, eine eigene Bank zu besitzen. Seine beiden Töchter und der Esel forderten schon all seine Kraft.

Lydia Naber war in Fahrt. »Stell dir vor – eigene Kreditkarten! oder co-branded VISA oder MASTERCARD. Damit besteht dann die Möglichkeit, Geld zu transferieren, ohne dass man mit diesem bösen, bösen Bargeld herumtun muss. Auf diese Weise umgehst du ganz elegant die Riffe und Klippen des Geldwäschegesetzes. Was glaubst denn du, wie die irren Summen aus der organisierten Kriminalität verschoben werden? Und ich meine damit, die richtige organisierte Kriminalität und nicht diese Pipifaxheinis, die man bei uns inzwischen in den Bereich steckt. Ein paar Millionen kriegt man schon noch mit Köfferchen und Splittungen auf die Reihe. Überlege mal, was passieren würde, wenn wir in den Zügen von München nach Zürich einen Monat lang jeden Koffer aufmachen und durchsuchen würden. Da käme ein ganz schönes Häufchen zusammen. Und das nur mit den Doofen im Zug.«

Schielin stöhnte. »Ich weiß schon, weshalb ich lieber Mord- und Totschlag mache.«

»Ich erspare dir auch die Details in Kombination mit einer spanischen S.L. und der Panamabank. Fakt ist: wenn man über das nötige Geld verfügt und ein wenig Ahnung hat, kauft man sich eben so ein Bankenkonstrukt – von der Stange. Es gibt Kanzleien, die bieten komplette Offshore-Banken mit allem drum und dran im Internet an. Das kostet etwa fünfzigtausend Euro. Büro, Internetauftritt, Kontenführung pro Jahr noch mal fünfzehntausend Euro dazu. Mit so einem Ding verströmt man den Duft der großen, weiten Finanzwelt. Und du kannst Kreditauskünfte selbst erstellen, Bonitätsprüfungen beeinflussen.«

Lydia Naber richtete sich auf und stellte abschließend fest: »Mit einer Bank steht dir die Finanzwelt offen. Und dann das Prestige, das damit verbunden ist, wenn man ganz locker sagen kann, *das lassen wir von unserer Bank erledigen.*«

Schielin brauchte eine Weile, um die Informationen zu verdauen. Irgendwie kam er sich klein und unwichtig vor, als er berichtete, was er von der Sekretärin über Mondringer gehört hatte. Das war überhaupt nicht große, weite Welt.

Lydia wusste zu seiner Überraschung über den Unfall Bescheid. »Ja. Ich kann mich daran erinnern. Es war ein fürchterlicher Unfall draußen auf der B31. Die *Lindauer Zeitung* hat ja groß berichtet. Der arme Kerl hatte eine Frau und kleine Kinder daheim. Er ist mit seinem Auto direkt unter die hintere Achse gerast und war wohl sofort tot.«

»Es geht das Gerücht um, es sei kein Unfall gewesen und der Mondringer hätte das absichtlich getan«, sagte Schielin.

Sie wog den Kopf. »Gerede eben. Wie immer, wenn so was passiert. Es reicht doch eine kurze Unaufmerksamkeit, und peng! Also, ich halte das für Geschwätz, aber wir können ja mal mit der Trachtentruppe drüber reden.«

»Und mit seiner Familie«, fügte er hinzu.

Fleisch und Wurst

Es war inzwischen schon spät geworden und sie gingen ins Wochenende. Für Schielin ein einsames Wochenende, denn er musste am Fall weiterarbeiten, während Marja mit den Kindern zu ihren Eltern nach Winterthur fahren würde. Ganz alleine blieb er allerdings nicht, denn wenigstens für Ronsard hatte er dadurch etwas Zeit. Er fuhr nicht den direkten Weg nach Hause, sondern steuerte über die beiden Aeschacher Kreisverkehre in Richtung Insel, wo er sich noch auf einen kurzen Hafenspaziergang mit Marja treffen wollte. Im Kreisverkehr, dieser neuen deutschen Errungenschaft, diesmal am Europaplatz direkt vor der Seebrücke, warf er einen Blick auf die Bregenzer Bucht und registrierte in den Augenwinkeln das Aufblitzen markanter Alufelgen, die zu einer S-Klasse gehörten. Kurz entschlossen drehte er noch eine Runde, ließ ein paar Autos zwischen sich und der Nobelkarosse einfädeln und folgte Kehrenbroich, der dem Seeufer folgte und vor den Bahngleisen nach rechts in die Ladestraße einbog. Schielin wunderte sich, denn er wusste, dass Kehrenbroich in Wasserburg wohnte. Und das lag in entgegengesetzter Richtung. Der schwarze Benz wurde langsamer, als die alten Lagerhäuser ins Blickfeld gerieten. Schielin verringerte seine Geschwindigkeit, als er sah, wie Kehrenbroich am rechten Straßenrand anhielt und ausstieg. Er wirkte gehetzt, sah sich ein paar Mal um und sein Blick streifte sogar einmal Schielins Auto. Aber Schielin hatte genügend Abstand. Kehrenbroich eilte über die Straße hinweg, zu einem der Eingänge des Lagerhauses. Schielin stellte seinen Wagen ein Stück abseits der Hallen, in den Sichtschutz eines LKW-Anhängers und stieg aus. Das interessierte ihn nun schon, was Kehrenbroich in den Lagerhäusern hier draußen verloren hatte. In den Räumen hatten Import- und Exportfirmen ihre Geschäfts- und Lagerräume, den Händler von Film- und Fotomaterialien kannte er sogar persönlich. Alles solide Unternehmen. Jedenfalls war Schielin nichts Gegenteiliges bekannt. Er rief Marja an, die wenig begeistert klang, als er ihr erklärte, dass er sich verspäten würde.

Seine Geduld wurde auf eine harte Probe gestellt. Zwanzig Minuten musste er warten. Dann sah er Kehrenbroichs schlaksige Gestalt wieder aus dem Gebäude kommen. Diesmal jedoch aus einer Lagerhalle, an der das schwere Schiebetor aufgezogen worden war. Kehrenbroich sprang von der Laderampe hinunter auf die Straße, drehte sich der Halle zu und sprach mit jemandem, der drinnen stand und den Schielin nicht erkennen konnte. Kehrenbroich war sehr erregt, wie die hektische Gestik seiner Hände, überhaupt sein ganzes Gebaren vermittelte. Schielin war auch zu weit entfernt, um verstehen zu können, wovon der Banker redete. Zudem blickte der immer wieder kontrollierend zu den Seiten. Er wollte nicht, dass jemand mithörte. Kehrenbroich beendete den Disput mit einer ärgerlichen, wegwerfenden Handbewegung, ging zu seinem Auto und brauste davon.

Schielin fuhr langsam vor, zu der Stelle, an welcher Kehrenbroich aus der Halle gekommen war. Das Schiebetor war schon wieder verschlossen. Er lief die paar Meter zum Eingang und sah auf die Beschriftungen der Briefkästen. Ein Fotograf hatte hier sein Studio. Dann gab es eine Werbeagentur, eine Putzfirma namens *Blitzi* und die Handelsgesellschaft *Gepax*. Schielin überlegte. Er würde schon noch erfahren, wer Zugang zu dieser Lagerhalle hatte. Diese Handelsgesellschaft kam wohl am ehesten in Betracht. Was wollte Kehrenbroich hier und aus welchem Grund war er so aufgebracht gewesen? Schielin eilte zurück zum Lkw-Anhänger, und von dort aus auf die Rückseite der Lagerhalle. Hier befanden sich zwischen hohem Unkraut und Brennnesseln, von der Straßenseite abgewandt, einige Parkplätze. Ganz vorne stand ein abgewrackter Golf zwo, daneben ein alter Renault und zwei japanische Kleinwägen. Schielins Interesse erregte jedoch das rot-schwarz leuchtende Metall ein Stück weiter hinten. Er ging an den Kleinwagen vorbei, nicht ohne zu prüfen, was so auf den Sitzen herumlag, und stand schließlich vor einem schwarzen, tiefergelegten Mercedes E500. Die Scheiben waren dunkel getönt und das Ding stand auf derart niederquerschnittigen Niederquerschnittsreifen, dass man meinen konnte, der Gummi sei nur Zierde. Er pfiff freudig den Anfangstakt von Beethovens Fünfter. Das war eine Zuhälterkiste wie aus dem Polizeibilderbuch. Daneben breitete sich das matte Rot einer Corvette aus. Er notierte die Kennzeichen und ging nochmals zurück zum vorderen Eingang. Auf dem Weg dorthin fiel ihm ein Treppenaufgang zu einer Laderampe auf. Die Eisenbrüstung war ausgerissen und zwischen den metallenen Ständern war nun ein Seil gespannt, um Abstürze zu verhindern. Schielin war sich nicht mehr sicher, aber es sah fast so aus wie das, mit dem Kandras gefesselt war. Die Endstücke waren ausgefranst und ausgeblichen. Eine frische Schnittstelle war also nicht vorhanden. Trotzdem schnitt Schielin ein Stück ab, um es mit seinem Stück Seil vergleichen zu können.

Diese Autos und dann das Seil. Er war jetzt sehr neugierig, wer und was hinter *Gepax* zu finden war. Er fuhr durch seine braunen glatten Haare, um etwas Unordnung hineinzubringen und zog sein Hemd aus der Hose. Dann ging er den Gang entlang in Richtung einer Metalltür, auf der in großen Buchstaben *Gepax* stand. Kurz davor rief er laut: »Hallo, Hallo«, drückte die Klinke nieder und zog an. Glück gehabt. Die schwere Tür bewegte sich tatsächlich auf ihn zu und er warf einen Blick in den Lagerraum. Drei Männer kamen mit erschrockenen Gesichtern auf ihn zu. Hinter ihnen gewahrte er Kartons. Etwa doppelt so groß wie Umzugskisten. Sie waren aufeinander gestapelt und es mussten hunderte sein. Die drei Kerle, die auf ihn zukamen, trugen Jeans, schwarze Schuhe und schwarze Lederjacken. Alle hatten ihre Haare bis auf den Schädel rasiert und machten einen durchtrainierten Eindruck. Schielin lächelte ihnen entgegen und fragte: »Blitzi?«

»Chain Blitzi. Nix!« blaffte der Vorderste. Die drei verdeckten ihm nun die Sicht in die Halle. Einer der Glatzköpfe wies in den Gang hinter Schielin: »Dort! Blitzi!«

Schielin lächelte unverdrossen, nickte dankend, ging einige Schritte rückwärts und entbot noch mal ein kurzes Winken, bevor er sich umdrehte. Kurze Zeit später befand er sich auf dem Weg zur Insel und überdachte das, was er gerade entdeckt hatte. Er war sich darüber sicher, etwas entdeckt zu haben. Nur was genau? Und was hatte Kehrenbroich mit einer von Russen betriebenen Handelsklitsche zu schaffen? Gut. Vielleicht gehörte *Gepax* zu den Kunden der Bank. Aber die Art und Weise wie Kehrenbroich mit diesen Leuten gesprochen hatte, deutete auf einen vertrauten und intensiveren Kontakt hin. Das Verhalten von Kehrenbroich hatte bei aller Aufgeregtheit auch etwas angstvolles, und Schielin brauchte nicht viel Fantasie, sich vorzustellen, wovor Herr Bankdirektor Angst haben könnte. Die drei Gestalten da drinnen genügten. Doch auf welche Weise war alles miteinander verknüpft? Er brauchte Zeit zum Nachdenken. Vor allem Zeit für ein gutes Gespräch mit Ronsard. Gar nicht schlecht also, dass Marja mit den Kindern in die Schweiz fuhr. Marja fiel ihm wieder ein. Die *Gepax* musste warten. Marja ging vor. Erst das Rosenspalier an der Heidenmauer brachte ihn in jene Stimmung, sich auf den kurzen Abend zu freuen.

Es ließ ihm keine Ruhe. Es war spät am Abend. Marja war mit den Kindern bereits auf dem Weg in die Schweiz und Ronsard wie auch die Friesen waren gut versorgt, da machte er sich nochmals auf den Weg zur Dienststelle und recherchierte die Autokennzeichen. Zu seiner Überraschung waren die beiden Autos nicht auf eine Firma zugelassen, sondern auf einen gewissen Eugen Kubasch, der 1961 in Sverdskoje geboren war und in Langenargen wohnte. Wie Schielin weiter herausfand, hatte dieser Kubasch auch schon tüchtig arbeiten lassen. In seiner Kriminalakte fand sich eine ansehnliche Sammlung bestehend aus Körperverletzungen, Hausfriedensbrüchen und Nötigungen. Wie gut, dachte Schielin, dass Kubasch den irreführenden Weg der Rechtsverletzungen verlassen hatte und nun ein ehrenwerter Geschäftsmann geworden war. Wie gut. Schielin suchte weiter. Diesmal im Internet. *Gepax* verfügte über eine eigene Website und im Impressum tauchte Kubasch als geschäftsführender Gesellschafter auf. Schielin lachte böse, als er es las. Kubasch handelte hauptsächlich mit zwei Güterbereichen, die unterschiedlicher nicht sein konnten. Second-Hand Industrieanlagen und – Fleisch. Ob das so gut zusammenpasst, dachte Schielin, der nun Hunger verspürte und sich auf den Nachhauseweg machte.

Trotz der noch immer dräuenden Wolken, die weder Mond- noch Sternenschein durchdringen ließen, war die Luft lau. Ideal für die Radeltour, die ihm bevorstand.

*

Es war noch schummrig, als er am nächsten Tag aufstand und nach einer Tasse Tee zur Weide radelte. Während er Ronsards Fell striegelte, erzählte er ihm vom Stand der Dinge. Ronsard stand wie eingefroren am Stamm des alten Birnbaums, der schon lange keine Früchte mehr trug, und allein seiner Schönheit wegen keiner Turbobirne weichen musste.

»Also ich werde nicht schlau aus der Sache, mein alter Esel. Unser Kandras wird tot aus dem See gefischt. Umgebracht. Seine Frau – du erinnerst dich: die Untraurige, Nichtweinende – verachtet ihn, lässt sich aber nicht scheiden, trägt weiterhin seinen Namen. Und diese kühle Schöne ist ganz nebenbei im Besitz einer Bank. Sie hängt das nicht an die große Glocke. Nein. Sie versucht es sogar zu verbergen, indem sie ihren Mädchennamen verwendet. Und ausgerechnet diese Bank unterhält mit ihrem gefühlten Ex-Ehemann geschäftliche Beziehungen solcher Art, dass der Bankdirektor als erster und vielleicht auch einziger das Verschwinden seines Kunden registriert. Sonst scheinen sich Herr Direktor nicht so viele Sorgen zu machen, worauf der vertrauliche Umgang mit umgeschulten russischen Zuhältern deutet. Die präsentieren sich heutzutage im Internet, handeln mit gebrauchten Industrieanlagen und Fleisch. Welch eine Kombination. Stell dir das mal vor!«

Ronsard war nicht erschüttert. Ein unbedeutendes Zittern der Haut, ein zaghaftes Wedeln des Schwanzes und ein Rülpser – mehr waren ihm die Neuigkeiten nicht wert. Schielin kratzte stumm die Hufe aus, legte das Halfter an und zog los. Die Sonne lag immer noch hinter Bergen und dunkelgrauen Wolken verborgen.

»Natürlich sollte man unvoreingenommen an die Sache herangehen. Aber ein vorbestrafter Russe, der Fleisch in seine Heimat exportiert, zusammen mit gebrauchten Industrieanlangen ... alles was Recht ist, da kommen mir ganz unappetitliche Bilder vor Augen und Vorurteile *en masse* in den Sinn.«

Ronsard blieb abrupt stehen und stieß zweimal kräftig mit seinem rechten Fuß in den Waldboden.

*

Als Schielin am späten Vormittag sein Büro betrat, stutzte er, denn Lydia saß am Schreibtisch. Immerhin war es Samstag.

»Was machst denn du hier?«, fragte er überrascht und schmiss seine Jacke über den Haken an der Tür.

»Das gleiche könnte ich dich fragen. Ich denke du bist in der Schweiz.«

Schielin winkte ab.

Sie grinste hinterhältig. »Ah. Die Wasserleiche kam wohl gar nicht so ungelegen daher geschwommen, mein Lieber, he?«

Er setzte sich schweigend und nahm sich Notebook und

Terminplaner von Kandras vor, die er aus der Wohnung mitgenommen hatte.

Lydia ätzte weiter. »Was war denn der Grund, dass du hier geblieben bist? Die beiden kleinen Pubertätsbazillen oder kommt die nette Schwägerin mit ihrer tollen Family auch zum Familientreffen? Wie war das noch mal, ihr Sohn studiert in Harvard, das viersprachige Töchterchen an der europäischen Eliteuni in Brügge … und wie lang war noch mal das neue Boot? Waren es zwölf Meter …?«

Schielin sah erschrocken hoch. Nicht wegen der ätzenden Kommentare von Lydia. Nein. Daran hatte er gar nicht mehr gedacht. Seine Schwägerin Katrina wollte ja tatsächlich nach Winterthur kommen. Er schnaufte erleichtert aus. Das wäre ihm fast durchgegangen, und so langsam wurde ihm auch klar, weshalb es keine großen Diskussionen mit Marja gab. Sie hatte nichts dagegen, dass er hier geblieben war. Es gelang ihm ja immer nur äußerst schlecht zu verbergen, was er von dieser alles dominierenden, geschwätzigen Geschäftsfrau aus Luzern hielt. Erst die Tour mit Ronsard und jetzt diese Entdeckung. Das hellte seine Laune zusehends auf.

Schnell war er wieder bei der Sache, »Und was ist mit dir«, konterte er, »keine Hausarbeit mehr zu erledigen, oder Stress mit Mamas Liebling?«

»Mamas Liebling ist irgendwo im Hinterland beim Zelten mit der Jugendgruppe, Bechtersweiler, oder die Richtung. Ist da gut aufgeräumt und wird schon alles glatt gehen. Wenn was wäre, hat er das Handy dabei. Und Christian ist nach München zum Fußball gefahren. Was soll ich also zu Hause?«

»Und was genau machst du?«, fragte Schielin unnützerweise.

»Ich wollte mir einfach noch mal die Akten durchlesen. Obduktionsbericht, die Sache mit der Bank und so. Vielleicht fällt mir was auf. Habe so ein komisches Gefühl. Und du?«

Schielin verkniff sich eine Bemerkung über Lydias Gefühle. »Wollte mir das Notebook und das Notizbuch von Kandras mal genauer ansehen.« Er sah dabei auffordernd zu ihr hinüber und musste nicht lange warten.

»Also. Erzähl schon. Was hast du rausbekommen?«

Er berichtete von der kurzen, aber erkenntnisreichen Observation vom Vortag.

»Oohh. Fleisch … nach Russland … auch noch von so einem. Igitt. Das sag ich dir aber gleich. Mich kriegst du nicht in so einen Schuppen rein, gell.«

»Was für einen Schuppen denn …?.«

»Na ja. Schlachthöfe, Fleischabfälle, Dönerbuden und so weiter. Mir reicht das schon in den Nachrichten. Ich zappe da ja schon weg. Ist ja eklig. Es vergehen einem am Ende noch die Leberkässemmeln.«

»Wieso, die haben doch garantiert neunundvierzig Prozent Fleischanteil«, beschwichtigte Schielin.

»Und was machst du jetzt mit der Russenmafia?«, wollte Lydia wissen.

»Wir wissen ja noch gar nicht, ob das was mit Mafia zu tun hat.«

Sie stützte sich mit beiden Armen auf den Tisch und lachte höhnisch. »Also das glaubst du ja wohl selbst nicht. Alles Mafia! Das sag ich dir. Die Autos, die Typen, die Vorstrafen, dann diese Hütte da draußen in der Ladestraße. Ja du lieber Himmel! Es passt doch alles. Als Sahnehäubchen noch der Kontakt mit dem Chef einer Finanzholding, und das hier, in nächster Nähe zur Schweiz. Heiligs Blechle. Eigentlich sollten wir den Fall sofort ans Landeskriminalamt abgeben, oder?«

»Du willst doch, dass was rauskommt, oder?«, grinste er.

*

Während sich beide still ihren Arbeiten widmeten, stauten sich an den geschlossenen Bahnschranken vor der Insel Autos und Busse in langen Kolonnen. Trotz des trüben, windigen Wetters drängten sich Einheimische, Insulaner und Feriengäste in den engen Gassen der Lindauer Altstadt. Ohne Absicht erzeugten sie allein durch die Art und Weise ihrer Gegenwart jenes gedeihliche Miteinander, das Ferienorten eigen sein sollte.

Ein schweizerischer Schnellzug fuhr langsam über den Bahndamm, hinüber zur Insel. Die Fahrgäste genossen den Blick über die leidlich aufgebrachten Wasser des Bodensees, hinüber zum Schachener Ufer, auf stolze Villen und auf die prächtige Silhouette des Hotels Bad Schachen mit seiner märchenhaften Ausstrahlung.

Als der Zug mit ächzendem Kreischen endlich zum Stehen gekommen war und die Türen sich mit lautem Zischen öffneten, stieg ein Mann bedächtig die zwei Stufen zum Bahnsteig hinunter. Er achtete darauf, seinen dunklen Trenchcoat nicht über die Waggonstufen schleifen zu lassen und richtete seinen Hut. Mit einer bereits zur Eigenart gewordenen Bewegung der rechten Hand fühlte er nach der Brieftasche, die sich in der linken Brusttasche des Jacketts befinden musste. Er wirkte wie ein stiller Fels zwischen all den aufgeregten Begrüßungsritualen, freudigen Rufen, herzlichen und höflichen Umarmungen. Als er sich der Existenz dessen, was ihm wichtig war, versichert hatte, ging er zur Bahnhofshalle, durchquerte sie, ohne von ihrer vergilbten Schönheit etwas wahrzunehmen, und wechselte die paar Meter hinüber, ins Foyer des Hotels Bayerischer Hof. An der Rezeption wurde er freundlich begrüßt, seine Reservierung der Suite, mit Balkon und Hafenblick, war am Vortag bereits erfolgt. Als der Page die Tür, zufrieden über den Frankenschein, den er in seiner Hand hielt, hinter sich geschlossen hatte, holte Kafelnikov die kleine Wodkaflasche aus der Reisetasche und nahm einen kräftigen Schluck. Danach setzte er sich hinaus auf den Balkon und sah auf die filmreife Kulisse des Hafens mit Leuchtturm, Bayerischem Löwen und der Kette schneebedeckter Berge. Er wurde ein wenig wehmütig, erinnerte ihn dieser Blick doch an die Landschaft seiner Heimat, dem Ural. Als er den sentimentalen Anflug überwunden hatte, ging er zurück ins Zimmer, öffnete den dünnen Aktenkoffer und strich fast zärtlich über das Metall, bevor er die Waffe herausnahm. Der Schalldämpfer war schnell aufgeschraubt. Als diese Arbeit erledigt war folgte ein weiterer Schluck, wonach er endlich das Kuvert öffnete und mit dem Inhalt abermals den Balkon aufsuchte. Vier Farbfotos hielt er in Händen und zwei Packen Euroscheine. Hunderter und Zweihunderter. Es war zwar nicht erforderlich, aber er war in dieser Hinsicht altmodisch. Einen Teil des Geldes wollte er immer als cash. Alle Tätigkeiten verrichtete er langsam und überlegt. Als hätte er jede einzelne Bewegung vorher einstudiert.

Auf den Fotos fand er das Gesicht eines Mannes, hager und hart, mit engen Augen. Ein weiteres Bild zeigte ihn ganz, neben ihm eine Frau. Die schlanke Figur und die schwarzen Haare gefielen Kafelnikov. Auf dem nächsten Foto war der Eingang zu einem älteren Gebäude zu sehen und auf dem letzten Bild schließlich ein Auto. Kafelnikov grinste, als er die schwarze Karosse sah. Eigentlich war der Typ ihm sympathisch. Er mochte den gleichen Typ – Frauen wie Autos.

Auf dem ersten Bild hatte jemand mit Schreibmaschine in kyrillischen Buchstaben Namen, Vornamen und Adresse getippt. Sehr ordentliche Arbeit.

Auch er wollte ordentliche Arbeit verrichten. Wie immer.

Nach einem dritten Schluck Wodka ging er duschen und machte sich anschließend auf den Weg. Er musste eine geeignete Stelle finden. Zuerst spazierte er am Bahnhof vorbei, direkt auf einen gelbfarbenen Bau zu, in dem sich Gotik und Renaissance begegneten. Kafelnikov entdeckte links dahinter eine Brücke. Er stieg die breiten Stufen empor und querte die Eisenbahngleise.

Irgendwo am Ufer sollte es sein. Rechts sah er einen riesigen Parkplatz, daher wandte er sich nach links, marschierte zwischen zwei modernen Gebäuden hindurch in Richtung See. Er konnte nicht wissen, dass hinter den Mauern rechts von ihm eine junge Frau gerade größere Brüste erhielt, während einen Stock tiefer der Hintern eines verblühten Playboys gestrafft wurde. Die Dralle mit den kurzen braunen Haaren, die ihm gerade entgegenkam, war hier, um sich Fett absaugen zu lassen.

Er stieß an die Ufermauer. Alter, grauer Stein. Links war zwar ein Durchgang. Eine Treppe führte nach unten auf einen Strand mit groben Kiessteinen. Ein ungeeigneter Ort, denn da unten hatte man keine Kontrolle über das, was über einem geschah. Er folgte dem Uferweg nach rechts, bis zu einem wunderschönen runden Turm mit Kegeldach. Wohlproportioniert war er in ein Winkelstück der Ufermauer gesetzt. Kafelnikov schlenderte weiter und hielt an einer Skulptur, die ihn verharren ließ. Zwei glatzköpfige Männer mit athletischen Körpern standen einander gebeugt gegenüber. In ihrem Nacken trugen sie riesige Kugeln, was ihren Gestalten etwas jammervolles verlieh und insgesamt eine Aura strenger Kargheit verbreitete. Ihre Körper und haarlosen Schädel hätten ein Abbild von ihm sein können, so dass er sich beunruhigt umsah. Das hier war kein guter Ort für sein Vorhaben. Er musste weg von der Insel.

Die Villa

Anna Kandras saß auf der Couch. Auf ihren Knien lag ein Buch über Jean Arp. Nora saß hinten am Klavier und übte eines der lyrischen Stücke von Edvard Grieg. Anna Kandras hatte weder Augen für Arps Skulpturen noch Ohren für das Spiel ihrer Tochter. Sie folgte nicht den sanften Tönen, gewahrte nicht die Perfektion und Schönheit ihres Spiels.

Sie hatte die Augen geschlossen und dachte nach. Eine große Unruhe hatte ihr Inneres ergriffen, was ihr rein äußerlich nicht anzumerken war. Lange hatte sie gebraucht zu verstehen, dass die kühle Ausstrahlung, die sie vermittelte, auch einen Vorteil bedeutete. Der bestand darin, dass ihrem Gegenüber ihr eigentlicher Gemütszustand verborgen blieb. Wenigstens etwas Gutes, dachte sie, und lächelte bitter.

Sie versuchte sich zu erinnern, jede Kleinigkeit zu durchdenken – die letzten Tage, letzten Wochen. Doch nichts ergab einen Sinn. Dieser Schielin machte sie nervös. Er war keineswegs so unbeholfen oder naiv, wie er es sie glauben lassen wollte. Er würde wieder kommen und andere Fragen stellen. Fragen womöglich, deren Beantwortung sie ernsthaft in Schwierigkeiten bringen konnte. Dazu kam die Unkenntnis darüber, was er bereits wusste. Sie biss auf ihre Unterlippe, so dass es wehtat. Gerade jetzt. Jetzt, so kurz vor dem Ziel. Alle ihre Pläne waren durchkreuzt. Wie sie die Dinge auch drehte und wendete – es blieb keine Zeit mehr zu warten. Sie musste es nun anpacken. Viel früher als sie es vorgehabt hatte. Der Gedanke, ihm gegenüber zu treten, verursachte ihr Übelkeit, obwohl sie das Leben der letzten Jahre auf diesen Augenblick ausgerichtet hatte. Ihr Bestreben, die Dinge zu ordnen, unter Kontrolle zu halten, den Zeitpunkt des Handelns selbst zu bestimmen, war nun hinfällig. Das Geschehene entwickelte eine Dynamik, deren Kraft sie sich nicht entgegenstellen konnte. Sie musste jetzt einen Anfang machen.

Nora erschrak, als ihre Mutter abrupt aufstand, und unterbrach *Le Menuett de Grand-Mère*. Anna Kandras entschuldigte sich mit einer sanften Berührung im Vorübergehen. »Tut mir Leid, Liebes, aber ich muss noch mal weg. Es ist so schade, denn du spielst so wunderbar. Du wirst eine große Künstlerin werden«, und dann fügte sie hinzu, »die Begabung .... die hast du von Deinem Vater«. Sie versuchte ein kameradschaftliches Lächeln. »und den Ehrgeiz ... von mir.«

Nora behielt ihre Haltung bei, die Finger auf den Tasten ruhend, und blickte ihr ernst nach.

Eigentlich verrückt, dachte Anna Kandras. Ich weiß ja gar nicht, ob er zu Hause ist. Sie stellte das Auto unter dem Blätterdach einer uralten Ulme ab und ging zögernd die paar Schritte zum schmiedeeisernen Tor. Zaghaft drückte sie die Klinke und tatsächlich ließ sich die Tür öffnen. Sie verzog die Lippen zu einem verächtlichen Grinsen. Die gleiche Arroganz wie früher – er schließt nicht einmal ab.

In der Mitte eines Parks aus Eichen, Buchen und Ulmen stand die Villa. Zum Ufer waren es nur gut dreißig Meter. Sie sah sich um. Es hätte ein Paradies sein können, und doch waren ihre Erinnerungen an diesen Ort einzig mit einer traurigen Assoziation verbunden – Einsamkeit. Sie hörte auf das Geräusch, das ihre Schuhe im Kiesbett hervorriefen. Vom Haus her war nichts zu hören. Der Wind ließ die Blätter der Bäume über ihr rauschen, Vögel sangen und der Wellenschlag des Sees gab einen arhythmischen Takt hinzu. Als sie das Haus erreicht hatte und der Blick zur Ufermauer hin frei war, sah sie ihn. Ein wenig erschrak sie. Er stand an seinem Platz, direkt auf den Granitblöcken der Ufereinfassung und sah hinüber zum schweizerischen Ufer, das heute nur schemenhaft als dunkelgrauer Fleck zu erkennen war. Sie hatte dieses Bild oft gesehen, doch heute stand da eine leicht gekrümmte, aber immer noch sportliche Gestalt. Jedoch war diesem Körper, bedeckt von weiten grauen Hosen und einem dunkelgrünen Poloshirt, das Alter anzusehen. Der Anblick erschrak sie und war doch Trost zugleich. Sie hätte fast lachen mögen, als ihr klar wurde: Er wird alt! Ja, er wird alt! Diese noch zaghafte Krümmung des Rückens deutete es an, machte einen Blick in die Zukunft möglich. Das Herz schlug ihr bis zum Hals, während sie auf ihn zuging. Er würde sie nicht hören können, denn der Kiesweg endete am Haus und von da an dämpfte dichter Rasen ihre Schritte. Ein paar Meter von ihm entfernt blieb sie stehen und sagte nach einem kurzen Augenblick, in welchem sie ihre Stimme zurechtlegte: »Kandras ist tot.«

Er zuckte nicht, zeigte auch sonst keine Regung. Das ärgerte sie. Gern hätte sie sein Erschrecken gesehen. Trotz gekrümmten Rückens hatte ihr Vater also nichts von seiner Arroganz und Überheblichkeit eingebüßt. Spielte noch immer die alten Spielchen. Er wartete, drehte sich nicht um, sondern sagte ein gespielt überrascht klingendes »Ja?«

Dann fragte er: »Ist Nora dabei?«

Zunächst war Anna Kandras von seiner Gleichgültigkeit beeindruckt. Doch jetzt lachte sie laut und voller Verachtung. Nora war aus seinem Leben verschwunden. Er wusste es nur noch nicht. Sie fand sich wieder und war froh, dass er sein Gesicht immer noch dem See zuwandte. »Es geht nicht um Nora. Kandras ist tot. Er wurde ermordet.«

Jetzt erst drehte er sich langsam um. »Ermordet?«, fragte er gedehnt und ungläubig.

Sie nickte.

»Von einer seiner Huren?«, stellte er verächtlich fest.

»Damit kennst du dich ja bestens aus«, erwiderte sie böse.

Er neigte den Kopf und antwortete mit Schweigen.

»Man hat ihn aus dem See gefischt. Die Arme waren auf dem Rücken gefesselt. Ich musste ihn identifizieren.«

Kahlenberg schürzte die Lippen. »Ich hätte mein Enkelkind gerne einmal wieder gesehen. Sie wird mich vermissen.«

Anna Kandras antwortete ohne Erregung. »Wer immer dich vermissen mag. Ich vermisse dich nicht, und Nora vermisst dich schon gar nicht.«

Sie wunderte sich über die Härte, die sie ihren Worten verleihen konnte. Er stand da und sah sie prüfend an. So vergingen einige Sekunden, in denen keiner von beiden seinem Körper eine Bewegung gestattete, geschweige denn etwas sagte. Ihre Blicke allein machten deutlich, wie tief die Kluft zwischen ihnen war. Es gab kein einander mehr.

Es war Ottmar Kahlenberg, der wieder das Wort ergriff. »Was willst du dann hier? Kandras interessiert mich nicht.«

Sie lachte. »Das war aber auch mal anders, wenn ich mich recht entsinne.«

Er sagte mit einem Ausdruck von Belanglosigkeit: »Ja, damals war er von Bedeutung für mich«, und fügte wie nebenbei an, »aus geschäftlichen Gründen.«

Eine Erschütterung durchlief ihren Körper, kaum dass er die letzten Worte gesprochen hatte. Der Oberkörper deutete eine schnelle, heftige Bewegung nach vorne hin an und dieses zu einer Bewegung gewordene Denken einer Attacke setzte sich in ihrem rechten Arm fort. Ottmar Kahlenberg wich instinktiv zurück und benötigte einige Anstrengung, sein Erschrecken verborgen zu halten. Damit hatte er nicht gerechnet. Nach außen hin war es kaum merklich doch er war zutiefst verunsichert, ja verwundet. Während er sie schweigend ansah, überlegte er, wann er zuletzt in der Situation eines Angegriffenen gewesen war. Ausgerechnet er. Er, der immer auf der genau anderen Seite stand.

»Ich … habe ihn geheiratet!«, zischte sie wütend und nahm gleichzeitig die Spannung aus ihren Muskeln.

Er zog es vor nichts zu entgegnen. Die Situation war ihm fremd.

Anna Kandras hingegen fühlte Sicherheit und Stärke. Sie stand mit beiden Füßen fest da, fast so verwurzelt wie die alten Buchen um sie herum. Aus diesem Bewusstsein sog sie Kraft. Eine Kraft, die umso stärker wirkte, als sie erkannte, dass sie sich nicht aus der Schwäche ihres Gegenübers speiste, sondern aus ihr selbst kam.

»Du wirst alt«, sagte sie abschätzig.

Es traf ihn härter, als wenn sie ihn geschlagen hätte. Sie rührte damit seine eigenen Ahnungen und Ängste an. Er spürte es selbst, jeden Tag mehr, wie sein Körper alt wurde. Und Anna hatte keine Angst mehr vor ihm. Fast wäre er ins Taumeln geraten, doch die alten Reflexe funktionierten noch. Er sagte mit sicherer Stimme: »Weshalb bist du eigentlich gekommen? Brauchst du Geld?«

»Dein Geld habe ich nie gebraucht. Nie. Und wenn du Geld gabst, so war es immer das Geld meiner Mutter. Deines hätte ich auch nie genommen. Alles was du hast, stammt von meiner Mutter. Du hast lange genug gut gelebt davon. Hättest zusammen mit Kandras fast alles ruiniert.«

Er schluckte. Immer noch standen sie nahe der Ufermauer und nur das sanfte Rollen der Wellen milderte die Härte und Bösartigkeit, die in jeder Silbe, jedem Blick lag. Kahlenberg fühlte, wie ein Schweißtropfen den Nacken hinunterperlte. Was wollte sie hier und was um Himmels Willen trieb sie an?

»Was habt ihr für Geschäfte gemacht, du und Kandras?«, lautete ihre Frage.

Er zuckte mit den Schultern, war gleichzeitig froh, das Gespräch in eine sachlichere Richtung leiten zu können. Sachlich war er immer gewesen. »Wir haben seit geraumer Zeit keine Projekte mehr miteinander durchgeführt. Ich habe das nicht mehr nötig und er hatte ja seit einigen Jahren diese Faynbachtruppe, mit der er eng zusammenarbeitete.«

Sie grinste ihn an.

»Du … hast es nicht nötig? Er hat Dich schließlich eine ganze Menge Geld gekostet … seine tollen *Projekte*. Ich glaube mal, die großen Zeiten sind vorbei.«

Kahlenbach schwieg. Woher wusste sie so gut Bescheid?

Sie sah ihn kalt an, und ihr Blick war voller Angriffslust. Da stand er vor ihr, der große Kahlenberg. Wie hatte er sie als Kind genannt? Hühnchen? Damals fürchtete sie sich vor ihm. Ihr war bang gewesen seiner Arroganz und seinem Unverständnis zu begegnen, das er allem entgegenbrachte, was nichts mit Geld zu tun hatte. Die Wutausbrüche stellten seltene Ereignisse dar. Und das mit Mutter? Sie würde ihm nichts verzeihen. Es gab keine Vergangenheit.

Er stand da und wirkte eingeschüchtert. Das war es also, was ihm imponierte. Und sie hatte gedacht, das könnten nur Geld und Nutten bewirken.

Auch sie war wie gebannt – vom Wissen, dass er taumelte. Trotzdem beherrschte sie sich. Heute war der Tag an dem er taumeln sollte – nicht fallen. Es war nicht der Tag es ihm zu sagen. Die Wahrheit. Ihre Wahrheit. Sie gab dem Drängen, tief aus ihrem Inneren kommend, nicht nach.

Ganz so einfach sollte er es aber auch nicht haben. Sie wandte sich ab und ging. Ließ ihn zunächst einfach stehen. Nach ein paar Metern stoppte sie und sagte laut in Richtung Villa: »Du hast nichts zu erwarten. Du warst nie mehr als ein Vermögensverwalter«. Sie deutete mit einer bestimmenden Kopfbewegung auf die Villa »Das alles hier steht dir nicht zu. Es gehört mir, weil es meiner Mutter war! Du hast hier nichts verloren. Ich will, dass du hier verschwindest, mitsamt deinen Schlampen. Tu es, solange du noch selbst darüber bestimmen kannst. Ich gebe dir einen Monat Zeit. Meine Anwälte werden sich bei dir melden.«

Dann drehte sie sich ganz zu ihm um, hob stolz den Kopf und sagte: »Ich – bin eine Adlerin!«

Mit jedem weiteren Schritt nahm sie Besitz – vom Park, den Bäumen, vom Haus, den Geräuschen. Jetzt war sie zuhause – und es sollte einmal Nora gehören. Das hatte sie gerade beschlossen.

*

Schielin war mit der Auswertung des Notizbuchs zu Ende gekommen. Sonderlich viel hatte es nicht ergeben. Kehrenbroichs Telefonnummer tauchte sehr oft auf und eine weitere Nummer, die aus Lindau sein musste, denn eine Vorwahl war nicht vermerkt. Er würde da einmal anrufen. Ansonsten fanden sich die Namen von Baufirmen, Banken und Notaren. Die Eintragungen und Telefonnummern, die nicht schlüssig zuzuordnen waren, hatte Schielin notiert. Insgesamt aber war er enttäuscht von dem mageren Ergebnis. Im Zeitraum zwischen Mittwochabend und dem angenommenen Todeszeitpunkt am Wochenende herrschte völlige Leere in den Stundenregistern, was allerdings insoweit auffallend war, als dass bis zum Mittwoch und dann wieder am Montag eine Fülle von Terminen eingetragen war. Kandras hatte wohl vorgehabt ein paar Tage Urlaub zu nehmen. Einzig am Donnerstag fand sich ein Eintrag, der jedoch keinen Termin beschrieb. Vielmehr las Schielin den Namen einer Gemarkung im Norden der Stadt. *Taubenberg* stand da in großen roten Druckbuchstaben, die den ganzen Donnerstag Vormittag markierten. Schielin wusste damit nichts anzufangen und seine Gedanken wanderten zum Obduktionsbericht, den Lydia gerade durchging.

»Und? Wird unsere bisherige Vermutung bestätigt?«, fragte er etwas resigniert.

»Bin ja schon dabei. Augenblick noch«, antwortete Lydia Naber genervt. Zeige- und Mittelfinger folgten konzentriert den viel zu kleinen Typografien. Dabei murmelte sie leise vor sich hin. So leise, dass Schielin nichts verstehen konnte. Das machte neugierig. Er wartete geduldig und endlich richtete sie sich abrupt auf. »Passt! Genau wie wir vermutet haben. Die Abschürfungen an den Handgelenken sind zwar von den Fesseln verursacht worden. Allerdings war keine Gewebeeinblutung feststellbar. Die Haut wurde durch die Fesselung abgeschabt.«

Schielin nickte zufrieden. »Kandras ist also erst dann gefesselt worden, als er bereits bewusstlos geschlagen war. Würde er versucht haben sich der Fesseln zu entledigen, hätte er damit Hämatome erzeugt – Gewebeeinblutungen.«

»Rrrrichtig«, sekundierte Lydia.

»Und wenn jemand einen anderen bewusstlos schlägt, fesselt und schließlich ins Wasser befördert, dann haben wir die gute alte …«

»Tötungsabsicht«, vervollständigte Lydia.

»Und weil das ganze ziemlich hinterlistig und gemein ist, wird es auch ein guter Anwalt schwer haben, da vom Mordvorwurf wegzukommen«, ergänzte Schielin.

»Was hat das Notizbuch da ergeben?«, fragte Lydia.

Schielin stöhnte. »Eine einzige Enttäuschung.«

»Wie machen wir jetzt weiter?«, wollte sie wissen.

Er beugte sich nach vorne und stützte beide Ellbogen am Schreibtisch auf. »Ich werde mir mal den Uferbereich von der Seebrücke aus bis zum Eichwaldbad vornehmen. Es ist zwar unwahrscheinlich, dass sich da was findet, aber … wer weiß.«

»Pure Verzweiflung, oder?«, schnippte Lydia über den Schreibtisch.

»Ein besserer Vorschlag?«

Sie blies geräuschvoll Luft durch ihre Lippen. »Nee. Auch nicht. Was mich aber beschäftigt … wo hat man das Auto verschwinden lassen. Bei der Leiche war ja nichts zu finden, keine Schlüssel und so. Die Handyortung ergab weniger als nichts. Das Ding ist ausgeschaltet. Auch die GPS-Ortung vom Porsche hat bisher nichts ergeben. Weg, verschwunden, nicht mehr existent. Das ist schon frustrierend, weißt du, wenn man so gar nichts hat. Ein Tatzeitraum von mehreren Tagen, der jede Alibibefragung zunichte macht; keine objektiven Spuren außer Bodenseewasser und Algen. Dazu noch nicht mal das, was man Familienangehörige nennen könnte.« Sie schüttelte fassungslos den Kopf. »Ist doch bitter, Mensch, wenn man von seinem Bankdirektor vermisst gemeldet wird. Stell dir das mal vor. Nichts und niemand sonst, dem man etwas bedeutet oder wert ist. Keine Freunde. Nichts. Schrecklich! Da werden einem die Nervtöter daheim ja richtig lieb, oder?«

Schielin lächelte. Er hatte ähnliche Gedanken und war auf eigentümliche Weise von dem berührt, was Kandras' Lebensumstände betraf. Ein Leben angefüllt mit solcher Leere war ihm bisher noch nicht begegnet. Und es war gerade das Vorhandensein materieller Möglichkeiten in Verbindung mit der sozialen Verarmung, die die Situation in so greller Weise ansichtig werden ließ. Und dann bekam er die Szenen aus der Jugend nicht aus dem Kopf. Er sah immer wieder zwei, drei Szenen. Diesen jungen rüden Burschen, und fragte sich, worin die Gründe lagen, die sein Leben genau so haben werden lassen. Eigentlich sah er damit auf sein eigenes Leben zurück, und konnte irgendwie nicht zufrieden werden. Er verdrängte diese Gedanken und widmete sich wieder Lydia.

»Das mit dem Auto ist schon seltsam. Noch mehr nervt mich aber dieses Elend mit dem Todeszeitpunkt«, sagte er mit einem Unterton von Unmut. »Laut Bericht grenzen sie den Todeszeitpunkt auf das Wochenende ein. Von Eingrenzen braucht man da gar nicht reden. Glaubst du, dass einer wie Kandras von Mittwochabend bis zum Wochenende spurlos verschwunden ist und dann als potenzielles Opfer tot im See landet?«

Lydia schüttelte den Kopf und Schielin fuhr fort.

»Also. Untersuchungen hin oder her. Ich denke wir müssen das Ergebnis ein wenig flexibler deuten. Ich halte es nicht für unwahrscheinlich, dass er schon Dienstag oder Mittwoch zu Tode gekommen ist, denn das ist der Zeitpunkt, ab dem er wie vom Erdboden verschwunden war. Wie siehst du das?«

Sie wog nachdenklich den Kopf. »Das ist durchaus möglich. Aber die Wasserliegezeit ist nun mal mit wissenschaftlichen Methoden ermittelt worden …«

»Ja schon. Aber es ist nur eine Annahme, denn die wissen auch nicht, welche Wassertemperaturen genau herrschten und in welcher Tiefe die Leiche getrieben ist.«

Lydia wog mit kritischem Blick den Kopf. »Von Mittwoch bis übers Wochenende hatten wir hier traumhaftes Wetter und der See war voll mit Booten. Ich halte es für unwahrscheinlich, dass er unentdeckt geblieben wäre.«

»Na ja. Es sei denn die Leiche befand sich unter Wasser, wo es schön kühl ist. Da reichen schon ein, zwei Meter zu der Zeit jetzt. So wie sich das für mich darstellt, hat man ihn auf einem Boot niedergemacht. Und was spricht dagegen, dass er … an dem Boot … hing.«

»Wie … hing?«

»Die Fesseln. Ich habe mir die Fesseln noch mal angesehen«, Schielin malte mit den Händen in der Luft. »Du hast zwei Enden. Das eine war fabrikmäßig verschweißt. In unserem Fall weist das zweite Ende jedoch einen Schnitt auf.

Kann doch sein, dass die Leiche … irgendwie geparkt wurde, oder so.«

Lydia blies laut und ungläubig Luft durch ihre Lippen und wiederholte: »Oder so.«

Er sprach ruhig weiter. »Du hast das schöne Wetter schon erwähnt. In der Stadt war alles voller Leute, der See war voll mit Booten und überall am Ufer ist bis in die Nacht gegrillt und gefeiert worden. Wo bitte hätte man jemanden wie Kandras niederschlagen, fesseln und wegschaffen sollen, ohne dass da irgendjemand etwas mitbekommen hätte. Das ist doch völlig ausgeschlossen.«

Lydia hörte ihm aufmerksam zu und nickte, als er die kurze Pause machte.

»Aus diesem Grund denke ich, dass Kandras an einem Ort zu Tode gekommen ist, an welchem der Täter relativ ungestört war und es einen schnellen, direkten Zugang zum See gibt. Laut Befund gibt es ja keinerlei Schleif- oder Quetschspuren. Also ich denke, dass der Mord auf einem Boot stattgefunden hat, irgendwann zwischen Dienstag Abend und Mittwoch Nacht.«

Lydia überlegte. »Ich rufe noch mal in München an und kläre ab, wie hoch die Toleranzen bezüglich des Todeszeitpunkts sein können.«

Schielin sah sie ernst an. »Gut. Und noch was. Ich kannte Kandras. Von der Schule her. Er war zwar ein paar Jahre jünger, aber auf dem Schulhof, da ging der ganz schön zur Sache. Obwohl wir älter waren und auch kräftiger … mit dem … wollte niemand was zu tun haben. Er ging keiner Auseinandersetzung aus dem Weg, hatte damals schon keinen Freund, gehörte nicht mal eine Clique an. Ein Einzelgänger eben. Er wohnte draußen im Zech, als das noch ein richtig verrufener Stadtteil war. Der Vater war ein arbeitsloser Säufer, die Mutter ein bleiches, dürres Wesen. Sie hat beim Metzeler gearbeitet. Kandras war das einzige Kind. Ich habe sie ab und an mal gesehen, beim Kinderfest, im Bierzelt. Der Vater schon mittags hagelvoll. Schlimm. Schon aus dem Grund hat man mit dem Kandras nichts zu tun haben wollen.«

Schielin richtete sich auf. Bisher hatte er ruhig erzählt, doch jetzt lag in seiner Stimme Stärke. »Und dieser Kandras, der nicht mal einen Schulabschluss hinbekommen hat, der ein kulturell armseliger Kerl geblieben ist. Ausgerechnet der schafft es, geschäftlich erfolgreich zu werden, im Gastgewerbe. Das stimmt der alte Satz, wer nichts wird, wird Wirt. Das alleine ginge ja. Gut. Aber dann kommt er in diese Familie Kahlenberg. Heiratet Anna Kahlenberg, eine Frau, sehr attraktiv, was nichts bedeutete. Aber sie ist schön, reich … und gebildet. Ihr Haus? Literatur, Malerei, Skulpturen, Klassische Musik. Es ist schön dort. Wohnlich. Stilvoll.

Und bei Kandras … ein Wohngrab. Es tut weh zu sehen, wie jämmerlich man mit viel Geld leben kann. In keinem seiner Räume ist irgendein Einfluss von Anna Kandras zu spüren. Und das passt nicht zusammen. Je mehr ich darüber nachdenke wird mir umso klarer, dass da etwas überhaupt nicht stimmig ist! Die Ehe von Anna Kahlenbach und Kandras … ist ein einziges Rätsel. Wie kamen diese beiden Antipoden überhaupt zueinander? Es gab keinen einzigen Berührungspunkt.«

Lydia wickelte gedankenverloren eine Locke um ihren Zeigefinger. »Vielleicht war das eine Ehe, die nur geschäftliche Zwecke verfolgte …?«

»Na ja. Immerhin haben sie eine Tochter.«

»Das will nichts heißen. Aber was wissen wir eigentlich über ihre Vergangenheit?«

Schielin blätterte in seinen Unterlagen. »Schule, Abitur, ein paar Semester Jura studiert, dann zu Volkswirtschaft gewechselt und abgeschlossen. Hier am See aufgewachsen. Allerdings am Untersee bei Überlingen. Die Mutter ist schon gestorben, ihr Vater hat sich aus dem Geschäft zurückgezogen und Anna Kandras hat die Geschäfte übernommen. So wie das eben üblich ist. Er lebt hier am See, bei Wasserburg. Nichts von Bedeutung. Einfacher ist es da schon mit diesem Kehrenbroich. Den hat sie während des Studiums kennengelernt. Die beiden waren Kommilitonen. Weißt du, aus den Lebensgeschichten wäre es für mich nachvollziehbarer, wenn sie Kehrenbroich geheiratet hätte. Das passte mir besser ins Bild.«

»Ist halt ein abstraktes Bild«, meinte Lydia.

Schielin schüttelte den Kopf. »Nein, denn das wäre in sich logisch …«

Er tippte die Lindauer Telefonnummer ein, die Kandras öfters vermerkt hatte. Nach dreimaligem Tuten meldete sich der Anrufbeantworter der Stadtverwaltung Lindau. Schielin stutzte. Das hätte ihm natürlich auffallen müssen. Die ersten vier Nummern gehörten zur Stadtverwaltung und die Zahlen hier vor ihm wiesen eine direkte Durchwahl aus. Er holte sich das Telefonverzeichnis der Behörden und blätterte zur Stadt Lindau. Nach einigem Suchen fand er die Telefonnummer. Sie war dem Grundbuchamt zugeordnet, und dort einem gewissen Hoibner. Eine kurze Recherche im Einwohnermeldesystem und die Adresse dieses Hoibner war ermittelt. Er wohnte im Wannental. Noble Gegend, dachte Schielin und erzählte Lydia kurz von der Sache.

Dann stand er auf. »Ich mache mich auf, ans Reutiner Ufer, danach rede ich mit diesem Hoibner, falls er zu Hause ist, und wenn es noch ausgeht, fahre ich raus zum Taubenberg. Und du?«

Sie sah ihn an. »Du bist besorgt, oder ?«

Er presste die Lippen aufeinander und nickte stumm. »Ich weiß nicht recht, aber da ist was im Busch. Es muss etwas geben, einen … so was wie einen Kristallisationspunkt, der diese so unterschiedlichen Menschen zusammengebracht hat, von welchem alles seinen Ausgang genommen hat. So dass wir hier am Samstagnachmittag sitzen und nicht recht weiter kommen. Verstehst du, was ich meine?«

Lydia stand ebenfalls auf. »Ich klappere die Bootsverleiher und die Liegeplätze auf der Insel ab. Vielleicht hat ja doch jemand was gesehen. Jetzt dürfte dafür die beste Zeit sein.«

Sie verabredeten sich für den Abend zum Essen bei Schielin. Lydia wollte wieder einmal Ronsard tätscheln. Schielin war schon weg, als ihr einfiel, dass sie ihn fragen wollte, aus welchem Grund er ausgerechnet zum Taubenberg fahren wollte.

*

Schielin hatte Glück. Am Langenweg war die Schranke einmal nicht geschlossen. Eigentlich hätte er am Kreisverkehr des Europaplatzes nach links, in Richtung Osten fahren sollen, doch die Insel zog ihn magisch an. Also steuerte er geradeaus, drosselte die Geschwindigkeit und genoss den Blick auf die Bregenzer Bucht. Trotz der inzwischen deutlich abgekühlten Temperaturen waren eine Menge Boote am See unterwegs. Schielin folgte der Heidenmauer bis zum Abzweig unter dem Wall hindurch. Vereinzelte Böen scheuchten die Menschen vom Seeufer weg und hinein, zwischen die schmalen Gassen. Schielin zwängte sich mit Schrittgeschwindigkeit durch die Besuchertrauben bis zum Parkplatz vor dem Amtsgericht und erledigte seine Einkäufe, die ihn kreuz und quer über die Insel brachten. Er querte den Stiftsplatz, vorbei am Haus Zum Cavazzen, hinunter in die Grub. Am Paradiesplatz holte er Schafskäse beim Griechen. Der nächste Besuch gehörte dem Weinhaus *Frey* in der Maximilianstraße – drei rote Italiener von dort. Über die Cramergasse führte der Weg zurück. Weizenkleie und sonstiges Ökozeug holte er bei *Stibi*. Er hätte gerne etwas mehr Zeit gehabt. Die Urlauber hatten da mehr Glück. Aber das Vergnügen, seine Stadt mit den Augen eines Urlaubers zu entdecken, blieb ihm als Lindauer sowieso versagt.

Die Recherchetour begann direkt an der Landseite der Seebrücke. Ihr Weg folgte der Ufermauer nach Osten, in Richtung Bregenz. Zur Sicherheit hatte er einen kleinen Rucksack mitgenommen, in dem sich die nötigsten Utensilien zur Dokumentation und Spurensicherung befanden. Der Uferweg brachte ihn hinter der ehemaligen *Villa Toscana* vorbei, die sich ein vierter Ferdinand von Toscana im vorletzten Jahrhundert als Feriendomizil hatte erbauen lassen. Welch eine grandiose Zeit für Großherzöge und Architekten! Heute stellte sich neureicher Geldadel griechische Säulen vor Backsteinfassaden.

Es ging weiter in Richtung Ladestraße. Privatgrundstücke und Naturschutzzonen verhinderten es ab und an, der direkten Uferlinie zu folgen. In diesen Fällen folgte er dem Straßenlauf und kam nach einiger Zeit in die Ladestraße. Ein ausgedehnter Schilfgürtel hielt den Fahrweg vom Ufer entfernt. Erst gestern, als er Kehrenbroich spontan observiert hatte, war er hier entlang gefahren. Sein Fußmarsch heute brachte ihn bald wieder an die Stelle, wo er tags zuvor sein Auto abgestellt hatte.

Der Fußweg knickte vor einem Gebäude südwärts ab, mitten hinein in einen übermannshohen Schilfbereich. An einem Samstag war es still und einsam hier draußen. Ein paar Radfahrer kamen entlang und ab und an zuckelte ein Auto vorbei. Die leichte Brise, die den Blättern der knorrigen Linden mühsam ein Wispern entlockten, brachten das Schilf hingegen zu einem beständigen, aufgeregten Gezische. Der Weg leitete Schielin direkt auf eine kahle Halbinsel. Erinnerungen tauchten auf. Es war Jahre her, dass er das letzte Mal an diesem Ort gewesen war. Er hieß – Galgeninsel. Die seitlich der breiten Kiesbank angrenzenden Schilfgebiete wurden durch Stahlzäune vor Zutritt geschützt. Die Galgeninsel sollte eigentlich schon viel weiter unter Wasser stehen. Für die Jahreszeit hatte der See jedoch viel zu wenig davon, weil der Winter zu wenig Schnee gebracht hatte.

Er sah sich um. Ein Steinkreis sicherte eine Feuerstelle. Vor kurzem, vermutlich in einer der warmen Nächte der vergangenen Woche, hatte jemand hier Lagerfeuerromantik am Seeufer genossen. Ansonsten fand er wenig Interessantes: Kies, Schwemmholz, hier und da ein ganzer Wurzelstock, Plastikbecher- und Flaschen. Das war alles. Der Wind war hier draußen kräftiger und kühler. Schielin sah hinüber zur Insel. Die Seebrücke war gut zu erkennen, davor die wenigen ummauerten Quadratmeter der Insel Hoy, mit der fotogenen Trauerweide. Damals, in den warmen Sommernächten, hatte er sich keine Gedanken um den Begriff Galgeninsel gemacht. Der Name beschrieb eine Tatsache. Hier befand sich der Richtplatz der freien Reichsstadt Lindau. Es gab sogar eine Legende, die davon berichtete, dass ein Verurteilter die Hände auf den Rücken gebunden bekam und von hier hinüber zur Insel gelangen sollte. Und trotz des hohen Wasserstands soll er es geschafft haben, am Ostufer, dort, wo heute die Spielbank steht, anzukommen. Lebend anzukommen.

Kandras hatte es nicht geschafft. Ihm war auch nicht die Chance gegeben worden, bei Bewusstsein um sein Leben zu kämpfen. Durchdringendes Knirschen vom Kiesweg her kündigte Fahrräder an. Ein Pärchen legte am geschichtsträchtigen Ort eine Pause ein. Ob sie wussten, an welchem Ort sie rasteten?

Schielin machte Fotos und telefonierte anschließend mit der Dienststelle. Eine Streife, die gerade nicht mit Unfällen, betrunkenen Gästen oder in Streit geratenen Familien zu schaffen hatte, sollte ihn abholen und zurück zu seinem Auto bringen. Er packte Kamera und Handy ein und machte sich auf den Weg zurück zur Straße.

Ein Mann kam ihm entgegen. Dunkler Anzug, darüber ein dünner Mantel. Edle Lederschuhe an den Füßen und ein Borsalino auf dem Kopf. Er hatte die Hände in den ausladenden Taschen des Mantels. Kurz bevor beide sich passierten, nahm er die Rechte heraus und deutete mit einer galanten Bewegung zur Hutkrempe einen Gruß an, wobei er unmerklich den Kopf neigte. Schielin freute sich über diese ungemein höfliche Geste des Fremden. Er grüßte lächelnd zurück, bereute jedoch nicht auch einen Hut zu tragen, um dies ebenbürtig erwidern zu können.

Hatte ihn sein Ausflug weitergebracht?, dachte er kurze Zeit später, als er wieder im Auto saß. Er kam zu keinem Schluss. Genügend Sauerstoff hatte er jedenfalls getankt.

Zunächst fuhr er die Friedrichshafener Straße entlang, bog in Richtung Schönau ab und von dort tuckerte er auf der Kellereistraße bis zum Taubenberg. Der Name des Weilers inmitten von Obstplantagen hatte im Notizbuch von Kandras viel Raum eingenommen. Der hatte nichts Unnützes notiert, das hatte Schielin festgestellt. Es muss also von Bedeutung gewesen sein. Kaum hatte er das Ortsschild erreicht, lagen die paar Häuser auch schon wieder hinter ihm. Was wollte Kandras hier? Baugebiete gab es nicht, dafür viele Wiesen, Spalierobst, kleine Wäldchen und Gärten. Einer dieser versteckt liegenden romantischen Flecken am See eben. Er gondelte gedankenverloren weiter. Der schmale Weideweg brachte ihn durch blühende sattgrüne Sommerwiesen. Er kannte jede Kurve, jeden Fleck hier und so war es nicht sonderlich gefährlich, dass er mit seinen Gedanken mehr bei Kandras als dem Wegverlauf war.

Eigentlich hatte er darauf gehofft, eine Verbindung zwischen Kandras und der *Gepax* zu finden. Das wäre schon mal ein Fortschritt gewesen. Aber nichts dergleichen. Keine der Telefonnummern passte und auch die Kürzel im Notizbuch wiesen selbst bei sehr kreativer Auslegung nicht auf die russische Truppe in der Ladestraße hin.

Die Konten kamen ihm in den Sinn. Kandras Konten wiesen zwar Guthaben aus, teils in fünfstelliger Höhe. Daneben wussten sie von zwei Aktiendepots und natürlich war Kandras Eigentümer von Immobilien. Aber – Kandras hatte innerhalb des letzten Jahres drei Immobilien verkauft. Das war für Immobilienhändler nichts Ungewöhnliches. Doch bei diesen Verkäufen handelte es sich um eigene Objekte und das Geld aus den Verkäufen war direkt auf ein bankeigenes Konto von *Faynbach & Partner* gegangen. Schielin war kein Finanzfahnder, aber irgendwie lag der Eindruck nahe, dass Kandras unter finanziellem Druck stand.

Der Fragenkatalog für Kehrenbroich nahm langsam Gestalt an, und Schielin würde Funk hinzuziehen, denn der war firm auf diesem Gebiet. Dann schwenkten seine Gedanken wieder der Witwe zu. Ein Testament war nicht aufgefunden worden und weder das Nachlassgericht noch ein Notar hatten sich bisher gemeldet und fremde Ansprüche oder dergleichen geltend gemacht. Gesetzliche Erbfolge also. Was Anna Kandras wohl empfinden mochte, als Erbin von Kandras Nachlass? Ab und an unterbrach er seine Gedankengänge und rief die Privatnummer von Hoibner an. Ein ums andere Mal sprang der Anrufbeantworter an.

Was war das für ein Täter? Sein Vorgehen deutete in gewisser Weise auf ein organisiertes Vorgehen hin. Wer immer das getan hatte, wusste was er wollte: Kandras sollte sterben. Es war auch gar nicht so leicht, ein Auto verschwinden zu lassen. Eine harte Nuss, denn mit dem was sie bisher wussten, war etwas Wesentliches nicht zu konstruieren: ein nachvollziehbares Motiv. Anna Kandras war wohlsituiert und hatte es nicht nötig, aus Gründen einer zu erwartenden Erbschaft zu morden. Und Schielin schätzte sie so ein, dass sie Kandras ganz anders getötet hätte. Oh, ja. Das wäre ein Mord geworden. Ganz große Oper. Aber er konnte sich angesichts ihrer Selbstkontrolle nicht mal eine Affekthandlung vorstellen. Dem widersprach ja auch die erkennbar vorhandene Tatorganisation.

Schielin landete in Oberreitnau und wählte den Weg Richtung Rothkreuz. Es war zum Verzweifeln. Was hatten sie nur übersehen? Wo war der Funke zu finden, der die Ermittlungsflamme so richtig zum Lodern bringen konnte? Er schlug noch einen Haken und kutschierte als Verkehrshindernis über Hergatz zurück nach Lindau. Autofahren entspannte ihn manchmal. Diejenigen, die ihm folgen mussten, eher nicht.

Puppenstube

Kurz entschlossen, und weil er keine andere Idee hatte, fuhr er die Adresse von Hoibner an. Was er vorfand war durchaus beeindruckend. Hoibner wohnte in einem protzigen Einfamilienhaus. Zu viele Erker, Gauben und Gitterfenster. Schielin war dieser Puppenstubenstil zuwider. Ihn störten auch die Schleifenbänder am Eingang, wie die infantilen Häkelfiguren, die hinter den Fenstern hingen. Eine misslungene Melange aus Protzromantik und Jodelharmonie. Diese überbordende Sehnsucht, das sichtbare Verlangen nach etwas Heimeligem, nach einem romantischen Zuhause vermittelte gleichsam etwas Verzweifeltes.

Schielin klingelte und vernahm drinnen ein weiches Dingdong. Er richtete noch einen schnellen Blick auf den schwarzen Mercedes, der in der Garageneinfahrt stand, dann öffnete sich die Tür. Ein Mann mit blonden glatten Haaren stand im Eingang und sah Schielin unfreundlich und schweigend an.

»Bin ich hier richtig bei Hoibner?«

Der Blonde deutete stumm und mit abweisender Miene auf den mit Tonbuchstaben im Mauerwerk verklebten Familiennamen. Er fixierte Schielin mit einem unangenehm lauernden Blick. Die ungehörige Geste war ein Akt gezielter Arroganz. Es fehlte ihr allerdings die dazu gehörende Lockerheit, um sich entfalten zu können. Der Blonde war nicht locker. Eine eigenartige Anspannung hemmte ihn. Schielin zog seinen Dienstausweis. Dabei sagte er »Mordkommission«, obwohl das so gar nicht stimmte. Es klang aber gut, war auch den Dümmsten aus Filmen bekannt und machte Eindruck. Der Blonde blieb unentschlossen in der Tür stehen. Schielin überrumpelte ihn indem er an ihm vorbei hineinging, während er sagte: »Darf ich reinkommen.« Eine offen stehende Innentür brachte ihn weiter in den Wohnraum. Dort wartete eine Frau, die ein Kind auf dem Arm trug. Ihre Augen blickten ängstlich zu Schielin. Sie sprach kein Wort. Das tat ihr Mann in Schielins Rücken mit einem zornig hervor gepressten »Dürfte ich erfahren was Sie …«

Schielin hob einfach die Hand und Hoibner verstummte. Alles in diesem Raum war Angst. Blanke Angst. Wenn er es an Hoibner selbst nicht hatte erkennen können, so doch an dessen Frau. Ihre Blicke, die Körperhaltung. Es war auch nicht so, dass sie das Kind trug. Vielmehr hielt sie sich an dem kleinen Wurm fest. Doch Schielin war nicht fähig, ihrer Angst Mitleid entgegenzubringen. Er sah sich gelangweilt um und seine Stimme klang böse, als er gegen eine Schrankwand fragte: »In welchem Verhältnis standen Sie zu Raimund Kandras?«

Er wunderte sich selbst über sein harsches Auftreten, das sich aus ihm heraus entwickelte. Er vernahm keine Antwort auf seine Frage, doch aus den Augenwinkeln nahm er wahr, wie sie zusammenzuckte. Ihre Augen flüchteten. Doch wohin? Es war ja ihr Zuhause, ihr Heim, ihre heimelige Puppenstube. Schielin fixierte sie. Der Blonde interessierte ihn im Moment nicht. Nach langen Sekunden hörte er ihn mit leichtem Zittern in der Stimme sagen: »Was ist überhaupt los? Sie stürmen hier herein …«

Verloren. Er hat verloren, dachte Schielin und drehte sich zu ihm um. »Ich möchte eine Antwort auf meine Frage.«

Hoibner hätte alles tun können. Schreien, toben, seinen Anwalt verlangen, mit Anzeige und Beschwerde drohen, sogar körperlich massiv werden. Aber sein Verhalten war das eines Feiglings mit schlechtem Gewissen. Einer, der sich wegduckt, wenn er Schiss hat.

Hoibner war verunsichert. Vielleicht meinte er sich ganz gut im Griff zu haben, doch er wog den Oberkörper, die Schultern waren nach vorne gefallen, seinen rechten Fuß stützte er auf der Sohle ab und wippte. Weit entfernt also von dem was man als souverän hätte bezeichnen können. Dazu log er auch noch miserabel. »Raimund Kandras? Den Namen habe ich sicher schon einmal gehört …«

Das war so schlecht, dass Schielin ärgerlich wurde. Er hatte die Situation aus Intuition heraus etwas zu schnell eskaliert und wusste im Moment selbst nicht so recht, wie er weitermachen sollte. Schielin entschied sich für die riskante Variante, lachte böse auf und bluffte. »Herr Hoibner. Ich möchte Sie bitten mitzukommen.«

Er hörte ein Schluchzen in seinem Rücken. Die Frau fragte: »Was ist denn eigentlich los?«

Schielin schwieg, denn es war nicht klar, wem die Frage gegolten hatte. So wie es klang, meinte sie ihren Mann. Und damit war der in der Zwickmühle; einen rüden Bullen vor sich und die schluchzende Frau mit Kind daneben.

Schielin war erleichtert und sagte einfach: »Kandras?«

Endlich redete er. »Ein Immobilientandler. Na und! Natürlich hatte ich mit ihm zu tun. Kümmern Sie sich lieber mal um diesen … Mondringer!«

Dieser Name brachte Schielin kurzfristig aus dem Konzept und machte ihm klar, wie wenig sein massiver Auftritt und seine Show sich auf ein Fundament solider Kenntnisse stützten. Er hatte immer noch keine Ahnung von den Zusammenhängen und musste nun versuchen elegant aus der Situation herauszukommen. Ohne dass die anderen merkten, wie wenig er wirklich wusste.

»Mondringer? Der ist doch tödlich verunglückt.«

Sie war es, die sofort antwortete. Es klang gehetzt. »Ja. Aber sein Vater. Sein Vater lässt uns keine Ruhe. Er terrorisiert uns regelrecht.«

»Wann hatten Sie das letzte Mal Kontakt zu Kandras?«, fragte Schielin, um das Thema Mondringer vorerst zu parken.

Hoibner wurde bleich. »Wie meinen Sie das?«

Schielin war bemüht darum in ruhigeres Fahrwasser zu gelangen, ohne den Druck zu nehmen.. »Wir haben ihn aus dem See gefischt. Er ist ermordet worden.«

Es war das erste Mal, dass er auf Menschen traf, die von der Nachricht über den Tod von Kandras erschraken. Aber es war kein Erschrecken über das Schicksal des Getöteten. Hervor drang eine Angst, die sie selbst betraf. Sie drückte das Kind enger an sich und Schielin wunderte sich, dass das Kleine bisher so ruhig geblieben war. Hoibner ging einige Schritte rückwärts und setzte sich auf die Lehne eines breiten Ledersessels.

»Wann hatten Sie den letzten Kontakt zu Kandras?«, wiederholte Schielin.

Hoibner winkte resigniert ab. »Vor etwa zwei Wochen. Er war auf dem Grundbuchamt, um einige Eintragungen vornehmen zu lassen. Sie können das gerne überprüfen. Seither haben wir uns nicht mehr gesehen … und auch nicht miteinander telefoniert.«

Es klang glaubwürdig und kraftlos. Die Nachricht bedeutete wohl eine Neuigkeit für ihn und wirkte für den ersten Augenblick niederschmetternd. Nach einer Zeit des Schweigens straffte sich sein Körper und er sah mit ruhigen Augen zu Schielin. »Ich werde nicht mit Ihnen kommen. Ich wüsste gar nicht weshalb. Sie können gerne mit meinem Anwalt reden, wenn Sie möchten.«

Schielin lächelte. »Sie sehen zu viele Krimis, Herr Hoibner. Das mit dem Anwalt ist nur für Leute, die verdächtigt werden. Ich bin davon ausgegangen, dass Sie Zeuge sind. Sehe ich das vielleicht falsch?«

Hoibner schwieg.

»Besitzen Sie ein Boot? Und wenn ja, wo liegt es?«

»Am kleinen See«, lautete die lapidare Antwort. Schielin notierte den Liegeplatz.

»Was glauben Sie weshalb ihnen die Familien Mondringer so zu schaffen macht? Dafür muss es doch einen Grund geben? Bedroht er Sie nur oder fordert er auch etwas?«

Schielin sah die Frau eindringlich an. Sie wich seinem Blick aus, suchte den ihres Mannes, der den ihren nur kurz streifte. Verächtlich, wie Schielin glaubte gesehen zu haben. Keiner von beiden antwortete auf seine Fragen.

Was sollen sie auch sagen, dachte Schielin. Er schweigt aus taktischen Gründen, noch auf der Suche um der Situation, dem unerwarteten Druck zu entkommen. Seine Frau ist starr vor Angst. Stumm und bereits ganz gefangen von der Ahnung, dass sich ihr Leben verändern wird.

Schielin hob abweisend die Schultern und sagte gleichmütig: »Denken Sie an Kandras.«

So kühl wie er es sagte, musste es in beider Ohren wie eine Drohung klingen. Er wandte sich ab und ging zum Ausgang. Allein und ohne sich zu verabschieden.

Draußen blieb er einen Moment stehen. Mondringers Vater war also in die Fußstapfen seines Sohnes getreten. Das Verhalten der Hoibners zwang förmlich dazu, dahinter eine Spur zu vermuten, mindestens aber ein verdammt schlechtes Gewissen. Noch bevor er ins Auto stieg, rief er Lydia an und nannte ihr den Liegeplatz von Hoibners Boot. Sie sollte sich den Kahn gleich mal ansehen. Dann rief er auf der Wache an und bat um eine Recherche im Einwohnermeldesystem. Er musste unbedingt noch zu diesem Mondringer. Als er auflegte, spürte er Hunger. Er fuhr am Köchlin vorbei und holte sich eine warme Seele. Als Stammgast bekam man so was auch zum Mitnehmen. Er verschmierte das Handy, als er den Rückruf von den Kollegen annahm, die ihm Mondringers Adresse mitteilten. Ein Bauernhof in Unterreitnau.

*

Der Anruf Schielins kam Lydia nicht ungelegen. Den Koffer mit dem Zeug für die Spurensicherung hatte sie sowieso dabei. Ganz alleine wollte sie am Boot von Hoibner aber nicht rumfingern. Die auf der Wache hatten niemanden, der sie unterstützen konnte. Zwei Unfälle, ein randalierender Familienvater und Pferde auf der B31. Das blockierte alle verfügbaren Streifen und bei der Kripo war an einem Samstag sowieso niemand verfügbar. Ihr fiel eine Lösung ein. Sie steuerte ihr Auto die Zwanzigerstraße entlang, parkte den Wagen mehr schlecht als recht am Paradiesplatz und lief die letzten paar Meter bis zu Martins Wohnung.

Martin, das war ein verrückter Typ, den sie vor Jahren im Köchlin kennengelernt hatte.

Er war sich und den Idealen seiner Jugend treu geblieben – die lag lange zurück. Es war inzwischen etwas beschwerlich als fast Fünfzigjähriger, Klamotten, Haare und Figur in einem Zustand zu halten, als wäre die Zeit Anfang der Siebziger stehen geblieben. Lydia wunderte sich insgeheim darüber, wie es zuging, dass er immer noch diese langen, schwarzen, lockigen Haare tragen konnte. Keine Spur von Grau. Ob da wohl ein chemisches Mittelchen zur Anwendung kam? Das war der einzige Zweifel an seiner Authentizität; nichts an ihm wirkte peinlich oder aufgesetzt. Allein das mit den Haaren, das interessierte sie schon. Sie würde bei günstiger Gelegenheit vielleicht einmal das Bad genauer inspizieren müssen.

Sie klingelte und hörte von oben her das bekannte, blecherne Scheppern, sagte ihren Namen in die verdreckten Schlitze der Sprechanlage und wartete auf das Surren des Türöffners.

Die Wohnungstür oben im dritten Stockwerk stand offen, und fremde Laute drangen heraus. Aus der Küche war Klappern zu hören. Sie blieb stehen und lauschte, denn das Klappern kam ihr nicht fremd vor. Mozart. Das war eindeutig Mozart, was da zu hören war. Ein Klavierkonzert! Sie stand da und genoss, bis Martin kam und sie mit einem lapidaren »Hi« begrüßte.

»Das ist Mozart«, sagte sie und verbarg ihre Überraschung nicht. Ihr Blick folgte der dürren Gestalt Martins, der versuchte den Tisch von Gerümpel freizuräumen und einen Sitzplatz auf den Stühlen zu schaffen, indem er die darauf liegenden Zeitungen, Bücher, Taschen und T-Shirts einfach in die Ecke schmiss.

»Sicher. Klavierkonzert Nr. 25, Köchelverzeichnis 503,

Martha Argerich, Concertgebouw, Neunzehnhundertachtundsiebzig.«

»Aha«, sagte Lydia, »ich dachte bei dir gibt's nur *Rainbow*, *Led Zeppelin*, *Whitesnake* und *Black Sabbath*.«

Er sah auf und lachte mit diesem ratternden, boshaften, ein wenig krank klingenden Brusttönen. »Na ja. Ab und zu möchte ich meinen Großvater schon mal wieder hören. War ein Klassetyp.«

Lydia war begeistert. »Das hast du mir ja noch nie erzählt!«

Martin nickte ernst.

»Was hat er gespielt? Geige, Cello, Oboe? Das Klavier kann es ja nicht gewesen sein.« Sie überlegte, als er sie ansah. »Dirigent! Nein. Dein Großvater war doch nicht Dirigent?«

Er schüttelte den Kopf und ging zum CD-Player. »Ich spiel dir die Stelle vor. Pass auf!«

Er laserte zurück, suchte jene Stelle und meinte dabei selbstvergessen: »Erster Satz, gleich am Beginn eigentlich. Hör gut hin!«

Lydia hörte genau hin. Martha Argerich spielte, mäßig, fast unhörbar dahinter das Orchester, eine kurze Pause und dann ein Crescendo. Martin sah sie an und blickte enttäuscht. »Hast du es nicht gehört?«

Sie verneinte irritiert »Was denn?«

»Gut. Macht nix. Dann eben noch einmal. Ich kann das immer wieder hören.«

Wieder erklang das Spiel Martha Argerichs, das Orchester zurückgenommen und kurz vor dem Crescendo sagte er »Da! Jetzt gleich!«

Und tatsächlich, sie hörte es. Ein lauter, beherzter Huster.

Sie sah ihn böse an. »Du verarschst mich doch!«

Er blieb ganz ruhig und ging hinüber zum Tisch. »Nein. Wieso. Mein Großvater war ein begnadeter Pausenhuster. Ich finde das irre, du. Der ist echt nach Amsterdam, nach München, nach Wien gefahren, nur um in Konzerten einen Huster abzusetzen, und zwar so, dass man den immer hörte und niemals herausschneiden konnte. Genial. Finde ich schon.«

Lydia stand da, mit geneigtem Kopf. Sie sah sprungbereit aus. »Du verarschst mich.«

»Nein«, beteuerte er, jetzt fast ein wenig beleidigt, »Nein. Ich habe ja noch was da. Brahms, Symphonie Nummer vier, Wiener Philharmoniker, nein Münchner Rundfunkorchester, unter Carlos Kleiber …«

Als er dabei Anstalten machte zurück zum CD-Player zu gehen, stoppte sie ihn mit einer energischen Handbewegung.

»Bitte verschone mich mit dem Husten deines Großvaters, ja! Ich bin dienstlich hier.«

Er sah sie entsetzt an. »Aber ich bitte dich. Das bisschen Gras neulich. Spinnst du?«

Sie stieß ihn gegen die Schulter und erschrak, als sie blanke Knochen fühlte. »Also, dass du zu viel säufst habe ich dir schon einige Male gesagt. Aber bitte nerve mich nicht mit dieser idiotischen Kifferei, ja. Ich brauche dich übrigens als Begleiter.«

»Mich?«, fragte er, deutete auf sich, wobei er einen zweifelnden Gesichtsausdruck aufsetzte. Aber dann fragte er: » Hat es was mit dem Toten zu tun?«

Sie nickte und war etwas beruhigt. Er scheint noch ein paar graue Zellen zu besitzen.

»Wow! Und du nimmst mich mit?«

Sie nickte stumm.

Er schien verunsichert. »Was muss ich tun? Was Illegales?«

Lydia stöhnte gelangweilt. »Du sollst einfach mitkommen, die Klappe halten ... und keine Storys mehr von Opa und Oma, klar?«

»Klar!«

Er war tatsächlich aufgeregt und es dauerte bis er seine Jacke gefunden hatte, die Taschenlampe, das Taschenmesser ...

Als seine Ausrüstung beieinander war, gingen sie die Grub entlang bis zum Schulplatz, dort nach rechts, unter der Heidenmauer hindurch und hinüber zum Parkplatz vor der Inselhalle. Kaum jemand begegnete ihnen und Lydia wunderte sich, dass so wenige Leute unterwegs waren. Sie wusste ungefähr wo sich Hoibners Boot befinden musste und wurde schnell fündig. Sie bat Martin, innerlich grinsend, aber mit ernster Miene, gut auf das Boot aufzupassen, während sie das Auto mit der Ausrüstung holen wollte. Es war ihm sichtlich unangenehm, und er, der Rocker, musste vor Aufregung erst einmal eine Zigarette drehen.

Später, als er beobachtete, wie sie mit Plastiküberzügen an den Schuhen und bewehrt mit Handschuhen, Stück für Stück des Bootes unter die Lupe nahm, hier und da etwas versprühte oder bestrich, da war er mächtig beeindruckt und vergaß derweil sogar das Rauchen.

*

Mondringers Hof lag am Dorfrand. Eigentlich lagen alle Gehöfte von Unterreitnau irgendwie am Rand. Es war ein Bauernhof, der aussah, als hätte man ihn der Vorlage eines Bilderbuches nachempfunden. Fast unwirklich romantisch. Zumindest sah es von außen so aus. Ein breites Wohnhaus mit Krüppelwalmdach wand dem zur Straße hin offenen Hof die Längsseite fast frontal zu. Ein beidseitiger Treppenaufgang führte zur mittig liegenden Haustür. Links und rechts an der Hauswand krochen Efeu und wilder Wein bis zum Dach und vor der Treppe blühten die ersten frühen Stauden. Rechts des Hauses erstreckte sich ein gewaltiger Stadel. Das Schiebetor stand halb offen und von drinnen war Hämmern zu hören. Schielin hatte den Motor abgestellt und klatschte die Autotür besonders heftig zu, um auf sich aufmerksam zu machen. Das Hämmern verstummte. Kurz darauf erschien ein stattlicher Kerl im Tor. Er war weit größer als Schielin, der nicht gerade kleinwüchsig war. Doch der Kerl, der ihm da gegenüber stand war ein mächtiges Kaliber. Der gewaltige Bauch fiel angesichts der hünenhaften Maße kaum unter dem blauen Arbeitsoverall auf. Dunkle Augen blickten finster auf Schielin. Mondringer hatte einen breiten, mächtigen Schädel und unter der Kappe schauten graue Haare hervor. Die Gesichtshaut war braun und Schielin meinte rote Flecken auszumachen. Er ging auf Mondringer zu und stellte sich vor. Nachdem er seinen Namen genannt hatte, konnte er noch sagen, dass er von der Polizei war. Dann unterbrach ihn Mondringer mit einem dumpfen Schrei »Runter von meinem Hof!« Er tat zur Bekräftigung einen Schritt auf Schielin zu. Der blieb stehen. Es war schließlich nicht das erste Mal, dass er derart empfangen wurde. Er sagte mit leiser Stimme, dass er in einem Mordfall ermitteln würde und einige Fragen an Mondringer hätte. Der tat erneut einen Schritt in Richtung Schielin und schrie: »Hau ab! Hau bloß ab!« Es klang wirklich bedrohlich. Die Haustür ging auf und eine Frau erschien auf dem Treppenvorsprung. Schielin sprach zu ihr und wiederholte, was er bereits ihrem Mann gesagt hatte. Sie schwieg. Wieder brüllte Mondringer. Bevor er jedoch auf Schielin zugehen konnte, tat der ein paar schnelle Schritte auf Mondringer zu. »Es reicht jetzt!«, presste er heftig hervor.

Mondringer war verdutzt. Schielin nutzte den kurzen Augenblick. »Kandras ist ermordet worden und ich will alles über Hoibner wissen. Alles.«

Es ging gut. Schielin hatte schon überlegt, was er gemacht hätte, wäre der Kerl auf ihn losgegangen. Gerannt wäre er. Was auch sonst.

Mondringer wandte sich wortlos um, ging in den Stadel und gleich darauf ertönte wieder das Hämmern. Schielin betrat das Halbdunkel der Halle und nahm den Geruch von Gras, Hopfen und Holz auf. Er setzte sich auf ein altes Mostfass in der Nähe, wartete und sah Mondringer zu, der drüben an der Werkbank einen großen rostigen Eisenhaken bearbeitete. Den Fäustel führte er sicher und kraftvoll und war ganz auf das Stück Eisen konzentriert.

So einer wie Mondringer, dachte Schielin, konnte schon zuschlagen, aber für eine Tat wie sie an Kandras begangen worden war, war er nicht der Typ. Wenn der zuschlug, dann in einer Phase enthemmten Zorns, mit aller Kraft die er aufbieten hätte können. Und er hätte von vorne zugeschlagen, seinem Gegner in die Augen gesehen. Es dauerte noch eine Weile, bis die Taktfolge der Schläge länger wurde.

Schielin sagte laut: »Hoibner«.

Mondringer hielt inne, stützte sich wie müde auf die alte Werkbank und ließ den Kopf hängen. Dann drehte er sich um und begann zu sprechen.

»Der und der Kandras, die haben meinen Buben auf dem Gewissen.«

Schielin entgegnete nichts und wartete.

»Die haben ihn richtig fertiggemacht, bis der nimmer hat weiter können.«

»Und wie?«, fragte Schielin.

»Der Kandras, ich weiß gar nicht mehr wie der Bub an den Dreckhammel geraten ist. Der Kandras hat unten am See so eine Luxusanlage geplant.« Er hielt inne und überlegte.

»Premium-Resort«, half Schielin aus.

Mondringer nickte dem Stück Eisen zu. »Genau. Uns gehört dort unten der Grund. Und deshalb ist der Kandras irgendwie auf den Andy zugekommen. Es gab so Treffen im letzten Jahr. Ein paar Mal war ich auch dabei. Kandras, ein paar Leute von der Bank, Architekten und so.«

»Ihr Sohn ist als Gesellschafter eingestiegen?«, fragte Schielin.

Mondringer sah ihn bitter an. »Nein, nein. Das hätten die schon wollen, aber ich war dagegen.«

»Das war klug.«

»Da bin ich jetzt anderer Meinung«, antwortete Mondringer bitter.

»Wie ist das abgelaufen?«

»Der Andy wollte die Landwirtschaft aufgeben. Er hat ja in Nonnenhorn ein großes Haus gebaut ... ist aber immer noch hierher gekommen ... zur Arbeit. Hat ihm keine

Freude mehr gemacht. Er wollte was mit Fremdenverkehr machen. Ein Hotel – darum ging's ihm.«

Schielin kniff die Augen zusammen. Es war ein schöner intakter Hof hier. Aus welchem Grund sollte der Sohn plötzlich keine Lust mehr daran haben?

»Na ja«, setzte Mondringer ungefragt hinzu, »der Sabine, seiner Frau, war das mit der Landwirtschaft nicht recht. Die hat das ja auch nie wollen. Der ihre Familie hat am Untersee ein Hotel … macht jetzt ihr Bruder. Und das hätte ihr halt auch vorgeschwebt. Das … das mit die Viecher … das war nix. Ist man ja immer wie angebunden.«

Mit einem Hotel aber auch, dachte Schielin, und fragte: »Wie war das nun mit dem Grundstück. Was ist da schief gelaufen?«

»Der Andy hat die Grundstücke unten am See an den Kandras oder an dem seine Firma verkauft. War alles in Ordnung. Ich war mit dabei und unser Notar auch. Es gab da nichts auszusetzen.«

»Ja. Und?«

»Am gleichen Tag als die Felder verkauft worden sind, hat der Andy ein Hotel gekauft. In der Nähe von Langenargen. Ich hab's mir angesehen. Schönes Haus.«

»Am gleichen Tag«, wiederholte Schielin.

»Billig war das nicht. Aber von dem Feldverkauf drunten am See sollte ja Geld reinkommen. Fast eine Million. Und für die restliche Schuld hat er alles beliehen was noch da war, und frei von Grundschuld eben. Das neue Haus war ja auch noch nicht abbezahlt. Musste ja alles vom Feinsten sein für die Madame.«

Schielin ging auf den letzten Satz nicht ein. »Und dann kam Hoibners Auftritt, oder?«

»Ja. Am Anfang dachten wir noch, es ist halt der übliche Behördenkram. Jedenfalls kam vom Grundbuchamt etwa vier Wochen später ein Brief. Der Hoibner hatte geschrieben, die Grundbucheintragung wäre nicht möglich, weil irgendein Umweltgutachten oder so nicht vorliegen würde.«

»Umweltgutachten?«

Mondringer winkte ab. »Schon in Ordnung. So eine Nebensache, eigentlich. Die kann man fordern als Amt, es muss aber nicht sein. Das Ding wurde vom Landratsamt ausgestellt und dem Grundbuchamt zugeschickt. Das dauerte etwa zwei, drei Wochen.«

»Und dann?«

»Als Anzahlung für das Hotel hatte er alles, was verfügbar war noch in der Woche nach Vertragsabschluss bezahlt. Die Banken hatten das Geld ja parat.«

»Welche Banken?«

»Diese Fayn ... Bank aus Lindau und die Raiffeisenbank Bregenzer Wald«, antwortete Mondringer.

»Und die haben nun Schwierigkeiten gemacht?«, fragte Schielin.

»Nein. Gar nicht. Im Gegenteil. Der Kerl aus Lindau war nicht ungut. Das Geld von denen wäre ja überwiesen worden – es fehlte halt diese Grundbucheintragung.«

»Ich verstehe. Ihrem Sohn ist dann die Zeit davon gelaufen.«

»Und wie! Wir wussten ja gar nicht was da lief. Er hat dann immer wieder im Grundbuchamt angerufen. Aber der Hoibner hatte zwei Wochen Urlaub und niemand anders war zuständig. Kaum war der Sack von seiner Erholung zurück, kam der nächste Brief – wo das Umweltgutachten bleibt, stand drin. Andy ist dann selbst nach Lindau gefahren, zu diesem Hoibner. Der hat behauptet, bei ihm sei nichts angekommen.«

»Er hat es nicht per Fax voraus und dann als Einschreiben geschickt«, stellte Schielin nüchtern fest.

Mondringer sagte nichts.

»Zu viel Vertrauen«, meinte Schielin.

»Inzwischen waren ja schon gut zwei Monate vergangen. Ich bin zum Landratsamt, hab den Wisch noch mal geholt und persönlich beim Hoibner abgegeben. Der hat sich bedankt und uns gesagt, dass nun alles ganz schnell erledigt sein wird.«

»Was nicht der Fall war.«

»Überhaupt nicht. Als wir eine Woche später versucht haben ihn anzurufen hat man uns gesagt, dass Herr Hoibner leider erkrankt sei. Vermutlich länger, hieß es.«

Schielin lachte böse auf. »So ein Pack.«

»Und dann waren drei Monate vorbei und ein Anwaltsbüro aus Reutlingen schrieb uns, dass sie die Verkäufergesellschaft des Hotels vertreten würden. Die leiteten irgendein Verfahren ein, oder wie das hieß.«

»Was bedeutete …?«

»Saubande.«

»Na aber so einfach geht das nun auch nicht.«, entfuhr es Schielin, der ungläubig zu Mondringer sah.

»Da haben Sie aber auch zu viel Vertrauen. Wenn Sie am Ersaufen sind, hilft niemand. Es war schon eng, wir haben aber geglaubt die Sache noch irgendwie in den Griff zu kriegen, aber dann ist der Andy … mal unter der Woche rüber in die Schweiz gefahren.«

Mondringer schluckte und sah Schielin dunkel an, stand auf und ging zum Stadeltor, um sich zu vergewissern, dass niemand draußen stand und lauschen konnte. Dann kam er zurück und sprach gedämpft und heiser weiter. »Der Andy war drüben in St. Gallen und ist da in so ein … «

Schielin wusste gleich worum es ging und wählte einen neutral klingenden Begriff. »Etablissement?«

»Ja«, bestätigte Mondringer erleichtert.

»Na und. Was hat das mit der Sache zu tun?«

»Da drinnen saßen Kandras und der kranke Hoibner, beide an der Theke, und ließen die Puppen tanzen.«

Schielin war sprachlos. »Wieso hat Ihr Sohn den Hoibner nicht zur Rede gestellt, Anzeige erstattet, Dienstaufsichtsbeschwerde?«

»Was hätte er denn seiner Frau sagen sollen? War doch eh schon alles Scheiße … alles«, presste Mondringer hervor.

Schielin schüttelte den Kopf.

»Er war da nicht das erste Mal und sie hatte schon so was geahnt, na ja. Er hatte doch eh schon den Mist am Hals hängen, und dann auch noch das!«

»Wann hat er Ihnen das von St. Gallen erzählt«, wollte Schielin wissen.

»Gleich am nächsten Tag.«

»Wie ging es dann weiter?«

»Wir haben einen Anwalt genommen, uns beim Grundbuchamt beschwert …«, er winkte ab, »wenn es erst mal soweit ist, dann geht sowieso nichts mehr voran. Die hätten uns ja helfen wollen, aber die Unterlagen waren weg. Und zu Hause war immer nur seine Frau dran und hat ihn verleugnet. Das hat uns eine vom Amt erzählt.«

Schielin hätte gerne nach dem Namen gefragt, wollte Mondringer aber nicht unterbrechen.

»Der Andy war dann überhaupt nicht mehr ansprechbar.

Er hat die Post auch gar nicht mehr aufgemacht. Und seine … Frau … die war ihm auch keine Hilfe. Und dann ist … dieser Unfall passiert.«

Er lachte böse. »Und da geht's jetzt genau so weiter.«

»Inwiefern?«

»Die Lebensversicherung will nicht zahlen, weil der dumme Bub die Versicherungssumme ein paar Wochen vorher erhöht hat.«

»Das ist doch legitim.«

»Das schon. Aber die behaupten, es sei kein Unfall gewesen, sondern Selbstmord.«

Schielin wunderte sich, wie sachlich Mondringer über das Geschehen reden konnte.

»Wie kommen die auf so eine Behauptung?«

»Es gibt angeblich keine Bremsspuren.«

Schielin zuckte mit den Schultern. »Ein bisschen wenig als Begründung.«

»Schon. Aber man muss wieder mit Anwälten rummachen.«

»Verstehe.«

»Und mit den Hotelbesitzern. Bestand da keine Möglichkeit zu verhandeln, Fristen zu verlängern?«

Mondringer sah zu Boden. »Das Hotel gehörte Kandras. Er hat nie gesagt, dass es seins ist. Der Kandras und der Hoibner haben den Andy fertiggemacht«, seine Stimme wurde wieder lauter und zornig, »der Kandras hat schon bezahlt und der Hoibner wird noch dafür bezahlen.«

»Seit wann wissen Sie, dass Kandras hinter dem Hoteldeal steckt?«

Mondringers Backenmuskeln zuckten. »Seit Anfang letzter Woche.«

Schielin sagte: »Ich muss von Ihnen wissen, was Sie von Mittwoch bis Freitag letzter Woche gemacht haben Am besten mit Zeugen«, und fuhr dann fort: »Was wollen Sie eigentlich von Hoibner? Was Sie da tun führt doch zu nichts. Sie werden nichts erreichen außer das Unglück zu vermehren.«

»Unglück?«, fuhr Mondringer ihn an, »Unglück?«

Schielin wurde eindringlich und beschwichtigend. »Sie wissen genau was ich meine.«

Mondringer schnaubte verächtlich. »Von euch hat noch keiner geholfen, wenns Not getan hätt. Der Kandras hat gekriegt was er verdient hat. Der Hoibner rennt immer noch frei rum.«

»Erzählen Sie mir lieber, was Sie mit wem letzte Woche gemacht haben.«

»Wieso nicht gleich die letzten zwei Jahre?«, höhnte Mondringer jetzt.

Schielin hob fordernd den Kopf.

»Am Mittwoch und Donnerstag war ich mit meinem Schwager tagsüber in Ravensburg. Das ging immer bis in den Abend. Danach waren wir dann noch hier bis spät in der Küche gesessen. Am Freitag war ich mit meiner Frau zu Hause … am Samstag auch.«

Schielin wusste nicht was er von der Auskunft halten sollte. Er fragte nach dem Namen des Schwagers und notierte ihn. Was er sonst noch wissen wollte, würde er von ihm erfragen und in Ravensburg musste es ja jemanden geben, der die Angaben bestätigen konnte.

Als er fertig war fragte er: »Wie geht es eigentlich Ihrer Frau?«

Mondringer sah ihn starr an. Ein leichtes Zittern, das seinen Anfang zwischen Kinn und Unterlippe nahm, breitete sich über den gesamten Kiefer aus. Dann rannen dem Riesenkerl Tränen herab, ohne dass er einen einzigen Laut von sich gegeben hätte.

*

Am Abend kam Lydia. Als Geschenk hatte sie eine Tüte Karotten mitgebracht – für Ronsard. Während sie zur Weide gingen, erzählte sie, dass sie auf Hoibners Boot nichts Ungewöhnliches hatte feststellen können. Ein paar Klebeabzüge mit Fasern und Fingerspuren hatte sie trotzdem gesichert. Man wusste ja nie. Von Martin erwähnte sie nichts.

Albin Derdes stand schon am Zaun. Er trug eine der knapp über die Knie reichenden, blauen Bauernjacken mit großen Kunststoffknöpfen. Auf dem Kopf saß ein Schildbarrett. Dieser Aufzug gehörte zu ihm wie die roten Backen und die kurzen, stämmigen O-Beine. Er hätte gut als Rinderzüchter in Burgund durchgehen können. Nachdenklich lehnte er am Holzzaun und begrüßte die beiden stumm durch kurzes Heben der Hand. Er sah zu Ronsard, der ein stückweit entfernt stand und mit wachem Blick Schielin und Lydia entgegensah. Als die beiden den Zaun fast erreicht hatten, schnaubte er laut, nickte zweimal kräftig mit dem Schädel und kam bis an den Zaun heran. Lydia begann sofort die Tüte zu leeren. Albin Derdes beobachtete die Szene und meinte besorgt: »Fressen tut er wenigstens noch.«

Schielin tätschelte Ronsard den Hals. »Albin. Glaub mir. Es ist alles in Ordnung mit ihm.«

»Aber warum schreit er dann nicht mehr? Seit er hier ist, hat er täglich mindestens einmal Laut gegeben. Und jetzt soll plötzlich Schluss sein? Dafür muss es einen Grund geben, sage ich dir.«

»Er wird schon wieder schreien, echt«, besänftigte Schielin und fragte: »Was hast du eigentlich mit dem Eselgeschrei für ein Problem?«

Derdes sah ihn fast weinerlich an. »Ich brauche es. Ich habe mich so daran gewöhnt. Ich habe ja selbst keine Viecher mehr. Und wenn ich früh in der Stube sitze, der Radio spielt, auf dem Herd wird der Kaffee langsam warm, die Zeitung ist da … und dann von hier hinten dieses Schnauben, Gurgeln, Hecheln … und dann dieses lange Jiaahhh. Ich brauche das inzwischen. Wenn er nicht schreit ist es, als wäre der Tag nur die Hälfte wert. Ich kann es dir auch nicht erklären weshalb. Aber ich mache mir nun eben mal Sorgen«

Derdes sah mit wenig vertrauenerweckendem Blick zu den Friesen, die sorgenfrei ein Stück weiter hinten grasten, »Vielleicht sind die da nicht die rechte Gesellschaft für ihn …«

Schielin schüttelte resigniert den Kopf und begann sich zu fragen, um wen er sich mehr Sorgen machen sollte, um Ronsard oder seinen Nachbarn. Er ließ Lydia und Derdes an der Weide zurück und machte sich auf in die Küche, putzte Salat, schnitt Knoblauch klein und prüfte den Status der Nudeln minütlich. Nebenbei leerte er eine halbe Flasche roten Italiener. Lydia tätschelte den stummen Ronsard, und als sie Richtung Haus ging, hing Derdes noch immer sinnierend über dem Weidezaun.

Lydia berichtete von den frustrierenden Ergebnissen ihrer Befragung, die überhaupt nichts erbracht hatte. Schielin hatte da schon mehr Glück gehabt und unterrichtete sie über das, was er bei Mondringer und Hoibner in Erfahrung gebracht hatte. Sie war entsetzt von dem perfiden Vorgehen. So langsam kam zwar etwas Licht ins Dunkel, doch beide waren zu müde, um kühne Tatkonstruktionen zu entwerfen. Sie drehten und wendeten einige der neuen Erkenntnisse hin und her und kamen bald überein, dass sie sich Hoibner am Montag schnappen würden. So sollte die Woche beginnen. Der Sonntag war der Erholung vorbehalten. Kurze Zeit später, als Lydia bereits gefahren war, zog Schielin den Korken aus der dritten Flasche.

*

Das Grau des Himmels wandelte sich bis zum Montagmorgen zu bedrohlichem Schwarz. Blickte man an diesem Morgen von Lindau aus nach Osten, war es schwer vorstellbar, dass hinter der depressiven dunklen Wand eine Sonne existieren sollte, die sich über die Berggipfel hinweg erhob und Licht und Wärme in die Welt brachte. In entgegengesetzter Richtung, irgendwo über Konstanz, drang ein dunkel leuchtendes Grün vor die schwarze Kulisse. Kein gutes Zeichen. Auch die Wasseroberfläche des Sees hatte jegliche Spiegelkraft verloren und walkte in schmutzigem Blaugrau mürrisch gegen die Ufersteine.

Schielin hockte missmutig im Büro, die Kaffeerunde hatte sich aufgelöst und er wartete auf Lydia. Montags brauchte sie immer ein wenig länger. Er blätterte den Stapel mit Berichten und Befunden oberflächlich durch, ohne sich auch nur einer Zeile intensiver zu widmen. Lydia kam nicht. Mufflig ging er den Gang nach hinten in Robert Funks Büro. Der war schwer beschäftigt. Auf seinem Schreibtisch lagen Papiere in wildem Durcheinander. Funk las und markierte den ein oder anderen nach einer für Schielin geheimen Ordnung mit einem roten oder gelben Marker. Schielin sagte keinen Ton und wartete, bis Funk ihn ansprechen würde. Nichts mochte er selbst weniger als bei einer konzentrierten Arbeit gestört zu werden. Endlich sah Funk auf.

»*Gepax*«, warf ihm Schielin entgegen.

Funk erzeugte einen Pfeifton. Auf geheimnisvolle Weise ließ er ihn irgendwo am Gaumen entstehen. Es klang fein und klar, aber auch kalt und scharf. »Hat die Russentruppe was mit eurer Wasserleiche zu schaffen?«, lautete seine Antwort.

Schielin verzog das Gesicht. »Das weiß ich noch nicht. Aber Dr. Kehrenbroich hat wohl Kontakte zu den Leuten da draußen, die über den rein geschäftlichen Rahmen hinausgehen, wie ich meine.«

Funk war sichtlich verwundert, stand auf und holte einen breiten Aktenordner aus dem Regal hinten an der Wand. Er hielt ihn hoch und sagte etwas frustriert: »Ermittlungsberichte über die *Gepax*. Und alles brotlose Kunst. Für die Staatsanwaltschaft nicht ausreichend, um ein Verfahren zu eröffnen. Wir sind nicht weitergekommen mit denen. Das sind aber ganz große Schmutzbuckel, also habe ich unser Material an Zoll und die Finanzler weitergegeben. Bitter, nicht wahr.«

»Worum ging es denn?«, lud Schielin ihn ein, sein Leid zu klagen.

»Fleisch«, sagte Funk mit einem angewiderten Gesichtsausdruck und setzte sich ermattet in seinen Sessel. »Sofern man das Wort in diesem Zusammenhang überhaupt noch verwenden kann.«

Schielin nahm im Besuchersessel Platz und lauschte.

»Die *Gepax* hat zwei Standbeine – gebrauchte Industrieanlagen ... und Fleisch. Was den Industrieschrott betrifft, machen die so was Ähnliches wie Wohnungsauflösungen, nur dass die sich eben Firmen vornehmen. Das scheint einigermaßen korrekt abzulaufen. Aber die Sache mit dem Fleisch ist derb«

Funk beugte sich nach vorne und sprach leiser. »Weißt du welchen Fleischanteil russische Würste so haben?«

Schielin hatte keine Ahnung, aber er befürchtete das Schlimmste. Eher fragend, denn feststellend sagte er: »Fünfzig Prozent, vielleicht sechzig Prozent?«

»Genau das hätte ich als Pessimist auch getippt. Aber wir sind eben verwöhnt, mein Lieber.« Funk hob nun den rechten Zeigefinger »Russischer Pessimismus verfügt über geradezu fatale Aspekte.«

Das klang nicht gut, was die Wurst angeht, dachte Schielin.

»Der Fleischanteil liegt bei zehn bis dreißig Prozent. Nicht immer und auch nicht im ganzen Land. Aber doch in erheblichem Umfang.«

Schielin entwich ein »Uahh«

»Rrrichtig«, sekundierte Funk, »Es ist etwa zwei Jahre her, dass die *Gepax* im größeren Stil in den Fleischimport eingestiegen ist. Von Anfang an waren die an minderwertiger Qualität interessiert. Also kein 1A Fleisch. Man möchte schließlich was verdienen. Die *Gepax* hat Verträge mit den Schlachthöfen im Allgäu droben, und diese Verträge regeln ausschließlich den Bezug von Fleischabfällen. Also das Zeug, von dem man bis vor einiger Zeit meinte, es würde bei uns keine Verwendung finden.«

»Bitte keine Details am Montagmorgen«, erbat sich Schielin.

Funk beruhigte ihn mit einer kurzen Geste. »Es ist ja nicht verboten, Fleischabfälle zu erwerben. Und es gibt für das Zeug sicher auch sinnvolle Verwendungen. Wir sind auch erst aufmerksam geworden, als die russischen Kollegen sich vor einigen Monaten für die *Gepax* interessierten. Die hatten nämlich einige Todesfälle da drüben, irgendwo im Ural. Da sind Leute nachweislich nach dem Verzehr von Würsten ... krepiert, anders kann man es wohl nicht beschreiben. Das kommt in Russland ab und zu mal vor, doch in dem Fall hat man tatsächlich das Ermitteln angefangen und herausgefunden, dass die *Gepax* die Wurstfabriken beliefert hat.«

»Ist ja widerlich«, meinte Schielin, »aber wenn es da bereits Todesfälle gab, wo liegt dann die Schwierigkeit, die *Gepax* zu packen?«

Funk hob wieder den rechten Zeigefinger »Aufgepasst! Die Leute sind nicht an den Fleischabfällen gestorben. Das ist zwar bitter zu erfahren, aber dieser Dreck lässt sich gut ... na ja ... verwurschteln.« Funk legte eine Kunstpause ein. »Die wirklich interessante Frage lautet: wenn eine Wurst aus dreißig Prozent Fleischabfall und zwanzig Prozent normalem Fleisch besteht –was ist mit den restlichen fünfzig Prozent?«

Schielin verzog das Gesicht »Du, bitte. Wenn es noch ekliger wird als es eh schon ist ... dann verschieben wir das Gespräch auf Nachmittag?«

Funk winkte ab. »Lass mal. Ist gar nicht so schlimm.

Hauptsächlich wird da Getreide verwendet. Die gierige Variante wäre aufgelöstes Altpapier und Pappe, und so. Versetzt mit ein paar Geschmacksverstärkern, Blut, Pfeffer, Salz und Glukosegel bringt man da einen ganz passables … Gschmäckle hin.«

»Okay«, sagte Schielin und es klang wenig erleichtert.

Funks Stimme wurde tiefer. »In unserem Fall allerdings wurde auch Sägemehl verwendet. Eigentlich Schlimmeres«, ergänzte Funk.

Schielin legte den Kopf zur Seite und meinte augenzwinkernd: »Sägemehl? Also, das habe ich hier im ein oder anderen Schuppen sicher auch schon mal erhalten.«

»Korrrekt«, entgegnete Funk mit rollendem R. Allerdings bestand das Sägemehl in den russischen Würsten aus chemisch behandeltem Holz. Es war blankes Gift.«

»Boahh.«

»… und zwar in nicht geringer Menge.«

»Ist ja widerlich.«

»Das finde ich auch. Konkret – wir haben die *Gepax* in Verdacht nicht nur die Fleischabfälle zu liefern, sondern alle weitern Zusatzstoffe auch. Aber aus Deutschland kommt nur der Fleischabfall. Der andere Dreck wird von irgendwo anders besorgt und da kommen wir nicht mehr ran. Die russischen Kollegen sind aber zäh dran. Und wir sind ja auch mit anderen Fällen beschäftigt.«

Er deutete auf das Papierchaos vor ihm am Schreibtisch.

»Von Zoll oder Steuerfahndung ist bisher noch nichts an uns zurückgemeldet worden. Die haben ja auch volle Schreibtische.«

»Weißt du eigentlich Näheres über die Leute, die bei der *Gepax* so arbeiten?«, wollte Schielin wissen.

»Ausschließlich russischer Hintergrund, also Aussiedler, und bedauerlicherweise sind alle im Milieu zu Hause.«

»Rotlicht, oder?«

Funk verzog das Gesicht und blickte ernst drein. »Das ganz sicher, aber ich würde sagen, da leuchten alle farbigen Lichter, die man sich so vorstellen kann, in unserem Metier.«

Schielin deutete auf Funks Schreibtisch. »Was machst du eigentlich da?«

»Anlagebetrug.«

»Ach so.«

Funk lächelte. »Draußen beim Dornier gab es doch die Umstrukturierung. Da haben einige ganz saftige Abfindungen mitgenommen. Und das zieht die Haie an. Eine Anlagegesellschaft hat sich irgendwie die Adressen von den Leuten beschafft. Ich tippe mal auf eine undichte Stelle in der Buchhaltung. Jede Adresse ist da richtig Geld wert, weißt du. Die Leute sind dann gezielt angefixt worden: dreijährige Anlage, im ersten Jahr magere vierzehn Prozent, dann siebzehneinhalb und im dritten Jahr neunzehnkommavier.«

Schielin schüttelte den Kopf. Funk erklärte weiter. »Optimale Zahlen. Über zehn Prozent, mit Kommastellen und die magische zwanzig wird nicht angetastet.«

»Magische Zwanzig?«, fragte Schielin.

»Wenn du zwanzig Prozent anbietest werden die Leute skeptisch. Die Gierfalle liegt zwischen zehn und zwanzig Prozent – schaltet Hirn ab und Gier ein.«

»Und da haben Leute Geld gegeben?«

Funk lachte herzhaft und laut, deutete auf die Zettel vor ihm und las vor. »Zwanzigtausend, fünfzigtausend, dreißigtausend, zwölftausend«, er sah hoch und deutete auf einen Zettel am Rand. »Der hier war besonders schlau. Er hat gleich die Kindersparbücher, die von Oma und Opa befüllt worden waren, platt gemacht und auch noch reingesteckt. Neulich war er hier und hat rumgejammert. Er wollte sich sogar beschweren, wir würden nicht intensiv genug ermitteln, dieser Heini!«

»Und was ist mit der Kohle?«

»Ja weg. Das schöne deutsche Konto bei der renommierten Deutschen Bank war ratzfatz leer geräumt und von der *Schachen Equity Group* gibt's nur noch einen leeren Büroraum in Reutin.«

Schielin schüttelte den Kopf. »Hast sicher viel Arbeit mit dem Zeug, aber ich brauche dich noch in meiner Sache.«

Funk hob gelassen die rechte Hand und sagte ihm so zu.

Draußen im Gang war Lydias Stimme zu hören Schielin verabschiedete sich mit einem kurzen Wink. Im Büro angekommen, verfolgte er Lydias Versuche, sich am PC anzumelden. Das scheiterte – wieder einmal. Sie konnte auch den Zettel nicht finden, auf welchem ihre Zugangsdaten notiert waren. Eigentlich lag der immer unter der Schreibtischablage. Schielin ließ sie ein wenig leiden und sagte ihr schließlich ihr Kennwort.

»Marja und die Kinder wieder gesund zurückgekommen?«

»Mhm.«

»Gut.«

»Und bei dir?«

»Alles in der Tüte.«

»Wir sollten mal zusammenfassen was wir haben«, sagte Schielin ruhig.

»Allerdings!« Sie stöhnte und räumte Papierkram auf dem Schreibtisch hin und her.«

Schielin malte einen Kasten auf die cremefarbene Magnettafel, die hinter ihm an der Wand hing, und schrieb *Kehrenbroich* hinein. »Unser Banker meldet seinen Kunden Kandras als vermisst. Ein paar Tage später wird der gefesselt und tot aus dem See gefischt. Seiner Frau ist das alles ziemlich egal.«

Ein weiterer Kasten mit Namen folgte. Ein zweispitziger Pfeil verband die beiden Figuren miteinander. In der Mitte prangte ein Kreis, in dem *Kandras* stand.

»Kehrenbroich, Kandras und Mondringer arbeiten gemeinsam an einem Immobilienprojekt. Mondringer geht dabei finanziell den Bach runter, weil der große Unbekannte im abgekarteten Spiel erst dann in Erscheinung tritt, als alles sicher zu sein scheint – Hoibner. Aber Mondringer merkt erst spät, dass er von Kandras und Hoibner abgekocht wird, viel zu spät. Der Name Kehrenbroich taucht bei dieser Schweinerei nicht auf. Der aber hat mit diesen Zuhältertypen aus der Ladestraße zu schaffen, die wiederum in keiner uns bekannten Beziehung zu Kandras stehen.«

»Schade, das mit Mondringer. Er hätte so ein wunderbares Motiv gehabt «, meinte Lydia.

»Das hat sicher auch Papa Mondringer, und … er wäre dazu in der Lage.«

»Und wo hat der sein Boot?«, fragte Lydia trocken.

»Fehlanzeige.«

»Alibi, so grob wenigstens?«

»Müssen wir heute überprüfen.«

»Das klingt mir fast nach einem Spiel alle gegen alle.«

Schielin sah sie fragend an. »Wie meinst du das?«

»Schaut doch fast so aus, dass diese Typen sich gegenseitig betrogen und hintergangen haben. Es also nicht unbedingt erforderlich ist, dass zwischen allen direkte Beziehungen bestehen müssen.«

Schielin sah sie schweigend an. Das konnte durchaus so gewesen sein.

Sie fuhr fort. »Ich habe da so ein Gefühl. Ich schnappe mir mal die Kundenliste von Kandras und werde heute Vormittag damit unterwegs sein.«

Er nickte nur.

»Und zu diesem Hoibner? Da ließe sich doch auch ein Motiv konstruieren, oder?«

»Wir haben fast zwei Verdächtige?«, meinte Schielin und es klang überhaupt nicht zufrieden. Er stützte sich am Schreibtisch auf und fragte: »Bist du einverstanden, wenn wir uns heute den Hoibner und Mondringer noch mal richtig vorknöpfen, und wenn die Zeit noch reicht, auch noch Kehrenbroich und unsere schwarze Witwe?«

Lydia klickte laut auf ihrer Tastatur herum, ließ ihre Zunge über die Unterlippe gleiten und sagte laut, jedoch mehr zu sich selbst, als für Schielin bestimmt: »Schwarze Witwe, also ich verstehe nicht, was du gegen diese Anna, verwitwete Kandras, geborene Kahlenberg hast? Ich finde das ist eine klasse Frau.«

»Kahlenberg!«, echote es laut von der Tür her.

Beide erschraken und sahen gleichzeitig zur Tür, wo Gommert lehnte und interessiert ihrem Gespräch gelauscht hatte. Er wiederholte gleich noch einmal den soeben gehörten Namen. »Kahlenberg? Da war doch mal was!«

Schielin verzog keine Miene. Man konnte von Gommert ja halten was man wollte. Er war ein eigentümlicher Kerl, lungerte oft herum, schnappte hier was auf, las dort in einer Akte, sprach mit den Streifen, die ihm über den Weg liefen. Im Grunde war er wie eine dieser Schubladen, die jeder zu Hause hatte, und in denen man das Zeug verstaute, was einem gerade im Wege und vermeintlich unnütz war. Man tat dies im Anflug einer Ahnung, es vielleicht doch noch einmal gut gebrauchen zu können. Und es war eine Lebenserfahrung, dass der Zeitpunkt kommen würde, an welchem man die Schublade öffnete, darin herum kramte, solange, bis das gesuchte, jetzt begehrte Gut gefunden war.

Gommert war sozusagen die Diensstellenschublade der Lindauer Kripo. Das wusste Schielin, das wusste Lydia – und alle anderen. Lydia Naber schwieg wie Schielin und sah erwartungsvoll zu Gommert, der den Blick nachdenklich zur Decke gehoben hatte und laut dachte.

»Kahlenberg, Kahlenberg? Das war doch … diese Frau …«

Er sah Schielin und Lydia an.

»Gommi? Welche Frau …«, gurrte Lydia.

»Ja, die isch doch ihrem Moo versoffe«, lautete die wenig pietätvolle Antwort.

»Dem Herrn Kahlenberg?«, fragte Schielin nach.

»Ja. Drunten am Unterseee. Ist schon einige Jahre her, aber es war ja ein riesen Getue, weil … ich glaub, die Tochter …«

Vorne schlug eine Tür zu und Getrappel war im Gang zu hören. Gommert hielt inne, beugte sein hölzernes Gestell so gut es ging nach hinten, und sah, wie Kimmel persönlich angetrabt kam. Der schob sich an ihm vorbei ins Zimmer und sagte etwas atemlos: »Auf! Ihr müsst ausrücken. Eine Leiche … unten am See.«

Schielin erhob sich langsam und sah ihn fragend an.

»Erschossen«, ergänzte Kimmel.

»Und wo am See?«, fragte Lydia.

»Galgeninsel … Spurensicherung ist schon unterwegs und die Streife hat bereits abgesperrt.«

»Wir sind doch nicht in Amiland«, jammerte Lydia, »was ist denn plötzlich hier los?«

*

Schielin stellte den Wagen am Zugang zum Uferweg ab. Lydia telefonierte noch während des Aussteigens mit den Spurensicherern und lotste sie von der Autobahnabfahrt bis zum Kreisverkehr, dann weiter durch das Reutiner Industriegebiet bis zum Kamelbuckel und endlich in die Ladestraße. Sie folgte Schielin, laut redend und gestikulierend. Schielin hatte diesmal keine Zeit für Bäume, Schilf und den Blick hinüber zur Insel Hoy.

Zwei uniformierte Kollegen erwarteten sie bereits dort, wo der schmale Weg sich zur breiten Kiesbank hin öffnete, in der er verschwand. Schielin redete wie nebenbei mit den beiden, sah sie nicht an, sondern blickte mit zusammengekniffenen Augen in Richtung See. Auf halber Strecke zwischen ihrem Standort und der Wasserlinie war eine Gestalt auszumachen, die rücklings auf dem groben Kies lag. Im Grunde nichts sonderlich auffälliges, wäre das rechte Knie nicht in unnatürlicher Weise abgewinkelt gewesen. Er spürte an sich selbst den Schmerz, den eine solche Position an der Hüfte auslösen musste. Doch der da lag, hatte keine Schmerzen mehr.

Obwohl die Spurensicherer noch nicht angekommen waren und noch den letzten Navigationsanweisungen von Lydia folgten, ging Schielin auf den Körper zu. Was sollte er hier schon an Spuren zerstören können? Er achtete sorgsam darauf, was vor ihm Boden lag und ging bis auf zwei Meter an den regungslosen Körper heran. Auf der Stirn, etwa fingerbreit über dem rechten Auge, war ein dunkler, runder Fleck zu erkennen, von dem aus ein dünner Faden roten Blutes die Augenmulde gefüllt hatte und von dort aus schmalspurig über Schläfe und Ohr zu Boden rann. Schielin sah einige Sekunden auf das Gesicht. Der Mund stand offen und die Zähne bleckten in den dunklen Himmel.

Er ging wieder zurück zu den anderen. Lydia hatte inzwischen aufgehört zu telefonieren und sah ihn fragend an. »Ich kenne ihn«, sagte er.

»Und, wer?«

»Einer von den Russen der *Gepax*. Der, der mir den Weg verstellt hatte, als ich dort war. Ich glaube er heißt Kubasch.«

Schielin war wütend, weil er die Zusammenhänge immer noch nicht verstand. Vor nicht mal einer Stunde noch, im Gespräch mit Lydia, schien sich die Ermittlung in eine eindeutige Richtung zu bewegen. Doch dieser Mord hier brachte alles wieder durcheinander. Er fluchte und deutete aufgeregt in Richtung Kubaschs leblosen Körper. »So ein Mist. Ich war noch hier gewesen, genau hier. Das gibt's doch nicht. Was hat das hier bloß zu bedeuten?«

Kimmel kam mit kurzen Schritten den Uferweg entlang. Schon aus der Entfernung war zu sehen wie er schnaufte. Als er die Gestalt am Kies liegen sah, blieb er stehen und machte das, was man in Polizistenkreisen sich einen Überblick verschaffen nennt. Dann zeigte er Schielin mit einer kurzen Kopfbewegung an, dass er ihn sprechen wollte.

»Was ist passiert?«, wollte er wissen.

»Mann, um die vierzig. Er heißt Kubasch und arbeitet bei einer Firma *Gepax*. Die haben ihre Räume gleich da drüben in den alten Lagerhäusern an der Ladestraße. Ich habe ihn letzte Woche das erste Mal gesehen, als ich in Sachen Kandras unterwegs war.«

»Es besteht also ein Zusammenhang mit der Sache Kandras«, stellte Kimmel nüchtern fest.

»Davon kann man ausgehen.«

»Wissen wir auch schon welcher?«, fragte Kimmel und sah wie abwesend über die Wasserfläche hinweg in die Ferne.

Schielin blieb stumm.

»Hast du die Sache noch im Griff, Conrad?«

Auf diese Frage hatte Schielin bereits gewartet und seine Antwort kam prompt.

»Gib mir noch zwei Tage. Wenn wir dann nichts haben, müssen wohl andere ran.«

Kimmel knurrte. »Ich will die Kemptener nicht hier herunten an meinem See haben. Die sollen mal schön weiter von ihrem zukünftigen Präsidium und den vielen neuen Pöstchen träumen.« Dann wandte er sich Schielin zu »Haben wir eigentlich irgendeine Spur in der Sache Kandras? Ich bin noch gar nicht dazugekommen, die Berichte von letzter Woche zu lesen.«

Schielin nickte und erzählte ihm von Mondringer und Hoibner.

»Gut. Das ist doch ziemlich viel versprechend, wie ich meine. Was hast du jetzt vor? Brauchst du Unterstützung?«

»Ja«, sagte Schielin, »Funk sollte sofort die Unterlagen von Kandras durchgehen. Ich habe sie in einem Karton im Büro stehen. Vielleicht findet sich da etwas über die Beziehung zu Hoibner.«

»Geht klar.«

»Dann bräuchte ich eine Streife, denn ich habe vor den Hoibner festzunehmen. Den Kehrenbroich und die Kandras-Witwe will ich auch auf der Dienststelle haben. Spätestens bis heute Mittag.«

»Den Kehrenbroich auch?«

»Gerade den. Entweder als Verdächtigen oder einfach um ihn aus der Schusslinie zu nehmen.«

Als Kimmel ihn fragend ansah, erklärte Schielin, den Blick auf das Wasser gerichtet: »Wer das getan hat, war Profi. Ein Schuss aus nächster Nähe seitlich in den Kopf. Im Gesicht sind deutlich Schmauchanhaftungen zu erkennen. Der war höchstens ein, zwei Meter entfernt. Es gibt einen zweiten Einschuss im Brustbereich. Fangschuss. So wie sich das darstellt, kam erst der Schuss in den Kopf und das deutet auf jemanden hin, der eiskalt und abgebrüht ist. Ich weiß im Moment nicht, ob Kehrenbroich in Gefahr ist oder selbst hinter dem Ganzen steckt. Wir brauchen ihn jedenfalls sofort.«

»Okay. Dann leg mal los. Ich sage Funk Bescheid. Er wird euch ab jetzt ganz zur Verfügung stehen.« Kimmel drehte sich um und ging. Schielin sprach sich kurz mit Lydia ab. Dann gingen sie so vor, wie Schielin es geplant hatte.

Immobilien-Makel

Lydia holte Funk auf der Dienststelle ab und fuhr mit ihm in die Ludwigstraße. Dort holten sie Kehrenbroich ab. Er folgte ihnen ohne Gezeter zu machen, obwohl sie ihn noch nicht darüber informiert hatten, was genau geschehen war. Er wollte es auch gar nicht wissen. Als sie ihn in der Obhut der Dienststelle wussten, holten sie auch Anna Kandras. Auch sie stellte keine Fragen und fuhr stumm mit ihnen. Lydia bat darum, Fotos von ihnen fertigen zu dürfen, was ihr erlaubt wurde. Sie wunderte sich über das unaufgeregte Verhalten der beiden. Erst nach genauester Beobachtung stellte sie doch eine kleine Aufgeregtheit fest. Vor allem bei diesem Kehrenbroich. Das war aber normal für Menschen, deren Lebensführung nicht zu regelmäßigem Polizeikontakt führte. Entweder war den beiden diese stoische Art und Weise gegeben oder sie verfügten über ein einigermaßen ruhiges Gewissen.

Lydia druckte die Fotos aus und verschwand von der Dienststelle, nicht ohne Funk noch ins Zimmer zu rufen, dass sie sich bald wieder melden wolle. Der machte sich über die Kiste mit den Unterlagen von Kandras her, die ihm Lydia gezeigt hatte, während Gommert mit einem anderen Kollegen Kehrenbroich und Anna Kandras Gesellschaft leistete. Die beiden waren ja schließlich nicht festgenommen worden und in eine Zelle wollte und durfte man sie nicht sperren. Kimmel schwirrte am Gang auf und ab, schaute zu Funk ins Zimmer, fragte Gommert, ob alles passte, telefonierte mit der Staatsanwaltschaft und hoffte, wie auch Gommert, dass Schielin bald erscheinen würde.

Dann kehrte Stille ein. Wer sprach, tat es halblaut. Wer über den Gang lief, sparte die Dielen aus, die ein lautes Knarren durch den Gang schickten. Allen war die Spannung anzumerken.

Während Lydia mit Fotos und einer Telefonliste losgezogen war, ohne jemandem zu sagen, was sie genau vorhatte, war Schielin auf dem Weg zu Hoibner. Zuerst hatte er im Grundbuchamt angerufen und erfahren, dass Hoibner sich krank gemeldet hatte. In einem Nebensatz hörte er, dass dies in letzter Zeit wohl die Regel darstellte. Da die anderen mit ihren Aufträgen gebunden waren, holte er sich eine Streife zur Verstärkung. Das war ihm auch aus einem anderen Grund recht. Er wollte Hoibner einen großen Bahnhof bereiten. In dessen Nachbarschaft durfte durchaus bekannt werden, dass da was im Busch war. So etwas bereitete das Feld für eventuell notwendige Befragungen, lockerte die Zunge, fast wie Alkohol. Das zumindest war Schielins Erfahrung. Er fuhr voraus, gefolgt vom Streifenwagen. Die schwarze Limousine stand nach wie vor in der Einfahrt und verstellte das geschlossene Garagentor. Unwahrscheinlich, dass niemand zu Hause war. Er klingelte so heftig, dass sich das sanfte Dingdong im Nachklang verfing. Mal Leben in die Puppentube bringen, dachte Schielin zornig. Als daraufhin nichts zu hören war trommelte er ein paar Mal mit der Faust an die Kunststofftür. Hoibner sollte merken, dass es ernst wurde. Zaghaft öffnete sich die Tür. Frau Hoibner, blass und mit verweintem Gesicht stand unsicher im Türrahmen. »Wir möchten zu Ihrem Mann«, sagte Schielin, schob sie beiseite und trat in den Wohnraum. Sie schluchzte hinter ihm.

Hoibner stand zwischen Sitzgruppe und Terrassentür. Er begann mit »Was ist ...«, brach aber ab, als er die zwei Uniformierten gewahrte, die hinter Schielin den Raum betraten. Das Schluchzen im Vorraum steigerte sich zu einem hysterischen Winseln. Einer der Uniformierten behielt die Frau im Blick.

»Kommen Sie bitte mit, Herr Hoibner. Sie sind festgenommen.«

Hoibner versuchte zu lachen. »Und weswegen?«

»Verdacht der Vorteilsannahme und Bestechlichkeit. Vielleicht erweitern wir noch auf Mord.«

»Ich möchte sofort meinen Anwalt sprechen«, bellte er in Richtung Schielin.

Der antwortete ruhig: »Das dürfen Sie. Jedoch auf der Dienststelle. Jetzt kommen Sie erst einmal mit. Ich habe es Ihnen schon gesagt, Sie sind festgenommen Herr Hoibner.«

Hoibner wurde laut, seine Bewegungen abrupter. »Ich gehe hier nicht raus, bevor ich meinen Anwalt nicht gesprochen habe.«

Schielin wurde deutlich. »Glauben Sie wir machen das zum ersten Mal! Sie kommen jetzt mit, verstanden, und lassen den Unsinn.«

Hoibners Frau war inzwischen heulend hereingekommen. Schielin bedeutete seinen Kollegen ihren Mann zu holen, dann drehte er sich zur Frau um. Schreien wollte er nicht, aber er fuhr sie mit gepresster Stimme an. »Hören Sie auf hier herum zu winseln. Sie haben ihren Mann doch gedeckt und verleugnet, als Mondringer hier anrief in höchster Not und völlig am Ende war. Sie waren es doch, die ihn hat abblitzen lassen. Also verschonen Sie mich mit diesem widerlichen Gejammer. Wo ist das Kind?«

Als sie wieder Luft holte, um weiterzuplärren, ging Schielin auf sie zu, packte ihre Schultern und schüttelte sie. »Wo ist das Kind?«

Erschrocken und unterbrochen von krampfigen Weinen: »Bei der Oma.«

Schielin drehte sich weg. Hoibner konnte nicht glauben, was vor sich ging. Er zitterte und atmete schwer. Speichel hing an seinem Mundwinkel. Er befand sich auf dem schmalen Grad zwischen Aggression und Nervenzusammenbruch. Die beiden Kollegen vermieden es ihn zu berühren. Ihre ruhige körperliche Präsenz und die Bestimmtheit ihres Auftretens genügten, die Situation zu dominieren. Und Hoibner ersparte es ihnen tatsächlich, Gewalt anwenden zu müssen. Als sie draußen waren, legten sie ihm Handschellen an, verfrachteten ihn in den Streifenwagen und fuhren los. Schielin sah wie am Haus gegenüber Vorhänge wackelten, am Gehsteig, ein Stück entfernt, blieben zwei Kinder stehen und verfolgten ungläubig die Szene. Hoibner war schon jetzt erledigt.

*

Lydia war aufgeregt. Sie ließ das Magnetfußblaulicht auf dem Dach des zivilen Wagens und bestaunte die Verkehrsschilder, an denen sie vorbeidonnerte. Sie fuhr auf der B31 in Richtung Friedrichshafen. Dort hatte sie zwei Termine. Der erste führte sie zur Polizeidirektion in die Ehlerstraße. Sie hatte Glück, denn genau die Kollegen, die Mondringers

Unfall aufgenommen hatten, waren zufällig im Dienst. Sie trafen sich im nüchternen Kaffeezimmer. Sie ließ den Blick herumgleiten und setzte sich auf die Eckbank.

Diese Kaffeeräume auf Polizeidienststellen waren irgendwie alle gleich. Eine Küchenzeile, daneben ein, zwei Tische, die Eckbank, Stühle. Inzwischen hatten moderne Kaffeemaschinen Einzug gehalten. Keiner brühte mehr mit Filterkaffee herum. An den Wänden hingen Bilder von Fußballmannschaften, Zinnteller mit Jahreszahlen, Freundschaftswimpel, Kalender der Gewerkschaften, hübsch konkurrierend in Blau oder Grün. Es mutete ihr seltsam an, denn so fremd ihr die Menschen hier waren, so wenig Bezug sie zu Fotos und dem Wimpelkram hatte – so klinisch die Einrichtung auch war: das Vertraute gab ihr ein Gefühl von Sicherheit. Irgendwie fühlte es sich heimelig an. Wirklich komisch.

Die beiden Kollegen, ein junger, Anfang zwanzig mit roten Backen und der andere um die Fünfzig stellten ihr den Cappuccino hin. Der Dienstgruppenleiter kam noch und setzte sich dazu. Sie begann zu erzählen. Vom ermordeten Kandras, dem Erschossenen von heute Morgen und den Hinweisen, die zu Mondringer führten. Die drei hörten aufmerksam zu.

»Und was brauchst du jetzt von uns?«, fragte der ältere mit starkem Unterseeakzent.

»Die Lebensversicherung von Mondringer will nicht zahlen. Die halten das nicht für einen Unfall.«

Die beiden Kollegen sahen sich an, ihr Dienstgruppenleiter nahm keine aktive Rolle ein. Offensichtlich überlegten sie, auf was sie aufpassen mussten. Ganz normale Skepsis eben.

»Also, kein plötzlich und unerwartet eintretendes Ereignis«, ergänzte Lydia.

Es war der Ältere, der ihr antwortete. »Es ist droben auf der B31 passiert. Im Waldstück zwischen Oberdorf und Mariabrunn, Fahrtrichtung Friedrichshafen. Relativ gerades, gut ausgebautes Stück Straße. Der Lkw kam aus Friedrichshafen mit leicht überhöhter Geschwindigkeit. Sechsundsiebzig Sachen hatte er drauf. Aber das hatte keine Auswirkungen auf das was da passiert ist. Der Fahrer war gerade erst losgefahren, ausgeruht, frisch, erfahren.«

Er unterbrach und sagte zum Rotbackigen: »Hol doch mal die Sach.« Der Angesprochene stand wortlos auf und verließ das Zimmer.

»Der Fahrer im Lkw hat gesehen, wie der Passat mit hoher Geschwindigkeit die B31 runterkommt und kurz vor dem Lkw plötzlich nach links gerät.«

Lydia unterbrach ihn. »Ist der Passat nach links geraten oder hat er nach links gezogen?«

»Das kann der Fahrer nicht unterscheiden. Er hat angegeben, das entgegenkommende Fahrzeug sei nach links geraten. Und dann hat es ja auch gleich gescheppert. Und wie!«

Der Rotbackige kam wieder zurück. Er hatte einen Stapel Akten und eine durchsichtige Plastiktüte mit Gegenständen. Sie erkannte eine Geldbörse, ein Ledermäppchen, einen Schüsselbund und ein Handy. Der Ältere nahm die Akten entgegen und holte eine Bildmappe heraus. Lydia verzog das Gesicht und stöhnte mitfühlend, als sie die Aufnahmen sah. Mondringers Passat war durch den Aufprall auseinandergerissen worden.

»Er hatte keine Chance. Bei dieser Geschwindigkeit,

weit über hundert, frontal unter die Achse eines voll beladenen Lkw. Selbst mit Airbag und was weiß ich, Schleudersitz oder so, keine Chance.«

Jetzt deutete er auf eine Übersichtsaufnahme. »Schau! Hier! Im gesamten Bereich keine Bremsspuren zu erkennen.« Dann deutete er auf ein paar Flecken, die Lydia gar nicht wahrgenommen hätte. »Aber das hier, das sind Abriebspuren. Mondringers Auto ist ins Schleudern gekommen, und zwar vor dem Aufprall. Keine Bremsspuren, aber trotzdem Abriebspuren.«

Lydia sah ihn fragend an und zuckte mit den Schultern. Er lachte. »Die Versicherung hat keine Chance. Diese Spuren deuten schon darauf hin, das Mondringer versucht haben könnte noch wegzukommen. Aber er war zu schnell. Wir gehen von hundertfünfzig aus. Da sind dreißig, vierzig Meter nichts, weißt du. Und er hat den Lkw nur mit der linken vorderen Seite erwischt, dann ist das Auto hochgeflogen, hat sich mehrmals überschlagen und ist schließlich an den Bäumen zerschellt.« Er zeigte ihr die dazugehörigen Fotos. »Natürlich. Aus Sicht der Versicherung ... es könnte ein Suizid gewesen sein. Aber die Spurenlage gibt das nicht her. Beweisen lässt sich da gar nichts mehr.«

Lydia deutete auf den Plastikbeutel. »Sind das noch Sachen von Mondringer? Kann ich mal sehen?« Die anderen nickten.

Sie holte zuerst das Handy heraus und schaltete es ein. Der Akku war fast leer, aber sie brauchte nicht zu lange. Die Anrufliste war nicht gelöscht und sie notierte die Nummern. Dann ging sie das Adressbuch durch. Eine Menge Einträge. Schließlich sah sie in der Galerie nach Fotos und Videofilmen. Ein Video war abgespeichert. Als sie sich die nur wenige Sekunden dauernde Sequenz ansah, entfuhr ihr ein überraschtes »Mein Gott.«

Die anderen wurden neugierig und sie zeigte ihnen das kleine Filmchen. Sie sahen sich verwundert an. »Ist das wichtig für euch?«

»Allerdings. Ich muss das Handy mitnehmen, unbedingt. Steht dem irgendwas entgegen?«

Der Dienstgruppenleiter schüttelte den Kopf. »Nein. Für uns nichts von Belang. Nach Abschluss des Verfahrens wäre es an die Hinterbliebenen zurückgegangen. Aber jetzt ist es ja Beweismittel in eurer Sache, oder?«

Sie nickte, trank zügig leer und bedankte sich besonders herzlich für die Unterstützung. Sie hatte das Handy dabei, als sie ging. Die Fotos vom Unfall wirkten besänftigend auf ihren Fahrstil. Nicht nur weil auch sie gerade einen blauen Passat fuhr. Doch aller wiedergeborenen Vorsicht zum Trotz telefonierte sie während des Fahrens. Die Zeit drängte und es lief gut, denn gleich der erste Anruf war erfolgreich. Ein Arzt, den sie in der Praxis aufsuchen konnte. Eisen musste man schmieden solange sie heiß waren. Eigentlich fand sie Redewendungen kindisch und gebrauchte sie nie. Aber immer wieder, bei den verschiedensten Gelegenheiten, fielen ihr genau diese Sprüche ein. Es war was dran.

*

Dr. Jehlen war Internist und hatte seine Praxis in Immenstaad. Er hatte ihr den Weg zwar beschrieben, doch sie musste doch zweimal nachfragen, bis sie endlich einen der Patientenparkplätze belegen konnte. Es waren überwiegend ältere Damen, die ihrem Termin entgegenharrten und sie mit missmutigen Blicken verfolgten, als sie nach kurzem Getuschel am Anmeldetresen direkt in eines der Behandlungszimmer geleitet wurde. Dr. Jehlen war noch nicht anwesend. Lydia studierte einige Minuten lang die großen Schaubilder an der Wand, die verschiedene Organe in gesundem und erkranktem Zustand zeigten. Sie wartete darauf, dass es irgendwo zog, zwickte oder stach. Dr. Jehlen kam dem zuvor. Er war ein distinguierter Herr von Mitte fünfzig, der sie humorvoll empfing. »Wo drückt es denn?«

Sie holte die Fotos aus dem Aktenordner. »Wie ich Ihnen am Telefon schon sagte, haben wir Ihre Nummer aus den Unterlagen von Herrn Kandras.«

Er verfolgte, wie sie das Foto von Anna Kandras auf den Schreibtisch legte und sagte: »Schlimme Sache, das mit dem Herrn Kandras.«

»Ja. Schlimme Sache. Ich möchte Sie bitten sich einige Fotos anzusehen und mir zu sagen, ob sie die abgebildeten Personen kennengelernt haben.«

Er blickte kurz zum Schreibtisch. »Na ja. Angesichts dessen, was Herrn Kandras widerfahren ist, gäbe es vielleicht etwas, was ich Ihnen berichten sollte.«

Sie sah ihn fragend an.

»Es kam zu keinem Geschäftsabschluss mit Herrn Kandras. Und das aus sehr, wie soll ich sagen, sehr ungewöhnlichen Umständen.«

»Was waren das für ungewöhnliche Umstände?«

»Nun ja. Ich war mit Kandras eigentlich schon einig über den Kauf zweier Wohnungen in Langenargen. Es ging noch darum, einen Notartermin zu finden ... da bekam ich überraschend ... Besuch.«

Er sprach *Besuch* mit besonderer Betonung aus.

»Besuch«, wiederholte Lydia.

»Na ja. Man könnte es so nennen. Ein Mann suchte mich hier in der Praxis auf ... und ... also er bat mich die zwei Wohnungen nicht zu kaufen.«

»Wie?«, fragte Lydia irritiert.

Jehlen lächelte etwas verschämt. »Ja. Da redet man nicht gerne drüber. Es war wie in den Krimis im Fernsehen, eine Drohung, allerdings sehr professionell gemacht. Der Besucher machte mir unmissverständlich klar, dass es für mich nicht von direktem Vorteil sei, wenn ich das Geschäft mit den zwei Wohnungen bei Kandras abschließen würde.«

Lydia setzte sich auf die Schreibtischkante. »Kannten Sie den Mann?«

Er schüttelte den Kopf. »Nie gesehen.«

»Wie sah er denn aus?«

Jehlen winkte ab. »Er sprach sehr schlecht deutsch, mit starkem russischen Akzent.«

Lydia blätterte ganz schnell und legte das Foto von Kubasch auf den Tisch.

Jehlen sah sie verwundert. »Ja. Das war er. Genau der war hier.«

Sie war konsterniert. »Und dieser Mann hat Sie unter Druck gesetzt?«

»Ja. Wie ich schon sagte. Er hat mich hier in der Praxis aufgesucht und vom Wohnungskauf abgeraten.«

»Erinnern Sie sich, ob er nur von den Wohnungen sprach oder hat er gesagt, Sie sollten von Kandras nichts kaufen?«

»Also soweit ich mich erinnere sprach er nur von den Objekten. Es war eine für mich äußerst eigentümliche Situation. Ich habe so etwas ja auch noch nie erlebt. Aber ...

ich habe Kandras daraufhin angerufen und ihm mitgeteilt, dass ich kein Interesse mehr an dem Geschäft habe. Mehr habe ich ihm auch nicht gesagt. Ich wollte einfach nichts mehr mit der Sache zu tun haben, verstehen Sie?«

Lydia nickte. »Und Sie hatten dann auch Ruhe?«

Er nickte. »Nie mehr was gehört.«

Sie war unschlüssig und dachte nach.

»Hat Ihnen das nun weitergeholfen?«, fragte Jehlen.

Sie antwortete wie aufgeschreckt. »Ja, ja. Natürlich.«

Draußen im Auto sah sie auf die Uhr. Die anderen warteten sicher auf sie, angesichts der vielen Vernehmungen. Es hatte aber noch keiner auf dem Handy angerufen und gefragt, wo sie denn stecke. Sie holte die Telefonliste heraus und ging die Vorwahlnummern durch. Vielleicht schaffte sie noch einen Besuch hier in der Nähe. Die neuen Informationen konnte sie zwar schon einordnen, doch mindestens eine zweite Quelle war zur Bestätigung ihrer Vermutung erforderlich. Sicherheit. Sie wollte Sicherheit, bevor sie in die Vernehmung mit Anna Kandras und Kehrenbroich ging. Fakten. Immer waren es Fakten, die Klarheit brachten. Gefühle, Ahnungen und Intuition waren schon erforderlich. Doch wenn man beginnen musste einem Verdächtigen weh zu tun, dann war die Objektivität von Fakten erforderlich. Gefühle halfen da nicht mehr weiter. Sie atmete durch und tippte die nächste Nummer in das Handy. Belegt. Sie nahm sofort die nächste. Es klingelte und ein Anrufbeantworter ging ran. Die Frauenstimme erzählte etwas von Urlaub. Ganz schön doof, dachte Lydia Naber. Wenn ich Gauner wäre, würde ich mir sofort die Adresse holen und der Wohnung einen kleinen Urlaubsbesuch abstatten. Die dritte Telefonnummer war eine Handynummer. Eine

Frau meldete sich nach dem ersten Klingeln mit weichem Timbre. Lydia sagte wer sie war und dass es um Ermittlungen in einem Mordfall ginge. Am anderen Ende trat kurzes Schweigen ein. Lydia erklärte in kurzen Sätzen worum es ging. Bei der Frau handelte es sich um eine Geschäftsfrau aus Langenargen. Das lag ganz günstig auf dem Rückweg. Als Lydia sich später auf dem Weg zur Dienststelle befand, war sie zufrieden mit dem, was sie herausgebracht hatte.

*

Schielin hatte Hoibner vorerst in eine Zelle auf der Inspektion bringen lassen. Auf dem Weg hinunter in den Keller war Hoibner aggressiv geworden und hatte eine weitere Lektion lernen müssen. Ein widerlicher Kerl, dachte Schielin und eilte über den Hof, hinüber zum Kripogebäude. Im Gang war niemand zu sehen. Zuerst schaute er bei Kimmel vorbei. Der saß telefonierend und in der üblich mürrischen Grundhaltung hinter seinem Schreibtisch. Als er Schielin in der Tür sah, würgte er das Gespräch abrupt und unhöflich für sein Gegenüber ab. Er winkte Schielin heran. »Der Banker und diese Frau Kandras sind schon hier. Die warten schon eine ganze Weile, machen aber keinen Terz. Funk ist über den Geschäftspapieren, wie du das wolltest. Wie machen wir nun weiter?«

»Wo ist Lydia?«, fragte Schielin.

Kimmel schüttelte den Kopf. »Ich dachte du wüsstest das. Sie hat Fotos von den beiden gemacht und ist dann weggefahren.«

Schielin hatte keine Ahnung. »Fotos von Kehrenbroich und Anna Kandras?«

Kimmel bestätigte. »Egal nun. Sie wird sich schon wieder melden«, er wies auf das Telefon vor ihm. »Ich hatte gerade unsere Presseabteilung aus Kempten dran. Was machen wir mit den Öffentlichkeitsfuzzis? Die brauchen Futter, sonst geben sie keine Ruhe. Hast du was?«

Schielin sagte mutig: »Erste Festnahme im Zusammenhang mit den Bodenseemorden.«

Kimmel sah ihn prüfend an und zog eine Grimasse. »Hübscher Text, aber hält der auch durch?«

Schielin bearbeitete seine Unterlippen mit den Zähnen. Ein seltenes Zeichen von Anspannung. »Auf alle Fälle. Der Hoibner ist erledigt. Der kippt in der Vernehmung, und wenn nicht er, dann seine Frau. Die beiden sind reif.«

»Aber mit den Sachbeweisen sieht es ja eher dürftig aus, oder? Wäre schön wenn wir da noch was Handfestes bekämen, oder verlässt du dich ganz und gar darauf, dass der das Plappern anfangen wird?«

Schielin war sich sicher. »Gib die Meldung raus. Wenn die eine Pressekonferenz wollen, dann frühestens in zwei Tagen. Der übliche Sums eben.«

Kimmel schien zufrieden und griff zum Telefon. Schielin ging rüber zu Funk. Der hockte in seinem Sessel und blätterte konzentriert lesend in einem Aktenordner. Auf dem Schreibtisch vor ihm lagen zwei Stapel mit Ordnern und Heftern. Als Schielin die Tür öffnete, blickte er nur kurz auf und las dann weiter. Schielin reichte das. Er schloss die Tür, blieb im Gang stehen und überlegte. Eigentlich wollte er die Befragungen von Kehrenbroich und Anna Kandras zeitgleich beginnen. Lydia hätte Anna Kandras genommen und er den Banker. Aber sie war unterwegs, er wusste nicht wo und in welcher Absicht. Das machte ihn nervös. Wie hatte Kimmel gesagt? Die beiden machten keine Schwierigkeiten? Das war gut so.

Er ging zum Vernehmungsraum. Die Tür war nur angelehnt. Kehrenbroich saß in einem der relativ bequemen, gepolsterten Stühle, las in einer Gewerkschaftszeitschrift und sah nicht einmal auf. Schielin verschwand in Richtung Gommerts Büro, wo er Anna Kandras vermutete. Er betrat den Raum ohne vorher anzuklopfen und es war, wie er vermutet hatte. Gommert saß hinter seinem blitzblanken Schreibtisch – welche Unterlagen sollten auf seinem Schreibtisch auch liegen? – und plapperte auf Anna Kandras ein. Die sah lächelnd zu Schielin und wandte sich dann wieder, scheinbar vergnügt, der Dienststellenschublade zu. Gommert räumte sofort den Platz und fand einen Grund, irgendetwas draußen zu erledigen.

Schielin lehnt sich an den Schreibtisch. »Sind Sie schon lange hier?«, fragte er.

Sie lächelte ihn hintergründig an. »Weiß ich gar nicht. Es war aber nicht langweilig und man wird sehr zuvorkommend behandelt.«

»Es gibt Menschen, die sind da anderer Meinung.«

Sie lachte.

»Es dauert noch einen Augenblick, bis meine Kollegin da ist. Wir haben einige Fragen an Sie.«

Anna Kandras nickte stumm. Dann sagte sie etwas verwundert und fragend: »Sie haben einen Esel?«

Das kam sehr überraschend. »Hat Gommert Ihnen das erzählt?«, fragte er etwas ungehalten.

»Nein. Nicht Herr Gommert. Die Tür stand vorher die ganze Zeit auf, weil man mich wohl im Auge behalten muss. Und zwei ihrer Kollegen standen draußen im Gang und haben sich über Ihren Esel unterhalten.« Ihre Stimme wurde etwas dunkler. »Ich wusste erst nichts damit anzufangen, weil öfters der Name Ronsard fiel, und das im Zusammenhang mit Esel ... Sie verstehen sicher.«

Schielin verstand.

»Aber dann wurden die Zusammenhänge schon deutlich. So weit ich verstanden habe, scheint ihr Esel krank zu sein. Er schreit nicht mehr.«

Die ganze Angelegenheit war Schielin unangenehm. Was machten sich bloß alle um seinen Esel Gedanken. Er kam sich fast wie ein Tierquäler vor, denn die Gespräche um Ronsard hatten inzwischen etwas Anklagendes. Als würde er das Tier nicht recht behandeln. Und überhaupt. Konnten die Herrschaften ihre Diskussionen nicht so führen, dass Vorgeladene nicht zuhören konnten? Wenn er vorgehabt hätte Anna Kandras zu vernehmen, würde er das jetzt sein lassen müssen, denn diese fühlbar ehrliche Anteilnahme am schlimmen Schicksal von Ronsard machte es ihm unmöglich, mit ihr so hart umzuspringen, wie es unter Umständen erforderlich gewesen wäre.

Er atmete stöhnend aus. »Ja. Ich habe einen Esel und der heißt Ronsard. Aber er ist nicht krank. Es ist nur so, dass er bisher täglich mindestens einmal kräftig geschrien hat. So richtig, wissen Sie? Haben Sie schon einmal daneben gestanden, wenn ein Esel geschrien hat? Da ist schon was dahinter.«

Anna Kandras strahlte. Es war unglaublich. Schielin musste sich zusammenreißen, sie nicht anzuglotzen. Alles hätte er erwartet von dieser Frau, deren kontrolliertes und emotionsfreies Verhalten, deren Beherrschtheit ihn negativ berührt hatte. Aber eine solche Verwandlung nicht. Er sah in dieses befreit strahlende Gesicht und hörte wie sie sagte: »Meine Großeltern hatten auch einen. So einen kleinen grauen. Es war schön.«

»Mhm. Dann kennen Sie sich ja aus.«

Sie lachte, offensichtlich in Erinnerung von Erlebnissen mit diesem Esel. Schielin stand auf. Ihm war eingefallen, dass er noch zu Gommert musste. »Ich bitte Sie noch um ein wenig Geduld. Meine Kollegin wird bald da sein und dann zu Ihnen kommen. Bis dahin wird Ihnen Herr Gommert noch ein wenig Gesellschaft leisten.«

»Ah. Ja«, entgegnete sie nüchtern, »nur noch eine Frage, bitte.«

Schielin wartete.

»Weshalb haben Sie Ihren Esel Ronsard genannt?«

»Weil ... Petrarca hätte nicht zu ihm gepasst. Er ist weniger analytisch, eher lyrisch«, lautete Schielins kryptische Antwort.

Er fand Gommert im Kaffeezimmer, wo er damit beschäftigt war, Wasser und Kaffeebohnen nachzufüllen und den Salzbehälter der Spülmaschine zu füllen. Tätigkeiten, die er sorgsam und regelmäßig verrichtete. Da gab es keinen Grund zu klagen.

»Was erzählst du bitte für einen Käse über Ronsard?«, fegte Schielin ihn an.

Gommert drehte sich zu ihm um, hatte bereits seinen *Wieso-immer-ich-Blick* aufgelegt und sagte gar nichts.

»Die Kandras fragt mich nach meinem Esel.«

»Ach so«, Gommerts Gesichtszüge entspannten sich umgehend. »Ich hab mich nur mit Funk am Gang unterhalten. Kann sein, dass sie was aufgeschnappt hat.«

Schielin wollte gerade nach dieser ertrunkenen Frau Kahlenberg fragen, als Lydia hereinschneite. Umgehend berichtete sie von den Ergebnissen ihrer Ermittlungen.

Schielin versuchte es zusammenzufassen. »Der Kubasch ist also zu den Kaufinteressenten von Kandras gefahren und hat denen auf deutliche Weise zu verstehen gegeben, die Finger von Geschäften mit Kandras zu lassen.«

Sie klopfte mit den Knöcheln ihrer rechten Hand bestätigend auf die Tischplatte. »Genau! Kubasch hat dem Kandras die Kunden vertrieben. Der hat versucht den Kandras fertig zu machen. Und zwar auf die ganz üble Tour.«

»Und er hatte exakte Informationen über die Kunden. Der Kandras hat das sicher nicht herumposaunt, mit wem er gerade in Verkaufsverhandlungen stand. Irgendjemand muss dem Kubasch doch gesagt haben, der Dr. Jehlen und die Frau sowieso, stehen kurz vor Geschäftsabschluss«, ergänzte Schielin.

»Da kommen ja nicht viele Personen in Frage«, ergänzte Lydia und begann aufzuzählen, »die Sekretärin von Kandras, Kehrenbroich oder dieser Hoibner. Was ist eigentlich mit dem?«

»Der sitzt drüben in der Zelle und wechselt stündlich seine Strategie. Mitleid, Aggression, Selbstmitleid. Ein widerlicher Kerl. Wir lassen ihn erstmal runterkommen und werden ihn dann morgen, wenn sein Anwalt da ist, zubetonieren.«

»Bevor ich es vergesse«, sagte sie und holte umständlich das Handy aus ihrer Tragetasche, »ich hoffe der Akku reicht noch, aber schaut es euch selbst an.«

Schielin und Gommert folgten den zuckelnden Bildern

im Mäusekino. Schielin pfiff durch die Zähne. »Du bist ein Schatz, Lydia. Ein Schatz.«

Gommert bekam große Augen, trotz der geringen Auflösung »Net schlecht, die Goiß.«

Die anderen gingen nicht darauf ein. »Der Mondringer hat den Hoibner und den Kandras also mit dem Handy gefilmt, als er sie drüben in der Schweiz im Puff erwischt hat«, sagte Schielin und wandte sich an Lydia: »Hat der vielleicht versucht, den Kandras oder Hoibner damit zu erpressen?«

»Glaube nicht, dass er das versucht hat«, meinte Lydia nachdenklich, »den Kandras konnte er damit sicher nicht erpressen und dem Hoibner war das wahrscheinlich völlig egal. Nein. Es war so, wie ich mir das schon gedacht habe. Da waren vier zusammen, die sich gegenseitig nach Strich und Faden betrogen haben. Hoibner und Kandras haben den Mondringer geleimt. Und der Kehrenbroich, das ist meine Meinung, der hat den Kubasch auf Kandras angesetzt, um zu verhindern, dass der Einnahmen macht.«

Schielin sah sie skeptisch an. »Das klingt ja aufs erste ganz logisch. Dass Kandras und Hoibner den Mondringer fertiggemacht haben, das ist denke ich zweifelsfrei erwiesen. Aber … welchen Grund hatte bitte Kehrenbroich seinen eigenen Geschäftspartner, auch noch auf diese Tour, schachmatt zu setzen?«

»Keine Ahnung? Das müssen wir noch rauskriegen. Es ist nur so, dass Kehrenbroich in engem Kontakt mit Kubasch stand. Da liegt die Verbindung. Wie das genau zusammenhängt, müssen wir noch rausbekommen. Vor allem welche Rolle Anna Kandras spielt.«

»Anna Kandras«, wiederholte Schielin, »wir dürfen nicht vergessen, dass sie ja die Chefin von Kehrenbroich ist. Ihr gehört ja schließlich der Laden. Sie hält sich aber konsequent im Hintergrund und lässt Kehrenbroich im Lichte stehn.«

»Und die im Schatten sieht man nicht«, unkte Gommert.

»In unserem Fall wollen die im Schatten überhaupt nicht gesehen werden«, sagte Schielin, « und ich bezweifle wirklich, dass Kandras eine Ahnung davon hatte, mit welchem Finanzentwickler er sich da eingelassen hat. Der hatte keine Ahnung, dass hinter Faynbach seine Frau steckte.« Er schlug die Hände zusammen und legte sein Kinn darauf. »Das ist ja alles völlig verquer.«

Gommert saß still dabei, hielt seine Tasse mit beiden Händen umfasst und lauschte. Er erschrak, als Schielin ihn fragte: »Gommi. Heute morgen hast du uns doch etwas über diese Frau Kahlenberg erzählen wollen, du weißt schon, die ertrunken ist, oder so?«

Gommert benötigte einen Augenblick, um seine Gedanken zu ordnen. Das gerade Gehörte beschäftigte ihn noch sehr. Die Welt war so schlecht.

»Ja. Die Frau Kahlenberg. Die ist ertrunken.«

»Und weiter …«, forderte jetzt Lydia und sah auf ihre Uhr.

»Ich weiß nur, dass das damals am Untersee passiert ist und die Kollegen in Konstanz die Sache hatten. Es gab da Schwierigkeiten, weil die Tochter behauptet hatte, da sei es nicht mit rechten Dingen zugegangen.«

»Wie soll man das verstehen?«, fragte Schielin.

»Na ja. Die Tochter behauptete, es sei kein Unfall gewesen.«

Schielin und Lydia sahen ihn ernst und auffordernd an.

Er hob entschuldigend die Hände. »Das ist schon ewig

her, sicher über zehn Jahre. Da ward ihr beide noch gar nicht hier. Du warst doch damals noch in München, oder.«

Schielin bestätigte. »Das kommt hin. Da war ich noch bei der Münchner Kripo. Was war also damals los?«

»Die Kahlenberg war mit ihrem Mann draußen am See. Es hatte glaube ich einen Sturm und die Frau ist in der Nacht über Bord gegangen und ertrunken. Man hat die Leiche ein paar Tage später tatsächlich gefunden.« Er machte eine Pause, um sich zu erinnern und sprach, wieder den Blick zur Decke gewandt, weiter.

»Mhm. Die Tochter. Ich war kurz darauf bei einem Faustballturnier in Singen und da waren Kollegen aus Konstanz dabei. Und die haben mir erzählt, dass die Tochter von der Ertrunkenen mehr oder weniger behauptete, dass das kein Unfall war sondern nachgeholfen worden ist.«

»Und wer soll da nachgeholfen haben?«

»Der Vater, ... also der Mann ... also der Mann von der Ertrunkenen.«

»Die Tochter hat also ihren Vater verdächtigt, ihre Mutter umgebracht zu haben«, fasste Lydia nüchtern zusammen.

»Ja. So.«

»Und was ist herausgekommen?«, wollte Schielin wissen.

»Es gab eine Obduktion und die hat nichts ergeben, was auf Nachhilfe hingewiesen hätte. Damit war das dann ein Unfall.«

Alle drei schwiegen. Schielin ergriff als erster wieder das Wort. »Du Lydia wirst mit Anna Kandras reden. Wir haben keinen Grund Informationen zurückzuhalten. Konfrontiere sie mit allem was wir wissen und frage sie auch nach den Todesumständen ihrer Mutter. Ich werde mir Kehrenbroich vorknüpfen. Für uns ist es wichtig zu erfahren, in welchem Verhältnis Kehrenbroich und Anna Kandras stehen. Wir klopfen jetzt einfach mal in die Büsche.«

Als sie durch den Gang liefen, um die Anhörungen zu beginnen, öffnete sich die Tür von Funks Büro. Er winkte sie herein und schloss, was für ihn unüblich war, die Tür.

»Es wird euch interessieren, was ich dem Papierkram da entnommen habe.«

Lydia bog die Unterlippe nach unten und sagte: »Jo.«

Er grinste sie an und sagte dann: »Kandras war pleite.«

»Wie? Pleite?«

»Ja pleite halt. Wie ist es wohl, wenn du pleite bist?«, sagte er zu Schielin.

»Du meinst, er hatte kein Kohle mehr?«

»Exakt.«

»Aber auf den Konten waren doch Guthaben und die Anlagedepots?«, sagte Schielin ungläubig.

»Firlefanz«, entgegnete Funk, »die paar Kröten haben keine Auswirkung angesichts der Summen, die Kandras investierte und die er schuldete. Er war blank. Total blank. Definitiv«

Funk hob die Hand und sah ungläubig nach oben. »Es sei denn irgendwo taucht noch ein Lottogewinn auf oder er hat mehrere Häuser verkauft und die Buchungen sind hier nicht enthalten. Aber das kann ich mir nicht vorstellen. Der Typ hatte enorme Ausgaben aber keine Einnahmen. Der hat seit fast zwei Jahren nichts mehr an den Mann gebracht. Und wenn, dann ging die Kohle direkt an *Faynbach & Partner*, um Schulden abzutragen.«

»Kubasch sei Dank«, sagte Lydia und winkte ab, als Funk sie fragend ansah

»Du bist einfach Klasse«, sagte Schielin und klopfte Funk auf die Schulter.

»Gern geschehen«, entgegnete der. »Bei wem bin ich jetzt dabei?«

»Bei mir. Lydia nimmt die Frau und Gommi macht die ED-Behandlung mit Hoibner. So richtig schön langsam alles. Fotos, Fingerabdrücke, Personenbeschreibung. Stelle die Fragen fürs Herz: Haben Sie ansteckende Krankheiten. Nein? Hatten Sie mal welche? Warum nicht? Wie heißt der Vater des Kindes Ihrer Frau? Warum mochte Ihre Mutter Sie nicht? Nimm ruhig das Sortiment aus der unteren Schublade, Gommi. Wir brauchen ihn am Zahnfleisch, klar.«

Gommert freute sich.

*

Als Schielin den Raum betrat, der von Kehrenbroichs stoischer Ausstrahlung erfüllt war, keimten Zweifel. Kehrenbroich schuf eine Atmosphäre wie Ronsard. Es war hart, einem selbstbewussten Esel etwas abzugewinnen. Gutes Zureden, einer zieht der andre schiebt, oder andere in der Literatur vermerkte Methoden waren wenig aussichtsreich. Es würde also schwierig werden. Zumal dieser Kehrenbroich keine Form von Aggressivität zeigte. Er hockte nun schon eine ganze Weile hier herum und war dennoch höflich. Ein schwieriger Fall. Das andere Problem bestand darin, dass er tief drinnen etwas übrig hatte für diesen staubtrockenen eigenartigen Kerl. Auch das machte die Sache nicht einfacher. Kehrenbroich rutschte mit seinem Stuhl ein wenig näher an den Schreibtisch heran. Funk setzte sich ein

Stück hinter Schielin und nahm sogleich Aktenordner zur Hand und fing zu blättern an.

Schielin begann. »Herr Kehrenbroich. Entschuldigen Sie die Wartezeit, aber es war sehr viel los heute morgen.«

Kehrenbroich zeigte Verständnis und wartete darauf, befragt zu werden.

Schielin entschied sich für Zickzackkurs und fragte: »Wie geht es Ihnen?«

Kehrenbroich stutzte. »Äh. Ja. Ganz gut.«

»Das ist schön.« Schielin schwieg und sah ernst an Kehrenbroich vorbei. Eine ganze Weile. Funk las hinten. Es war förmlich zu merken, dass der Banker den Wunsch verspürte sich umzudrehen, Schielins Blick zu folgen und zu erfassen, was da hinten so bedeutungsvoll war. Schielin wartete und gerade als Kehrenbroich ein wenig zuckte, fragte er schnell: »Sie haben schon erfahren, was heute morgen passiert ist?«

Kehrenbroich schüttelte irritiert den Kopf. »Äh. Nein.«

Wieder Schweigen. Langsam faltete Schielin die Hände und stützte Kinn und Lippen darauf. Etwas theatralisch zwar, aber die Verunsicherung Kehrenbroichs schien zu gelingen.

»Wir haben heute die Leiche eines Mannes gefunden. Erschossen.«

»Aha«, war von Kehrenbroich zu hören. Mehr nicht.

»Draußen auf der Galgeninsel.« Schielin wartete und lächelte beim nächsten Satz wie ein Verbündeter. »Sie wissen schon. Ladestraße.« Dann setzte er eine gleichmütige Miene auf, zählte still einundzwanzig, zweiundzwanzig, dreiundzwanzig, und bellte »*Gepax*« hervor.

Volltreffer. Kehrenbroich erschrak. Schielin jubelte innerlich ohne seine Miene zu verändern. Erwischt, erwischt,

erwischt. Schielin holte nun einen der Ausdrucke vor, die Kubasch zeigten, mit durchlöchertem Kopf. Wie beiläufig legte er das Foto auf den Schreibtisch und sagte mitfühlend: »Was sagen Sie dazu?«

Kehrenbroich hatte sich nach vorne gebeugt, um besser erkennen zu können, was da auf dem Foto abgebildet war. Er brauchte einen Moment, um es zu realisieren. Erschrocken wich er zurück. Dieser Termin entwickelte sich nicht günstig für ihn.

Jetzt machte sich die Klasse von Funk bewährt, der die ganze Zeit dagesessen hatte, scheinbar in Akten vertieft. Er hatte Schielins Spielchen sehr wohl verfolgt und gönnte dem nun eine Verschnaufpause, um zu überlegen.

»Herr Kehrenbroich. Also *Gepax* ist eigentlich kein so rechter Umgang für einen Finanzentwickler wie Faynbach, oder?«

Der Angesprochene sah zu Funk und wollte gerade antworten, noch immer vom Anblick des getöteten Kubasch schockiert, da kam Schielin dazwischen. »Kubasch. Sie haben Kubasch doch erkannt! Wir haben ihn heute Morgen draußen auf der Galgeninsel gefunden. Exekutiert. Kopfschuss aus nächster Nähe. Was sagen Sie dazu?«

Kehrenbroich sagte nichts. Er war überhaupt nicht fähig irgendetwas zu denken, zu sagen. Was hier stattfand, war zuviel für ihn. Die zwei Polizisten wussten ja mehr als er selbst. Und was bitte sollte er dazu sagen, dass Kubasch erschossen worden war. Wie konnte ausgerechnet er dazu etwas sagen? Er saß bleich da und schwieg schockiert.

Scheiße, dachte Schielin. Jetzt verklemmt er total. Er hätte sich gerne zu Funk umgedreht. Aber diese Schwäche konnte er sich nicht leisten. Also schwieg er.

Funk hatte die Situation erfasst und versuchte Kehrenbroich mit Themen ins Dasein zurückzubringen, die ihm im Schlaf vertraut sein mussten. Finanzen, Zahlen, Bankwesen. Das war schließlich seine Welt.

»War *Gepax* Kunde bei Faynbach?«, lautete die Frage, die den Blassen wiederbeleben und vorerst auf vertrautes Terrain zurückführen sollte.

»Nein. Natürlich nicht«, kam brav die Antwort, leicht stotternd.

»Sie hatten also keine geschäftliche Beziehung zu *Gepax*?«

»Ja. Äh, Nein. Also ich meine, wir hatten keine Geschäftsbeziehungen zu *Gepax*.«

»Mhm.«

Schielin stieg wieder ein. »Woher kannten Sie Kubasch eigentlich?«, und erklärte gar nicht, woher er wusste, dass die beiden sich kannten.

»Ich habe nichts Ungesetzliches gemacht. Nichts Ungesetzliches.«

»Das sehen wir anders«, fuhr Schielin ihn an, »Sie haben ihren Freund Kubasch auf Kandras angesetzt. Sie haben Kandras auf dem Gewissen.«

Er unterbrach kurz, um die Wirkung seiner Vorwürfe zu überprüfen. Dann setzte er einen drauf. »Geben Sie es schon zu, Mensch. Sie haben Kubasch beauftragt Kandras zu töten, und der wollte Sie damit erpressen, und da haben Sie ihn dann umgelegt.«

Kehrenbroich sah Schielin entsetzt an. Er blickte derart erschrocken, dass sogar Funk kurzfristig so etwas wie Mitleid empfand. Der sagte ernst, sehr ernst und ganz ohne Anklage: »Ich verstehe nicht, Herr Kehrenbroich, wie Sie so etwas tun konnten.«

Kehrenbroich lachte kurz auf. Er realisierte, in welch gefährliche Lage er geraten war. Schielin fixierte ihn und fragte: »Sie möchten sicher einen Anwalt sprechen, oder?«

»Wir haben nichts Ungesetzliches getan.«

Fehler, registrierte Schielin und hakte sofort ein. »Wer ist wir?«

Keine Antwort. Schielin fragte wieder: »Erzählen Sie uns doch, was Sie getan haben. Wenn es nichts Ungesetzliches war ...«

Kehrenbroich sah zur Tischplatte und sagte unsicher: »Das mit Kubasch stimmt.«

»Was stimmt?«

»Ich kannte Kubasch und seine Freunde. Allerdings hatte Faynbach niemals geschäftliche Beziehungen mit *Gepax*.«

»Welchen Auftrag haben Sie Kubasch erteilt und wie kamen Sie überhaupt in Kontakt zu ihm?«

Kehrenbroich saß da und stierte wortlos auf den Schreibtisch. Funk versuchte es. »Wie war das also mit Kubasch?«

Nach langem Warten kam schließlich die Antwort. »Mit den Toten habe ich nichts zu tun.«

Der jammernde Ton machte Schielin wütend. Da saß ein Banker vor ihm, der fähig und gerissen genug war, mit Hilfe eines obskuren russischen Zuhälters seinen eigenen Geschäftspartner in den Ruin zu intrigieren. Die beiden wurden kurz nacheinander zu Tode befördert und der Kerl hockte sich hierher, spielte *die drei Affen* vor und machte auf Mitleid. Schielin schlug zornig mit der flachen Hand auf den Tisch. So wirklich nicht! Selbst Funk schrak zusammen, wenngleich er mit etwas in dieser Art schon gerechnet hatte. Zum einen ging ihm das Winseln von Kehrenbroich auch auf die Nerven und andererseits kannte er Schielin.

Der rutschte ganz nahe an den Schreibtisch heran und hörte, wie seine Stimme bedrohlich bebte: »Das glauben Sie doch selbst nicht, dass Sie mit den beiden Toten nichts zu tun haben. Sie! Sie und niemand anders bildete die Schnittstelle zwischen den beiden. Woher kannten Sie Kubasch? Los jetzt.«

Kehrenbroich versuchte mit dem Stuhl nach hinten zu rutschen, um etwas mehr Abstand zwischen sich und Schielin zu bekommen. Er schluckte. »Glauben Sie mir doch. Es ging immer nur um die Firma.«

Schielin fuhr aufgebracht zurück und betrachtete den komischen Vogel vor sich. »Schauen Sie sich Kubasch nur noch mal gründlich an. Falls es wirklich stimmen sollte, dass Sie mit den Morden nichts zu tun haben, wäre es vielleicht an der Zeit zu überlegen, ob Sie nicht unter Umständen das nächste Opfer sein könnten«, er pochte auf die Fotos, die vor ihm lagen. »Wenn ich mir das so ansehe, halte ich es jedenfalls nicht für unwahrscheinlich.«

Dann stand Schielin auf und ging wortlos hinaus. Er musste mit Lydia reden. Vielleicht war die ja weitergekommen als er.

Salz und Pfeffer

Lydia ließ sich Zeit. Anna Kandras saß gelassen im Stuhl, hatte die Beine übereinander geschlagen und verfolgte die Vorbereitungen der blonden Polizistin. Die schien es nicht eilig zu haben und war auch nicht aufgeregt. Fast so als wäre sie zu Hause und verrichtete irgendeine Allerweltsarbeit.

»Möchten Sie etwas trinken?«, begann Lydia das Gespräch und lächelte Anna Kandras zu, was ihr nicht schwer fiel, denn diese distanzierte, dunkelhäutige Frau war ihr einfach sympathisch.

Anna Kandras lehnte mit einer Handbewegung ab und fragte ihrerseits: »Wie kommt man eigentlich zur Polizei?«

»Interesse?«, lautete die schmunzelnde Gegenfrage.

»Natürlich nicht. Ich meinte eher, wie kommt eine Frau wie Sie zur Polizei?«

Lydia setzte sich an den Schreibtisch und sortierte das Foto von Kubasch nach vorne, während sie überlegte. »Mhm. Gute Frage. Bei mir war es eher Zufall. Ich hatte zwei Semester Kunstgeschichte studiert, eher so aus Verlegenheit. Eine Freundin hat sich bei der Polizei beworben und ich habe aus purer Unüberlegtheit mitgemacht. Völlig ohne Absicht.«

»Und Sie sind dann genommen worden?«

»Sieht so aus oder?«

»Und Ihre Freundin?«

»Die auch. Sie ist immer noch in München.«

Anna Kandras deutete auf Lydias linke Hand. »Ihr Mann ist auch bei der Polizei?«

Lydia sah auf ihren Ring und überlegte, ob sie Anna Kandras gestatten sollte, weiterhin die Fragen zu stellen. Sie entschied sich für ein Ja und sagte »Gott sei Dank nicht. Er ist Bildhauer.«

»Ein Künstler«, rief Anna Kandras begeistert aus und lachte.

Lydia sah sie verwundert an. »Wenn Sie so wollen. Er arbeitet überwiegend an Brunnen. Das ist nicht so ganz brotlos.«

Beide ließen die Stille, die sich dem belanglosen Beginn anschloss, Stille sein. Der ernstere Teil des Gespräches musste folgen.

Lydia entschied sich für einen schnellen Beginn. Sie legte Anna Kandras das Foto von Kubasch vor. Die nahm den großformatigen Ausdruck ohne Zögern in die Hand, obschon sie erkennen konnte, um welche Art Foto es sich dabei handelte. Anscheinend hatte sie weder Angst noch Abscheu vor dem, was sie sich betrachten sollte.

»Kennen Sie diesen Mann?«, fragte Lydia.

»Nein«, lautete die Antwort, während sie weiter auf das Bild sah und es erst kurz danach wieder zurück auf den Schreibtisch legte.

»Wir haben ihn heute Morgen draußen auf der Galgeninsel aufgefunden. Es war eine … Exekution.«

Anna Kandras sah ihr stumm und wartend in die Augen, ohne etwas zu sagen.

Lydia wechselte. »In welchem Verhältnis stehen Sie zu Herrn Dr. Kehrenbroich?«

Ein flüchtiges Lächeln erhellte die bisher durchweg ernste Miene der Befragten. »Ich habe kein Verhältnis mit Herrn Dr. Kehrenbroich.«

Lydia blieb ernst. »Meine Frage lautete anders. In welchem Verhältnis stehen Sie zu ihm?«

»Wir kennen uns seit dem Studium.«

»Sie sind also miteinander befreundet?«

»Ja. Wir sind befreundet und stehen in geschäftlicher Verbindung.«

»Welcher Art ist diese geschäftliche Verbindung?«

Anna Kandras antwortete nun vorsichtig. »Nun ja. Ich habe mit Faynbach geschäftlich zu tun«, und fuhr, kaum dass es ausgesprochen war, mit Daumen und Zeigefinger über die Nasenspitze.

Lydia musste augenblicklich Lächeln. Die Lüge war offensichtlich und das machte ihr Anna Kandras nicht unsympathischer.

Sie legte die Karten auf den Tisch. »In welcher Beziehung stehen Sie zu den Firmen *DKL Immo* und *Sypexa*?«

Na endlich, dachte sie, als sie sah, welche Wirkung diese Frage auf Anna Kandras hatte. Die zuckte erschrocken, wenngleich es nach Lydia Nabers Geschmack auch etwas heftiger hätte sein können. Das hatte sie also nicht erwartet. Und sie schwieg; schwieg, um zu überlegen.

Lydia war gespannt darauf, wie viel sie von sich aus zu offenbaren bereit war.

Anna Kandras sprach langsam, immer noch überlegend, als sie einige Momente später zu reden begann. »Es handelt sich um Firmen, die ihren Sitz in der Schweiz haben. In der *DKL* ist der Immobilienbesitz gebündelt. Die *Sypexa* ist ausschließlich für die Verwaltung der Liegenschaften zuständig. Beide Firmen haben eigene Geschäftsführer und werden sehr solide geführt. Es sind seriöse Gesellschaften, die schon im Besitz meiner Großeltern waren – mütterlicherseits. Sie waren nach deren Tod zu ganzen Teilen im Eigentum meiner Mutter und gingen nach«, sie unterbrach kurz und setzte erneut an, »... gingen nach dem Ableben meiner Mutter an mich über. Ich werde dort unter meinem richtigen Namen Anna Kahlenberg geführt. Der Muttername hat in der Schweiz eine andere Bedeutung als in Deutschland.«

Sie unterbrach und sah an Lydia vorbei. »Es handelt sich bei den Immobilien zum großen Teil um Gewerbeobjekte wie Hotels, Restaurants, Büroanlagen, Ladenflächen und Teilhabe an Messeunternehmungen. Ein gutes Drittel besteht aus eher prestigeträchtigen Wohnobjekten hier am See, im Bregenzer Wald und in der Schweiz. Wie Sie sicher schon wissen, steht *Faynbach & Partner* unter Führung der *IFKA*, einer Liechtensteiner AG, die ich kontrolliere.«

Lydia nickte. »Wobei wir auch bei Dr. Kehrenbroich angekommen wären.«

»Ja. Wir kennen uns seit Studienzeiten. Es war kurz nach dem Tod meiner Mutter, als ich überlegte, wie mit den bestehenden Firmen am besten zu verfahren sei. Gerade da sind wir uns zufällig wieder begegnet.«

»Schön«, sagte Lydia, ohne dass es ironisch oder gar sarkastisch klang.

»Es ging ihm nicht sonderlich gut. Er hatte gerade eine Entziehungskur hinter sich ...«

»Alkohol?«, fragte Lydia.

»Ja. Nichts von diesem andern Zeug. Er hatte seinen Job über diesem Elend verloren. Ich mochte ihn schon immer, außerdem ist er ein hochintelligenter Kerl. Irgendwie ist dann die Idee mit der Finanzdienstleistung entstanden und er hat das Ganze organisiert. Es klappt bis heute vorzüglich.«

Sie strich sie über die Wange, hob den Kopf und ließ ihre Zunge über die Oberlippe gleiten.

Lydia registrierte diese Übersprungshandlung und machte sich Notizen. *Faynbach & Partner* war sicher nicht ohne Ziel aus der Taufe gehoben worden.

»Kandras hat das sicher anders gesehen«, stellte Lydia nüchtern fest.

»Wie er das gesehen hat, war für mich nie von Interesse.«

Lydia deutete auf das Foto. »Ihr Herr Kehrenbroich hat diesen Mann hier auf Kandras angesetzt. Es war ein russischer Zuhälter, unterste Schublade. Er hat die Kunden von Kandras aufgesucht und ihnen deutlich zu verstehen gegeben, dass es für sie besser wäre, von einem Geschäft mit Kandras Abstand zu nehmen. Das sind Mafiamethoden.«

Beide saßen in aufrechter Haltung gegenüber und fixierten einander.

Anna Kandras wartete mit ihrer Antwort. »Vielleicht handelt es sich hier um Missverständnisse. Es ist doch nichts dagegen einzuwenden, dass Kunden über eventuelle Nachteile eines Geschäftes informiert werden. Das kann der ein oder andere durchaus falsch interpretieren. Soweit ich weiß, liegen in dieser Hinsicht keinerlei Anzeigen von Betroffenen vor. Ich kann mir nicht vorstellen, dass Personen angesprochen waren, die nicht Kunden von Faynbach waren. Und denen gegenüber hatte Kehrenbroich ja auch Verpflichtungen.«

Lydia schluckte. Daran hatte sie natürlich nicht gedacht und auch nicht danach gefragt, ob Jehlen und die Frau Kunden bei Faynbach waren.

Sie verzichtete darauf, die Person Kubaschs und seine Methoden zu thematisieren und fragte weiter, ohne dass ihr etwas von ihrer Verunsicherung anzumerken war. »Wusste Kandras, dass er seine Projekte mit dem Geld einer Bank finanzierte, die seiner von ihm getrennt lebenden Frau gehörte?«

Anna Kandras Gesichtszüge hatte wieder die indianerhafte Ausdruckslosigkeit angenommen. Sie zuckte mit den Schultern. »Ich weiß nicht. Und wie gesagt. Das letzte was mich interessierte war dieser Mann.«

»Was hat er Ihnen angetan?«, fragte Lydia und beugte sich weit über den Tisch. »Was hat er Ihnen angetan, dass Sie ihn derart hassen und verachten, noch über den Tod hinaus? Sie haben doch auch ein gemeinsames Kind. Wie hat denn Ihre Tochter diese Situation aufgenommen?«

»Wir haben uns getrennt, als Nora noch sehr klein war. Sie hat ihn nie ... nie kennengelernt und er hat darauf auch keinen Wert gelegt.«

Da war was. Lydia überlegte kurz. Es war etwas, was ihr aufgefallen war und sie wusste, dass das Auffällige nicht das war, was sie gesagt hatte, sondern das was sie nicht gesagt hatte. Sie fertigte eine Notiz an und fragte darüber: »Wieso um alles in der Welt haben Sie diesen Raimund Kandras überhaupt geheiratet? Sie stammen doch aus so unterschiedlichen Lebenswelten und ... ich kann das einfach nicht verstehen. Können Sie mir das vielleicht erklären?«

»Das kann ich mir selbst nicht erklären. Es mag für Sie schwierig sein, das zu verstehen. In der damaligen Situation habe ich mich eben so entschieden«, ihre Stimme wurde rauer und leiser. »Bald darauf wusste ich, welchen Fehler ich gemacht hatte. Es war eben Dummheit. Die Dummheit einer jungen Frau, die keine Ahnung vom Leben hat.«

Lydia hätte eigentlich sagen wollen, dass sie damals

schon eine erwachsene Frau war, über gute Bildung verfügte und, nicht ganz unwesentlich, finanziell völlig gesichert leben konnte. Doch sie ließ es sein und fragte stattdessen: »Was ist passiert?«

Anna Kandras schüttelte den Kopf. Diese Frage war ihr anscheinend keine Antwort wert.

Lydia wechselte den Bezug und deutete mehrfach auf das Foto des toten Kubasch, das vor ihr auf dem Schreibtisch lag. »Das hier ist aber nicht falsch zu interpretieren. Eine Exekution! Eiskalt! Was glauben Sie weshalb Sie hier sind? Sie zählen entweder zum erweiterten Kreis der Verdächtigen oder Sie und Ihre Tochter gehören unter Umständen zum engeren Kreis der Gefährdeten.«

Der letzte Satz überraschte Anna Kandras. Das hatte sie noch nicht bedacht. Lydia nahm es war und hatte eine kleine, gemeine Idee. »Wo ist Ihre Tochter eigentlich im Moment? Machen Sie sich keine Sorgen um sie?.«

Die dunkle Schönheit blieb stumm. Klar war aber, dass sie und ihr Bankdirektor sehr zielstrebig daran gearbeitet hatten, Kandras zu ruinieren, was ihnen letztlich gelungen war. Und das bereiteten die beiden langfristig und mit viel Aufwand vor. Warum sollten sie ihn dann ausgerechnet jetzt töten? Es war zum Verzweifeln.

Ein Klopfen an der Tür riss sie aus ihren Gedanken. Schielin kam herein. Sie sahen sich kurz in die Augen und jeder war darüber informiert, dass es beim jeweils anderen keine großen Erfolge zu vermelden gab. Anna Kandras drehte sich nicht um. Auch nicht, als Lydia aufstand und mit ihm hinausging. Sie standen am Gang und beratschlagten, wie es weitergehen sollte. Der einzige bei dem es im Moment für einen Haftbefehl reichte, saß bereits in der Zelle und wartete noch auf seine Vernehmung. Den beiden anderen war mit dem, was sie bisher hatten jedenfalls nicht beizukommen. Wie sie es auch drehten und wendeten. Sie mussten Kehrenbroich und Anna Kandras gehen lassen. Es machte gar keinen Sinn die Anwälte der beiden kommen zu lassen. Schade für die Zeit.

Beide gingen zurück, stellten noch die ein oder andere Frage. Kehrenbroich konnte nachweisen, dass er am Wochenende in Zürich gewesen und erst am Montag Morgen mit dem Zug zurückgekehrt war. Anna Kandras hatte für die Zeit zwischen Sonntag und Montag ebenfalls ein stichhaltiges Alibi. Die beiden verzichteten auf einen Polizeishuttle, so wurde ein Taxi gerufen. Schielin saß niedergeschlagen in seinem Büro und sah hinaus in den Hof, wo Kehrenbroich bereits etwas verloren herumstand.

Lydia begleitete Anna Kandras, die sich etwas zögernd verhielt, zum Ausgang. Eine spürbare Unruhe hatte sie erfasst. Als sie die wenigen Stufen hinunter gegangen war, drehte sie sich plötzlich zu Lydia Naber um. »Sie wollten wissen was passiert ist?«, zischte sie voller Anspannung hervor. Ihre Stimme zitterte. Lydia musste schlucken. Jetzt. Ausgerechnet jetzt, wo sie keinem Druck mehr ausgesetzt schien, war Anna Kandras völlig außer sich. Es war fast, als wollte sie schreien, als sie erneut sagte: »Sie wollten wissen was passiert ist?« Sie atmete schwer. »Nora war noch sehr klein. Da ist er nach Hause gekommen, dieses besoffene Schwein. Er ist auf mich losgegangen, wie wild völlig außer sich.«

»Er hat sie vergewaltigt?«, stieß Lydia hervor.

Anna Kandras lachte laut. »Dazu war er nicht mehr in der Lage. Aber geprügelt hat er mich, wie einen räudigen Hund hat er mich durch die Wohnung getrieben, mit einem Gürtel.«

Mit wenigen Schritten, ganz schnell war sie die Stufen wieder nach oben gesprungen, sah in den Vorraum, kontrollierte, ob dort jemand stand, und packte Lydia dann am rechten Unterarm. Ihr Griff war fest und ihre Stimme leise und voller Anspannung. »Damals. An diesem Abend. Da wollte ich ihn töten und ich habe es auch versucht. Aber dieser elende Kerl hatte Glück, unverdientes Glück.«

»Die Narbe auf der Brust«, sagte Lydia leise.

»Ja. Ein Kerzenständer. Schmiedeeisen. Ich war sehr sportlich damals. Wenn er nicht vor lauter Suff umgekippt wäre …« Sie schmiss mit einer heftigen Bewegung des Kopfes eine Strähne nach hinten. »Damals…«, sie brach ab, setzte neu an, »… hatte er Glück. Heute wäre ich dazu nicht mehr in der Lage und allein der Gedanke an Nora würde mich zurückhalten. Aber Mitleid oder Trauer …? Nein, niemals! Erwarten Sie das nicht von mir. Niemand hat das von anderen zu verlangen, denn ich, wissen Sie, ich war das Opfer und ich habe feststellen müssen, dass sich dafür niemand interessierte. Wissen Sie, er hat es niemals bereut. Es war ihm einfach egal. Auch als ich ihn rausgeschmissen habe, gleich am nächsten Tag. Ihm war nur eines wichtig – das Geld und die Firma. Er hat sich nicht einmal ins Krankenhaus getraut und ist wochenlang herumgekrochen wie eine angefahrene Katze.«

Sie lachte heiser und böse nach dem letzten Satz. »Und jetzt? Alles war vorbereitet. Jetzt war es soweit, dass ich ihm endlich das genommen hätte, was ihm niemals zugestanden hat, diesem unfähigen Schmarotzer. Schade, dass er sich vorher davon machen durfte.«

»Aber aus welchem Grund haben Sie ihn geheiratet? Das verstehe ich wirklich nicht.«

Der Griff ihrer Hand wurde lockerer. »Es war ein Akt grober Dummheit. Ich habe diesen Kerl nie ernst genommen, aber – ich wollte meinem Vater imponieren«, sie packte wieder kräftiger zu. »Denken Sie nicht darüber nach. Ich war ja schon eine erwachsene Frau, aber … eben eine ganz andere … ich habe das nicht ernst genommen, verstehen Sie? Ich habe Kandras und die Heirat nicht ernst genommen. Ich hatte geheiratet, einen relativ gut aussehenden, reichen Kerl. Das genügte mir … damals.«

Anna Kandras sah Lydia in die Augen und schwieg nun. Sie ließ ihren Arm los und es war ihr anzusehen, wie sehr sie sich unter Kontrolle halten musste. Abrupt drehte sie sich um und ging, wandte sich nach wenigen Schritten noch einmal um und sagte, nun viel ruhiger: »Mehr werden Sie von mir zu dieser Sache nie mehr hören. Alles Weitere regeln meine Anwälte. Nehmen Sie das nicht persönlich.«

Lydia war angesichts des unerwarteten emotionalen Ausbruchs tatsächlich in Aufregung geraten. Ihr Herz schlug bis zum Hals und nun blies sie langsam den angestauten Atem durch die leicht geschürzten Lippen und sah dieser beeindruckenden Frau nach. In ihr musste immer noch ein heftiges Feuer lodern, das durch den Tod von Kandras offensichtlich nicht gelöscht worden war. Was sollte noch verbrannt werden? So wie es geklungen hatte, war sie durch den Tod um eine lange vorbereitete Rache gebracht worden. Und das machte sie nicht unverdächtiger.

Schielin saß immer noch am Schreibtisch und beobachtete Kehrenbroich. Anna Kandras kam in langsamen Schritten auf ihn zu und so wie Kehrenbroich sie ansah, schien sie mit ihm zu reden. Sie ging bis kurz vor ihn, legte beide Hände auf seine Schultern und drückte so zu, dass sein Oberkörper ein wenig nach hinten wippte. Es war deutlich, dass sie ihm eine Frage gestellte hatte, welcher sie durch den Druck ihrer Hände Nachdruck verlieh. Er verneinte diese Frage, wie Schielin sah.

Also ein Paar sind sie nicht, dachte Schielin. Aber er hat Vertrauen zu ihr, was seiner Körpersprache zu entnehmen war. Und sie war diejenige von beiden, die die Kontrolle ausübte. Ja vielleicht hatte sie sogar Macht über ihn.

Lydia betrat das Büro, er hörte es an ihren Schritten. Im gleichen Augenblick fuhr ein Taxi in den Hof und nahm die beiden mit. Schielin stöhnte. »Sackgasse.«

*

Es war Abend. Trotz beständigem Wind, der über die vergangenen Tage hinweg mehr und mehr Kühle mitbrachte, drängten Autos, Radfahrer und Fußgänger über die Seebrücke der Insel zu. Die windgeschützten Gassen wurden voll mit bunten Kleidern, interessierten Blicken und Geräuschen entspannten Lebens. Dann füllten sich Restaurants, Cafés und Kneipen, vorzugsweise entlang des Hafenbeckens. Dort legte gerade die *Aargau* ab, wendete gekonnt im engen Hafenbecken und verließ Lindau auf der letzten Fahrt des Tages, nach Hause in die Schweiz. Über Leuchtturm und Löwe lag das dumpfe Blubbern langsam drehender Schiffsdiesel und aus dem Gewirr von

Reden, halblautem Lachen und dem Klirren und Klingen von Gläsern und Geschirr drangen die Klänge eines Orchesters.

Kleine Besetzung, dachte die Männergestalt, die an der Reling der *Aargau* lehnte, in den Abend lauschte und der friedfertig belebten Hafenpromenade, wie dem bayerischen Löwen einen langen Blick gönnte.

Die Runde, die sich im Besprechungsraum der Lindauer Kripo zusammengefunden hatte, war nicht nur in Metern gemessen weit vom Hafen entfernt. Es war weder kuschelig, noch gab es einen Ausblick zu genießen. Auf dem großen Tisch lagen Akten und Papiere in geordnetem Durcheinander. Schielin sah schweigend an die Wand. Lydia kritzelte ihre Unterschrift auf einen Stapel von Ausdrucken. Funk blätterte in einem Aktenordner. Kimmel sah ernst von einem zum andern und Gommert, ja, Gommert saß mitten drin und genoss es. Er war der einzige, der es genoss, in dieser Runde zu sitzen. Er spürte, dass etwas Ernsthaftes den Raum füllte. Und er spürte, dass dies ein Augenblick war, in dem er unter allen Umständen den Mund halten musste. Es war nicht so, dass er dies so dachte. Es war Intuition. Er hatte diese Intuition und ihm war klar, das er nicht einen Ton sagen würde, es sei denn – und dies war unwahrscheinlich – jemand bat ihn darum. Gut dass er nicht wusste, welche Gedanken den anderen durch den Kopf gingen. Schielin war gerade damit fertig geworden, die Ergebnisse des Tages für sich zusammenzufassen, als er dachte, hoffentlich hält Gommi die Klappe.

Funk startete mit einem eigentümlichen Einwurf: »Also wenn ich so um mich schaue, dann finde ich schon, dass wir mal wieder was Junges bräuchten, oder? Wir sind doch völlig überaltert.«

Gommert sah erschrocken auf. »Wie? Überaltert?«

Schielin stimmte Funk zu. »Hast schon recht. Wir sind eine richtige ZDF-Belegschaft.«

Funk sah ihn irritiert an.

»Na ja«, erklärte Schielin, »der Altersschnitt der ZDF-Gucker eben.«

Funk lächelte. »Ach so. Aber das geht ja dann noch. Das ist ja schließlich die Bevölkerungsgruppe, die noch lesen, schreiben und rechnen kann, oder?«

Die beiden lachten. Gommert kapierte nichts und meinte: »Also was ihr nur habt. Wir haben doch Lydia.«

Die war dem Gespräch bisher nur halb interessiert gefolgt, jetzt aber voll bei der Sache, und sagte abschätzig: »Danke Gommi – für dieses tolle Kompliment.«

Gommert fühlte sich missverstanden.

Schielin lachte trocken. »Ja. Lesen, schreiben und rechnen. Und für die anderen, die überhaupt nichts können, hat man andere Kriterien erfunden. Dieses Kompetenzgesülze. Emotionale Kompetenz, Soziale Kompetenz ...«

Gommert liebte Fremdworte und traute sich wieder. »Was ist denn emotionale Kompetenz?«

»Wenn du gut betroffen sein und im richtigem Moment weinen kannst«, erklärte Funk ironisch.

Gommert sah ihn wortlos an.

Funk setzte fort: »Und soziale Kompetenz bedeutet, mit anderen auszukommen.«

Alle beobachteten, wie Gommert ernsthaft nachdachte.

Kimmel wollte keinen betroffenen und weinenden Gommert und beendete daher das kleine Scharmützel, das ihm ansonsten gar nicht schlecht gefallen hatte. Er wollte einen Lagebericht und bekam ihn von Schielin.

»Wir wissen, dass Anna Kandras seit ihrer Trennung von ihrem Mann alles darangesetzt hat, ihn aus dem Geschäft zu drängen. Ob sie ihn finanziell wirklich ruinieren wollte, ist noch nicht klar«, er sah kurz hinüber zu Funk, »sicher ist aber, dass Kehrenbroich als Direktor der Faynbach-Bank für Kandras einerseits Finanzier von Projekten war, andererseits alles unternahm, dass diese Projekte scheiterten. Dass er Kubasch angeheuert hat, um Interessenten zu vertreiben, ist eindeutig belegt. Es wird allerdings schwierig sein, da strafrechtlich ranzukommen. Anna Kandras hat da bereits ihre Strategie zu erkennen gegeben. So wie es aussieht, ist ihr der Tod von Kandras gar nicht recht gekommen, denn dadurch ist sie wohl um einen Triumph gebracht worden – nämlich den, Kandras aus dem Geschäft zu drängen. So wie sich das darstellt, war Kandras auf Grund von Verträgen stark in das Immobiliengeschäft eingebunden und eine Scheidung hätte zu nicht geringen Verlusten geführt. Nach allem, was wir inzwischen wissen, hat Anna Kandras eine langfristige Strategie verfolgt, um ihn loszuwerden – geschäftlich. Eine Strategie, die kurz vor seinem Tod Erfolg zeigte, denn er war pleite. Und der Grund für diese eigenartige Geschichte liegt in einer Misshandlung. Unsere Vermutung, dass Kehrenbroich Kubasch beauftragt haben könnte, Kandras zu töten, wird von dieser Variante unterlaufen, denn genau das, ihn nämlich zu töten, das hatte Anna Kandras nicht vor. Und ihre Einlassungen dazu sind durchaus glaubhaft. Kehrenbroich ist Anna Kandras verpflichtet, vielleicht ist er ihr sogar auf eine bestimmte Art und Weise hörig. Abhängig ist er allemal von ihr. Nach wie vor fehlen uns Sachbeweise. Die Ausführung der beiden Morde lässt darauf schließen, dass wir es mit zwei unterschiedlichen Tätertypen zu tun haben. Kubasch ist meiner Meinung nach von einem Profi, man kann es nicht anders sagen, hingerichtet worden. Ein Treffen, ein kurzes Gespräch, Pistole aus nächster Nähe, Schuss in den Kopf, zweiter Schuss auf den bereits am Boden liegenden in den Brustbereich, und weg. Keine Spuren, keine Zeugen. Sehr kaltblütig. Bei Kandras war das nicht alles so geradlinig. Zumindest hatte der Täter kein passendes Fesselwerkzeug und musste von einem vorhandenen Seil erst ein Stück abschneiden. Der Täter war sicher genauso kaltblütig wie derjenige, der Kandras getötet hat. Ich gehe davon aus, dass er die Tat aber nicht vorbereitet hat, sondern … sich die Tat … ja, sozusagen entwickelt hat.«

Schielin hatte eine Idee, als er den letzten Satz gesagt hatte. Darum kam er schnell und für die anderen überraschend zum Ende. »Hoibner bleibt über Nacht in Haft. Morgen früh Vorführung beim Haftrichter. Das was wir haben reicht für ihn.« Jetzt wandte er sich an Kimmel. »Ich möchte bis morgen noch nachdenken. Mir die weichen Faktoren ansehen.«

Kimmel war irritiert, aber was sollte er machen. Er stimmte Schielin zu, ohne zu wissen was der unter weichen Faktoren meinte zu verstehen. Er faltete seine faltigen, festen Hände, stimmte mit einem kurzen Nicken zu und sah dann in die Runde. Er fragte jeden, ob noch etwas zu sagen wäre, indem er den Betreffenden ansah und seinen Namen nannte. Alle verneinten.

Fast alle. Gommert war der letzte in der Runde und keiner echauffierte sich darüber, dass ausgerechnet er in dieser schwierigen Situation etwas sagen wollte. Es war auch nicht viel. Er sagte lediglich, dass er sich kaum erinnern könne, dass es schon mal zwei solche Morde hier am See gegeben hätte. Er wollte noch etwas sagen, blieb aber im Kramen nach Erinnerungen hängen. Die Runde löste sich auf, ohne dass noch Gespräche aufflammten. Lydia packte Schielin am Arm, als sie mit ihm allein im Büro war. »Du meinst die Kleidung, oder?«

Schielin sah sie verwundert an.

»Na ja. Die Klamotten von Kandras, die ihr so aufgefallen waren. Es wäre nicht sein Stil und so?«

Schielin verstand jetzt. »Ja. Genau das. Das ist es was ich mit weichen Faktoren meine. Das muss doch alles eine Bedeutung haben«, er sah sie an, »und noch eine Frage treibt mich um. Wie bitte in der Welt hat es Kandras geschafft, in die renommierte Firma Kahlenberg einzusteigen? Ausgerechnet dieser ungebildete, rüde Prolet.«

»Wie machen wir weiter?«, frage Lydia.

»Wir machen uns bis morgen Gedanken. Wenn uns nichts einfällt, dann müssen andere ran.«

Schielin sprach noch kurz mit Funk und ließ sich einige Unterlagen geben. Danach suchte er Gommert auf, der schon die Hosenbeine mit den Klammern gesichert hatte, um der Fahrradkette zu entgehen. Er stellte ihm eine Frage und Gommert plapperte los wie ein Wasserfall.

Es war bereits stockdunkel, als er zu Hause ankam. Im Arbeitszimmer von Marja brannte noch Licht. Er holte ein Meckatzer aus der Küche, schenkte es ein und ging seine Frau besuchen. Sie war gerade mit der Übersetzung eines technischen Handbuches beschäftigt. Schielin erläuterte ihr den Stand der Dinge mittels einiger fragmentarischer Berichte. Dann ging er hinunter, setzte sich in seinen Sessel, legte Carlos Kleiber auf und lauschte mehrmals dem zweiten Satz von Beethovens Siebter. Genau die gab ihm die Stimmungsgrundlage, die er noch einige Stunden brauchen würde, um seinen Ahnungen folgen zu können.

Mit der Taschenlampe machte er sich später auf den Weg hinüber zur Weide. Wenigstens einmal tätscheln wollte er seinen stummen Leidensgenossen. Natürlich litt Ronsard keineswegs. Aber er konnte so schauen, und gerade im Licht der Taschenlampe gab er ein besonders trauriges Bild ab. Wenigstens hat Derdes ihn noch nicht zum Psychologen schaffen lassen, dachte Schielin, setzte sich nieder, fühlte kühles Gras und begann zu denken.

Zwei gute Stunden blieb er hinten an der Weide. Die Schwärze der Nacht war nicht von der Tiefe, um Ronsard und die Friesen verschwinden zu lassen. Sie hoben sich selbst im Dunkel noch als dunklere Umrisse ab. Ronsard war nahe an den Zaun gekommen, verharrte eine Weile regungslos bevor er sich mit lautem Stöhnen niederlegte. Schielin fuhr nach Hause und setzte seine nächtliche Arbeit in der Küche fort. Er bewegte sich leise und versuchte nicht mit dem Geschirr zu klappern, als er begann Tee zu kochen. Für besondere Momente, und diesen ordnete er als solchen ein, hatte Marja *plein lune* im Haus – auch wenn heute nicht viel zu sehen war vom Gevatter Mond. Schließlich, es war gegen halb drei in der Früh, machte er sich auf zur Dienststelle. Die Straßen waren verlassen, es war still und selbst der Wind war ermattet. In dem kurzen Moment, den er vor dem Auto stand und in die Dunkelheit lauschte, meinte er das Rauschen vom See her zu hören und war kurz davor, Erinnerungen an lange Nächte am See hervorzurufen. Der kurze, sentimentale Anflug war schnell vorüber.

Immer wieder war es befremdend, bei Nacht die Räume aufzusuchen, in denen man sich tagsüber wie selbstverständlich bewegte. Es kam ihm vor, als würden Räume in der Nacht ihr Wesen verändern. Vielleicht lag ein Grund darin, dass man sie in der Nacht hören konnte. Hören konnte wie es in Wänden und Decken knackte, knarrte, wie ein Summen zu vernehmen war, ohne dass sich die Quelle ergründen ließ. Bis man an sich und seinem Hörorgan zu zweifeln begann. Schielin bewegte sich bedächtig und scheute fast davor zurück, in seinem Büro Licht zu machen. Es ging aber nicht ohne. Er fuhr den PC hoch und gab Benutzernamen und Kennwort an.

Es dauerte. Bis heute verstand er nicht, was mit den beiden mickrigen Buchstaben und Zahlenreihen passierte, wenn er die Returntaste drückte. Gommert hatte einmal versucht ihm das zu erklären, landete aber wieder mal bei einer seiner versteckten Leidenschaften – dem Konstruieren von Verschwörungen – und wie immer bei solchen Ausflügen, bei den Amerikanern und der *CIA*. Die trugen jedoch nach Schielins Meinung die wenigste Verantwortung für die mangelnde Spritzigkeit seines Computers. Während seine Daten mehrfach um den Erdball geschickt wurden, machte er sich auf in den Speicher und durchforstete Schränke, deren Einlegeböden sich unter Aktenlast und der Schwere der dokumentierten Verbrechen bogen.

Eigentlich hätte es diese Akten hier gar nicht mehr geben dürfen. Doch wem schadete ihre staubige Existenz schon und vor allem – wem wurde dadurch Unrecht getan? Vier Ordner suchte er heraus, blies kräftig, um die erste Staubschicht zu entfernen.

Wieder im Büro, kontrollierte er den Stand des Anmeldevorgangs und las am Bildschirm, dass sein Profil geladen würde. Er lachte bitter und tobte innerlich. Wollte gar nicht wissen, was der Schrott gekostet hatte, mit dem er hier arbeiten musste. Man war in der Lage, in Sekunden Internetseiten gleich wo auf der Welt anzusehen, und die Kiste hier brauchte eine Viertelstunde um *sein* Profil zu laden. Es musste ein gewaltiges Profil sein.

Er legte die alten Akten zur Seite und machte sich über die Unterlagen, die ihm Funk gegeben hatte. Er notierte Jahreszahlen und Monate auf einem Notizblock. Der Grund ihrer Ermittlungen war das Verschwinden von Kandras gewesen. Der war Kneipier gewesen und dann ins Immobilienfach gewechselt, hatte dann diese Anna Kahlenberg geheiratet. Schielin wollte zurück zu dem Punkt, an dem diese Verbindung ihren Anfang genommen hatte. Er wollte den Fall von vorne beginnen auszuleuchten. Den Unterlagen zu Folge war Kandras im Herbst vor dreizehn Jahren als Gesellschafter in das Unternehmen Kahlenberg Immobilien eingestiegen. Und das war nun durch überhaupt nichts zu erklären. Immerhin fehlte dem Türsteher und Kneipenbetreiber in jeglicher Hinsicht der gesellschaftliche Hintergrund. Und das Unternehmen Kahlenberg war niemals in der Situation, auf Geld aus Quellen, wie sie Kandras darstellte, angewiesen zu sein. Das passte nicht. Schielin schlug immer lauter werdend mit der Handfläche auf den Tisch. Was war der Grund? Was war der Türöffner? Anna? Nein. Sie hatte Kandras erst kennengelernt, als der schon Teilhaber war. Was war im Herbst vor dreizehn Jahren geschehen?

Er langte gerade zu den Aktenordnern, als vom Gang Schritte zu vernehmen waren. Die Bürouhr zeigte vier Uhr an. Lydia schlurfte herein und murmelte einen mürrischen Gruß, gefolgt von einem »Senile Bettflucht, hä?«

»Und selbst. Hat er dich rausgeschmissen?«

Sie warf die Jacke in die Ecke und ließ sich in den Bürostuhl fallen. »Ich habe kein Auge zugemacht und immer wieder über diese Anna nachgedacht. Zwei Sachen sind mir ja während der Vernehmung aufgefallen. Einmal hat sie gesagt, dass ihre Tochter Kandras nie kennengelernt hat.«

Schielin warf die Stirn in Falten. »Und?«

»Sie hat nicht Vater gesagt. Sie hat nicht gesagt, dass Nora ihren Vater nicht kennen gelernt hat, oder als Vater. Verstehst du?«

Schielin blieb regungslos. Sie stöhnte. »Zu früh, ich weiß. Also. Kandras ist nicht der Vater von Nora. Glaube mir. Diese Frau hat keinen Bezug zu diesem Mann. Ich vermute sogar, die war nicht einmal mit ihm zusammen im Bett«, sie winkte ab, »ist ja auch egal, wenn doch. Das ist das eine. Dann hat sie das mit der Bank so eigentümlich fad rübergebracht. Die Aktion mit der Bank war erst möglich, als sie durch den Tod ihrer Mutter die Schweizer Firmen erbte. Ich glaube, diese Faynbach-Klitsche ist ausschließlich gegründet worden, um Kandras fertig zu machen.«

Schielin fand das, was sie sagte logisch und hochinteressant und erklärte ihr, womit er sich beschäftigte. »Genau«, meinte sie, »wie kam der Kerl in diese Kreise?«

Sie holte sich zwei der alten Akten und durchforstete sie.

»Was hat dir der Gommert noch mal erzählt? Vor etwa gut zehn Jahren hätte es ähnliche Aufregung hier gegeben? Zwei Buben sind in der Bregenzer Buch ertrunken und ein Mädchen ist vergewaltigt und ermordet worden?«

»Ja. Deswegen habe ich die alten Akten geholt. Ich will mal sehen, was so alles passiert ist vor dreizehn Jahren. Besonders im Umfeld der Discos da draußen in der Bregenzer Straße.«

Beide arbeiteten konzentriert, blätterten in alten muffigen Akten und lasen auf schon vergilbten Blättern Berichte, die noch mit Schreibmaschine geschrieben worden waren. Beide sahen erschrocken auf, als von vorne Stimmen zu hören waren. Inzwischen war es kurz vor fünf Uhr und eindeutig handelte es sich um Kimmel und Funk. Die beiden standen bald in der Tür und sahen verwundert auf Lydia und Schielin. Außer der kurzen und ernsten Begrüßung fing niemand ein Gespräch an. Nur Kimmel sagte, schon im Weggehen: »Wir haben Gommert getroffen. Er konnte auch nicht schlafen. Er fährt noch beim Bürklin vorbei und bringt Frühstück mit.« Dann ging er in sein Büro und schloss die Tür. Die Erregtheit und dieses unbestimmte Gefühl der Ohnmacht hatte sich gelegt, als er realisierte, dass niemand vergessen hatte, das Licht im Büro ganz hinten zu löschen, sondern dass Schielin und Lydia dort am Fall arbeiteten. Es beruhigte ihn, dass er nicht der einzige war, dem die Sache zu schaffen machte. Verwundert war er jedoch darüber, dass Funk, den er für ziemlich abgebrüht hielt, genauso empfand. Er saß hinter seinem Schreibtisch und wartete auf Gommert.

»Boh!«, rief Lydia aus und verzog das Gesicht. »Was war denn das für ein brutales Schwein!?«

Schielin sah auf. Sie starrte auf einen verblichenen grauen Karton, der früher für Bildtafeln verwendet wurde, und er wartete, bis sie ihm das Blatt mit zwei Aufnahmen reichte. Auch er erschrak, trotz oder gerade wegen der fehlenden Farben der schwarz-weißen Fotografien. Das obere der beiden Fotos zeigte ein junges Mädchen. Es lag halbnackt mit bizarr verrenkten Armen und Beinen auf groben Kiessteinen. Die untere Detailaufnahme dokumentierte die Verletzungen im Bereich des Kopfes und oberen Brustraums. Der oder die Täter mussten sie heftig geschlagen haben.

Lydia schob schweigend eines der alten Formblätter über den Tisch. Schielin warf einen kurzen Blick darauf las laut vor. »Galgeninsel!?«

»Ja. Da hat man sie gefunden. Der Fall wurde nie geklärt.« Sie blätterte weiter, lesend und fragmentarisch wiedergebend informierte sie Schielin. »Vergewaltigt ... und Moment .... Ja ... Todesursache war eine Ruptur des Kehlkopfes... mhm ... erdrosselt also.« Ihre Finger blätterten und sie schüttelte ungläubig den Kopf, bevor sie weitersprach. »Das ist schon seltsam. Anscheinend sind ihr ein großer Teil der Schläge erst nach dem Tod beigebracht worden.«

Sie sah auf, um Schielins Meinung dazu einzufordern, und erschrak ein wenig, denn der hatte das Blatt, welches sie ihm gegeben hatte noch in Händen und starrte es wie abwesend an. Offensichtlich war er ihren letzten Sätzen gar nicht gefolgt.

»Ist was mit dir?«, fragte sie vorsichtig.

»Nein«, entgegnete er mit tonloser Stimme, reichte ihr das Blatt Papier und meinte: »Glaubst du an Zufälle?«

Sie las Zeile für Zeile laut vor. Es waren die Daten der Ermordeten. Name, Geburtsdatum und so weiter. Sie wiederholte den Namen: »Johanna Riehlhofer?«, und sah ihn fragend an.

Er hob das Kinn etwas und sagte: »Adresse.«

»Taubenberg« las Lydia laut vor und staunte. Das also, das konnte die Verbindung sein.

Schielin stand auf und blickte zur Uhr. Er war aufgeregt. Der kleine Zeiger stand zwischen fünf und sechs und ein weiterer Blick aus dem Fenster zeigte noch immer Dunkelheit, denn die elende Wolkendecke hielt das Licht der Sonne, die sicher schon die Bergspitzen überwunden hatte, davon ab, es Tag werden zu lassen. Es hatte keinen Sinn jetzt loszufahren. Er ging unschlüssig auf und ab, während Lydia weiterhin die Akten studierte. In dieser Situation tat es gut, dass Gommert, der inzwischen gekommen war, die angespannte Stille mit dem Klappern von Geschirr durchbrach.

Sie trafen sich alle im Kaffeeraum. Eine Küchenzeile, Eckbank, Tisch, Stühle, Getränkeautomat, Kaffeemaschine. Die Spülmaschine hatte Lydia durchgesetzt. An den Wänden Fotos von Fußballmannschaften, Wimpel und Abzeichen schweizerischer und österreichischer Polizeieinheiten. Kimmel saß stumm auf der Eckbank. Funk platzierte sich neben ihm. Schielin schwieg, während Lydia berichtete, was sie gefunden hatten.

Kimmel richtete sich an Schielin. »Wie weiter?«

»Lydia und Funk vernehmen den Hoibner. Ich fahre raus zum Taubenberg und sehe mir das mal an. Und dich würde ich bitten dafür zu sorgen, dass wir ganz schnell ein DNS-

Muster von Kandras mit den Spurenträgern von damals vergleichen können.«

»Haben die denn geeignetes Material sichern können, damals?«, wollte Kimmel wissen.

Lydia hob den Finger und kaute etwas schneller, um den Bissen Butterbreze loszuwerden. »Die haben damals Material gesichert. Sperma, Speichel und Stoffteile mit Blut und Speichel. Hoffentlich lässt sich damit noch etwas anfangen. Unser Problem ist nur, dass wir das Zeug nicht hier haben, sondern es sich irgendwo bei der Kripo in Augsburg befindet. Zur retrograden Erfassung.«

Kimmel sah missmutig drein und überlegte, während Gommert sie mit großen Augen ansah. »Mensch Gommi, du weißt doch«, erklärte sie, »von allen alten Fällen, bei denen Biomaterial gesichert worden ist, wird doch ein DNS-Muster erstellt. Das wird dann gegen den aktuellen DNS-Bestand recherchiert und so werden manche ungelösten, lange zurückliegenden Fälle geklärt.«

Gommert nickte heftig. »Ja. Klar. Retro…«

Kimmel knurrte. »Also ich rufe in Augsburg an und mache im LKA in München auch gleich klar, dass da heute noch jemand von uns vorbei kommt.« Er sah Gommert an. »Die sollen das Zeug bereitlegen und du bringst es zum LKA. Klar?«

Gommert nickte.

Dann wandte er sich zu Schielin. »Und du fährst nicht alleine raus zum Taubenberg. Das ist mir zu gefährlich. Was ist, wenn du plötzlich diesen Cayenne findest, hä? Funk fährt mit und ich werde dabei sein, wenn Lydia diesen Hoibner packt. Ich hoffe, dass wir heute entscheidend weiterkommen. Viel Glück dann.«

Taubenberg

Schielin und Funk gaben die Adresse *Taubenberg 17* in die Einwohnermeldedatei ein und erhielten zwei Namen: Johann und Clara Riehlhofer. Beide schon über siebzig Jahre alt. Die Eingabe dieser Namen in die Fahndungssysteme und Auskunftsdatenbanken, die ihnen zur Verfügung stand, erbrachte keine Treffer, was sie auch nicht verwunderte. Aus welchem Grund sollte ein altes Ehepaar auch schon erfasst sein. Im Stillen hoffte Schielin, dass dies auch so bleiben mochte.

Als es so hell war, dass man das Wort Tag getrost gebrauchen konnte, fuhren Schielin und Funk los. Funk fuhr langsam die Friedrichshafener Straße entlang, bog nach rechts in die Schönauer ab und vor dem Wirtshaus nach links in den Kellereiweg. Beide schwiegen. Das Anwesen Siebzehn lag abseits der Straße. Die Zufahrt war ungeteert und nur mit Schotter belegt. Sie gerieten wie in eine andere Welt, als sie die ausladende Rechtskurve gefahren waren und hinter einem Hügel der Blick auf den Hof frei wurde. Inmitten eines riesigen Gartens stand ein altes Bauernhaus. Zusammen mit dem langen Stadel, der rechtwinklig zum Haus stand, bildete sich ein nach Süden hin offener Hofraum, der übergangslos zum Garten wurde. Funk stellte den Motor ab und sah skeptisch zu Schielin. Der zuckte nur mit den Schultern und stieg aus. Es war ein Paradies. Im Norden breitete sich eine Streuobstwiese aus, vom Haus aus nach Süden zog ein buntes Blütenmeer den Blick auf sich. Dahinter folgte ein Streifen See und wenn das Wetter so war, wie es auf Postkarten zu sein hatte, müssten dann die Berge zu sehen sein. Schielin blies den Atem laut aus. Was sollte er hier finden? Das Gatterl im Zaun war nur angelehnt, Hinweisschilder auf einen Hund nirgends zu entdecken. Die beiden gingen den von Lavendel gesäumten Weg zum Hof. Eigentlich hätten die Bewohner das Auto hören müssen. Im Hof angekommen, sah Schielin die offenstehende Tür am Stadel. Von drinnen war Klappern zu hören. Er rief laut »Hallo«, und kurz darauf noch einmal »Hallo.«

Die Geräusche verstummten und aus dem Stadel kam mit langsamen Schritten ein Mann. Er war untersetzt, trug einen mattblauen Blaumann, darüber eine graue Schürze. Das schüttere, erst teils graue Haar war strähnig und glatt nach hinten gekämmt. Auffallend war die knorrige große Nase im Gesicht. In der rechten Hand hielt er eine Sichel. Schielin hob freundlich die Hand und ging auf den Alten zu.

»Grüß Gott und einen Guten Morgen«, begann er, »sind Sie Herr Riehlhofer. Johann Riehlhofer.«

Ein bedächtiges »Scho«, war die Antwort. Schielin fiel die kräftige Gestalt auf. Trotz des Alters strahlte er Kraft und, Schielin überlegte, ja, Gesundheit aus. Kraft und Gesundheit. Er drehte sich nicht um, als er im Rücken hörte, wie Funk das Reden anfing. Offensichtlich war die Frau aus dem Haus gekommen. Funk begrüßte sie freundlich und charmant – der alte Filou – und Schielin schmunzelte angesichts der schmeichlerischen Art seines Kollegen. Er kannte diese Tour zwar schon, sie kam aber immer an. Einfach immer. Aber man konnte das nicht lernen. Es musste einem eigen sein.

Er ging nun auf den Alten zu, streckte seine Hand aus und sagte, wer sie seien. Unterließ es aber, den Grund ihres Kommens zu erklären. Vielmehr ging er nach dem festen Händedruck an Riehlhofer vorbei und warf einen Blick in den Stadel. Ein schwarzer Cayenne ließ sich hier gut verstecken. »Schöner alter Stadel. Und so aufgeräumt«, sagte er anerkennend. Der Alte lachte heiser und fragte, ob er zu schnell gefahren sei oder sonst was verbrochen habe, dass die Gendarmen auf den Hof kämen.

Hinten schäkerte Funk mit der Frau des Hauses, die Schielin nun auch zu Gesicht bekam. Eine Bilderbuchoma stand da vor der geöffneten Haustür. Schielin wusste nicht recht, wie er anfangen sollte. Aber die Erfahrung hatte ihn gelehrt, dass viele derjenigen, die er aufsuchte, wenn schon nicht wussten, so doch ahnten oder spürten, worin der Grund Bestand. Darum wurde er gleich konkret. »Es geht um Ihre Tochter, Johanna Riehlhofer.«

Der Alte blieb regungslos, entgegnete aber keinen Ton. Nachdem er Schielin ernst gemustert hatte, drehte er sich um und ging in Richtung Haus, wo er sich auf die Bank setzte. Funk nickte ihm zu, sah kurz zu Schielin der ebenfalls zur Bank ging, die Frau begrüßte und weitersprach. »Es ist sicher nicht einfach für Sie, nach so langer Zeit wieder mit dieser Sache konfrontiert zu werden. Aber es sind neue Fragen aufgetaucht.«

Der Alte sah seine Frau an, die nicht wusste, was da geredet wurde und erklärte: »Die Johanna. Sie sind wegen der Johanna da.«

Als der Name Johanne fiel, legte sie erschrocken die rechte Hand auf ihre Brust, kurz unterhalb des Halsansatzes, und schwieg.

Der Alte sprach. »Es war nicht unsere Tochter. Es war die Tochter meines Bruders und ich war der Pate. Deshalb auch der Vorname Johanna. Was haben Sie für Fragen?«

Funk sprach nun zu ihm. »Vielleicht haben Sie gehört, dass es in den letzten beiden Wochen zwei Tote gegeben hat am See. Zwei Männer. Der eine ist mit gefesselten Händen aus dem See gefischt worden und der andere lag erschossen auf der Galgeninsel. Fast genau an der Stelle, an der man Ihre Nichte damals gefunden hat.«

Er hörte still zu, ohne einen der beiden oder seine Frau anzusehen. Er blickte über den Garten hinweg in die Ferne. »Ich habe davon gelesen, in der Lindauer. Im Radio ist auch was gekommen. Ein Auto ist verschwunden, oder?« Er atmete jetzt schwer. »Und was hat das mit der Johanna zu tun.«

Funk fragte: »Sie sagten es war ihre Nichte. Ihr Wohnort war aber hier angegeben, ja?«

»Ja. Sie war wie unser eigenes Kind. Mein Bruder ist bei einem Unfall ums Leben gekommen, als sie noch ganz klein war und ihre Mutter ist bald darauf gestorben, sie war krank. Wir haben keine eigenen Kinder gehabt und … sie war wie unser eigenes Kind …«

Er sah Funk an und schwenkte dann zu Schielin. »Ich denke jeden Tag an sie. Glauben Sie mir. Es vergeht kein Tag, an dem ich nicht an sie denke. Ich kann sie nicht vergessen und auch nicht, was ihr angetan worden ist. Es geht einfach nicht. Der Pfarrer hat mir schon oft gesagt, ich müsste versuchen zu verzeihen und loslassen können. Auch meine Frau sagt das. Aber ich kann das nicht. Ich kann das nicht, wissen Sie.«

»Wir sind der Meinung, dass das, was in den letzten Wochen geschehen ist, in Zusammenhang mit dem Mord an Ihrer Nichte stehen könnte. Deswegen sind wir hier.«

Seine Frau setzte sich neben ihn auf die Bank und er legte seine breite, narbige Hand mit den kurzen Fingern sanft auf ihren Oberschenkel. Schielin und Funk war diese Situation unangenehm, denn so wie sie vor den beiden Sitzenden standen, hatte es etwas Bedrohliches.

Zum gleichen Zeitpunkt holte Lydia zusammen mit einem Kollegen den inzwischen einsilbig gewordenen Hoibner aus der Zelle und brachte ihn ins Vernehmungszimmer. Sein Anwalt war bereits anwesend. Der schien sich über die Situation gar nicht zu wundern. Er klang entschuldigend, als er zu Lydia sagte: »Das hat ja so kommen müssen. Wissen Sie, ich war mit dem Vater befreundet. Ein fleißiger, intelligenter, vor allem ehrenwerter Mann. Gut dass er diesen Niedergang nicht mehr mitbekommt. Schade, dass sein Sohn so gar nichts davon mitbekommen hat. Ich werde auch nur solange zur Verfügung stehen, bis ein Kollege gefunden ist, der sich mit anderem Engagement der Angelegenheit widmen kann. Ich bin dafür schon zu alt.« Lydia lächelte ihm stumm zu.

Kimmel saß derweil in seinem Büro und telefonierte. Wobei er im eigentlichen Sinn weder saß noch telefonierte. Er hatte den Stuhl eine Armlänge weit vom Schreibtisch weggerückt. Beide Füße lagen vollflächig am Boden auf. Sein Gesäß brachte die Wucht seines ganzen untersetzten aber muskulösen Körpers auf das Stuhlgestell. Der rechte Arm reichte zum Schreibtisch, wo die Hand die Tischkante umfasst hielt. In der linken hielt er den Telefonhörer, besser gesagt, er quetschte den Hörer. Alle Muskeln waren angespannt und die Tischplatte bekam die Kraft seiner Rechten zu spüren. So wie derjenige, den Kimmel am anderen Ende der Leitung hatte. Die Anspannung seiner Muskeln übertrug sich auf seine Stimme und über die Leitung nahezu vollständig in ihrer physischen Kraft auf das jeweilige Gegenüber. Kimmel sprach in diesen Situationen so zwingend, als stünde er direkt vor seinem Gesprächspartner. Der dritte schließlich wagte es nicht mehr zu sagen, er wäre der falsche Ansprechpartner und würde weiterverbinden. Er sagte zu, sich persönlich um die Angelegenheit zu kümmern und zurück zu rufen. Alles wurde so erledigt, wie Kimmel das wollte.

Als Gommert eine Stunde später die DNS-Spuren in Augsburg abholte und sich auf den Weg nach München machte, verließ Hoibners Rechtsanwalt gerade das Polizeigebäude in der Ludwig-Kick-Straße und fuhr zu seiner Kanzlei auf der Insel. Diesen Hoibner hatte er schon als Kind nicht gemocht und er sinnierte darüber, wie es kommen konnte, dass diese Kreatur so gar nichts von den Eigenschaften seines Vaters hatte.

Im Hof des Gehöftes von Johann Riehlhofer ging die Befragung ihren Gang. Schielin winkte seinem Kollegen zu und der gab ihm den Ordner mit den Fotos. Schielin holte eine Aufnahme von Kubasch hervor, die nur schlecht verbarg, dass es sich um einen Toten handelte, und reichte sie Johann Riehlhofer. »Kennen Sie diesen Mann.«

»Nein.«, lautete die Antwort. Seine Frau legte bestürzt die Hand vor den Mund.

Schielin holte zwei weitere Fotos hervor. Anna Kandras

und Kehrenbroich. Wieder ohne Ergebnis. Dann folgte die Aufnahme von Kandras. Johann Riehlhofer stutzte, als er das Gesicht sah. Er reichte das Bild an seine Frau weiter und sah zu Schielin. »Den kennen wir.«

»Woher?«

»Ja, der war doch erst da. Vor kurzem.«

»Wann war das?«

Der alte überlegte, während seine Frau seine Angaben durch Nicken bestätigte.

»Letzte Woche?«, sagte sie, doch er winkte sofort energisch ab und sagte in den Garten hinein: »Letzte Woche doch nicht! Davor, nein, es war davor. Das Wetter war noch schön. Es schien die Sonne, als er hier hereinkam.«

»Und weswegen war er hier?«, fragte Funk.

»Er interessierte sich für das Haus«, lautete Riehlhofers Antwort.

»Für das Haus?«, wiederholte Schielin ungläubig.

»Ja. Für das ganze hier. Er hatte vorher angerufen und angekündigt, dass er vorbeikommen wollte.«

»Sie wollen das hier verkaufen?«, wollte Funk jetzt wissen und ließ seinen Blick von der Hauswand rundherum zum Garten schweifen, als wollte er das Objekt abstecken.

»Nein«, antwortete Riehlhofer mürrisch, »natürlich nicht. Er hat angerufen und sagte, dass er während eines Radausflugs hier vorbeigekommen wäre und es hätte ihm so gut gefallen. Er hätte lange überlegt, aber jetzt dachte er einfach mal anzurufen schadet vielleicht nichts.«

»Er hat Ihnen gesagt, dass er Immobilienmakler ist?«

Der Alte sah Schielin verdutzt an. »Nein. Er sagte er suche ein Bauernhaus für seine Familie mit großem Garten. Also ich dachte er wollte es für sich. Ich habe ihm am Telefon schon gesagt, dass wir nicht verkaufen, solange wir hier noch selbstständig leben können. Er war aber höflich und meinte, ob er denn nicht trotzdem mal vorbeikommen könne.«

»Und wie sind Sie dann mit ihm verblieben?«

Riehlhofer schüttelte fassungslos den Kopf. »Überhaupt nicht«, wie um Unterstützung einzufordern sah er seine Frau an, »das war doch komisch oder.« Sie nickte. »Wir saßen in der Küche und wollten uns einfach so unterhalten und da ist der auf einmal so komisch geworden. Es war heiß an dem Tag, ja. Aber ... er hat das Schwitzen angefangen. Dann ist ihm ein Glas umgekippt. Mein Gott, wenns nichts Schlimmeres ist, was einem passiert. Er ist dann einfach aufgestanden und gegangen. Gerade dass er sich noch verabschiedet hat. Ich sehe es noch genau vor mir, wie er so in der Küche saß, hinten auf der Bank und dann so komisch geworden ist. Ich habe mir ja schon Gedanken gemacht. Vielleicht war er krank oder so. Komisch war das.«

»Und dann ist er mit dem Auto weggefahren«, suchte Schielin die Geschichte fortzusetzen.

»Ich denke mal schon, aber ich habe keins gesehen. Er ist den Weg zur Straße zurückgelaufen. Vielleicht hat er den Wagen da vorne abgestellt.«

Schielin überlegte. »Was hatte er denn für Kleider an?«

Der Alte bog die Unterlippe nach unten und sah zu seiner Frau. Die wusste es ganz genau. Kandras musste ihren Geschmack genau getroffen haben. »Er war schon schick angezogen. Braune Cordhose, schönes Hemd mit Weste, so eine dunkelgraue Trachtenweste mit schönen Knöpfen dran. Und schöne Schuhe.«

»Schöne Schuhe«, wiederholte Schielin.

»Ja. So braune. Und alles sah so neu aus. Ein schöner Mann war das. Aber glücklich war er glaube ich nicht. Er hatte so was … Unruhiges.«

Schielin warf Funk einen kurzen Blick zu. Der übernahm jetzt wieder und machte ein wenig auf gschamig. »Also wenn wir schon hier sind. Also. Wenn ich so die Rosen sehe. *New Dawn* und *Bobby James*. Eine herrliche Kombination. Und vorne, ich denke am Küchenfenster, das müsste *Ghislaine de Feligonde* sein, oder?«

Der alte Fuchs, dachte Schielin. Was der alles weiß. Frau Riehlhofer strahlte und Schielin fiel natürlich Ronsard ein:

Wie man ihrem Zweig im Monat Mai, die Rose
in ihrer Jugend sieht, in ihrer ersten Pracht
Wie sie mit ihrer Glut den Himmel neidisch macht,
der morgens sie besprengt, der weinend wolkenlose

Er hörte Funk sagen. »Also es wäre schon sehr schön, wenn wir uns hier noch ein wenig umsehen könnten. Ginge das? Ach, und die Stauden. Das muss ja eine Wahnsinnsarbeit machen, nicht wahr.«

Sie nickte nur und stand auf. »Aber jetzt kommen Sie erst mal mit in die Küche auf einen Kaffee.«

Sie folgten. »Und der Kandras? Wo war der damals gesessen?«

Sie deutete auf die Eckbank und Schielin setzte sich hin. Es war gemütlich und die Wände waren ähnlich geschmückt wie die in ihrem Kaffeeraum auf der Dienststelle. Hier hingen romantische Drucke, Stickereien und Bilder. Er entspannte, streckte die Beine aus und sah geradewegs hinüber – und verstand jetzt, was Kandras aus dem Konzept gebracht hatte. Unter der Küchenuhr hing ein Abreißkalender und darunter ein großes Foto. Es zeigte ein junges Mädchen. Johanna Riehlhofer.

Schielin rutschte nervös auf der Eckbank herum. Funk bemerkte es und sein suchender Blick fand das Bild. Er kniff die Augen zusammen und nickte. Aus reiner Höflichkeit tranken beide eine Tasse Kaffee. Danach sahen sie aus reiner Routine noch in den Stadel. Natürlich war da kein Porsche Cayenne versteckt.

»Er hat sie wiedererkannt, dieses Schwein. Das Mädchen so zuzurichten!«, tobte Schielin und dachte an seine Töchter.

»Das hat selbst ihn umgehauen, den Obercoolen. Ich glaube das Ergebnis der DNS-Recherche wird uns nicht überraschen, oder?«, kommentierte Funk. »Aber, was meinst du. Der Alte hätte doch jeden Grund, den Kandras zu erschlagen, oder? Also ein besseres Motiv kann man sich gar nicht mehr vorstellen.«

»Ja, schon. Aber Robert, glaubst du das?«

Er musste nicht zu Funk hinüber sehen, um zu wissen, dass auch er diese Variante nicht für realistisch hielt.

»Der Alte hätte Kandras erschlagen wie ein Vieh. Aus purer Rache. Er hätte ihn aus Rache erschlagen, danach die Polizei gerufen, und wäre dann still mitgekommen. Punkt. Das Ding mit Kandras hat andere Gründe, aber wir kommen immer näher und stehen ziemlich sicher vor der Aufklärung eines alten Verbrechens. Hoffentlich kriegt Gommert das in München gebacken. Wir brauche heute noch die Ergebnisse.«

Gommert fiel erst als er in München angekommen war ein, dass er keine Ahnung hatte, wie er zum LKA kommen konnte. Er wusste, es war in der Maillinger Straße. Stadtmitte hatte noch jemand gesagt. Er fuhr guter Dinge in Richtung Stadtmitte, denn das war ausgeschildert. Es ging unter der Donnersberger Brücke hindurch und geradewegs weiter zum Hauptbahnhof, wo er nach seinem bewährten Suchsystem die Maillingerstraße auffinden wollte. Am Bahnhof angekommen, begann er das Gebiet im Mäanderverfahren zu erkunden. Er fuhr einmal rechts, dann wieder rechts, wonach dann links folgte. Das alles aber nur, falls es verkehrstechnisch möglich war. Dabei las er die Straßennamen. Irgendwann müsste er dann auf die Maillingerstraße stoßen. Die Stadt, viel größer als Lindau, faszinierte ihn. Er las so schöne Straßennamen wie Sonnenstraße, Amiraplatz, Meiserstraße und Loristraße. Gern hätte er am Königsplatz irgendwo gehalten und sich die Tempel näher angesehen. Die mächtigen, dicken Säulen erinnerten ihn jedoch irgendwie an Kimmels kräftigen Arme und somit daran, dass er hier war um einen Auftrag zu erledigen.

Er entschied sich also nach dem Weg zu fragen. Ihm wurde geholfen. Allerdings war sein erster Kontakt mit dem LKA eine Enttäuschung. Trotz langjährigem Polizeidienst hatte er sich immer noch einen Rest romantischer Vorstellungen bewahren können. Und das LKA war für Gommert ein ganz besonderer Ort. Er kam bei seiner Tätigkeit selten dazu, den Namen auszusprechen und wenn er es tat, dann mit einer gewissen Würde, weihevoll. Was ihm in München dann begegnete, war von seinen Vorstellungen weit entfernt. Zwischen Blutenburg- und Marsstraße fügten sich hässliche Ziegel- und Betonbauten um einen alten Kasernenbau aus der Gründerzeit, dem noch anzusehen war, dass Architektur in lange vergangenen Zeiten neben der Fassung von Luft durch Gestein auch etwas mit Anmut, Kenntnis von Proportionen und Kunst zu tun hatte. Lange her. Vor allem waren diese Gebäude auch noch über hundert Jahre später nutzbar. Sehr lange her.

In Lindau informierte Schielin derweil die anderen über das, was sie am Taubenberg in Erfahrung hatten bringen können. Alle warteten gespannt darauf, dass Gommert sich melden würde. Kimmel wiederholte ständig, dass er mit dem Chef der Kriminaltechnik selbst gesprochen hatte und dass der ihm – ungern zwar und mit deutlich despektierlichem Ton – persönlich versichert hatte, dass alles so schnell wie möglich erledigt werden würde.

Schielin kritzelte Kreise, Pfeile und Rechtecke auf seinen Notizblock. »Also wir gehen davon aus, dass Kandras dieses Mädchen im Sommer vor dreizehn Jahren getötet hat. Im Herbst dann steigt er in das Immobiliengeschäft Kahlenberg ein. Ich verstehe das nicht.«

Am Nachmittag endlich klingelte das Telefon in Kimmels Büro. Gommert war dran. Er klang sehr aufgeregt. Kimmel verstand einmal mehr nicht, was er ihm sagen wollte. Er erzählte fast hysterisch von Polymerasen, kettenhaften Retroreaktionen und Spurenverwertbarkeit. Das Gespräch wurde zudem von pfeiffenden und zischenden Lauten erschwert. Offensichtlich telefonierte Gommert direkt aus dem Labor. Er brachte Kimmel mit seinem Gestotter tatsächlich soweit, dass der seine Anspannung nicht mehr alleine durch Pressen des Telefonhörers loswerden konnte.

Letztlich plärrte er in den Hörer, Gommert solle ihm jemand aus dem Labor geben.

Nach einer kurzen Pause vernahm Kimmel eine sonore Frauenstimme. Das tat gut. Auch die Nebengeräusche drangen nun nicht mehr so aufdringlich in den Vordergrund. Kimmel fragte höflich, was herausgekommen sei und erhielt eine überraschende Antwort. Er bedankte sich und legte auf. Sofort ging er in den Kaffeeraum, wo die anderen bereits warteten.

»Die Spuren von damals waren noch gut auswertbar«, sagte er ernst und machte eine Pause. »Das Sperma stimmt nicht mit dem DNS-Muster von Kandras überein.«

Die anderen sahen ihn ratlos an.

Dann fuhr er fort. »Die Speichel und Blutanhaftungen jedoch, die gehören einwandfrei zu Kandras. Er war also zweifelsfrei an dem Mord beteiligt. Die Recherche in der Datenbank brachte nichts zutage.«

Schielin ballte seine rechte Hand zur Faust und sagte: »Zwei Täter! Wir haben es mit zwei Tätern zu tun! Und keiner von beiden ist in der DNS-Datenbank erfasst.«

Dann stand er auf und sagte zu Lydia. »Und ich glaube ich weiß wer der zweite war.« Dann wandte er sich Kimmel zu und ordnete an: »Gommert soll sofort zurück. Er muss heute noch mal nach München und die sollen jemanden im Labor bereithalten, und wenn es die ganze Nacht dauert. Sie bekommen ihre zweite Probe.«

Kimmel fragte: »Du bist dir sicher?«

»Ja. Ich bin mir sicher. Alles fügt sich. In einer Stunde fahren wir los. Wir brauchen die Spurensicherung hier verfügbar. Dann die Staatsanwaltschaft für einen Durchsuchungsbeschluss.«

»Kannst du uns erklären was du vorhast?«, fragte Funk.

Schielin erklärte, indem er einen Namen sagte.

Sie fuhren mit zwei Wagen. Schielin mit Lydia und Funk alleine hinterher. Sie parkten die Fahrzeuge auf der Straße vor dem Anwesen. Schielin klingelte und wartete. Von einem der Fenster schien Licht durch. Es musste also jemand da sein. Als es surrte, öffnete er das Tor. Sie gingen den Schotterweg entlang. Blicke für die Exklusivität des Ortes hatte keiner von ihnen. Sie suchten mit den Augen von Ermittlern. Als sie das Haus erreicht hatten, deutete Lydia zu einem Platz ein Stück vom Haus entfernt. Schielin und Funk sahen, was sie meinte. Gerade als sie am Treppenaufgang standen, der zur Eingangstür führte, wurde diese geöffnet. Schielin sah nach oben und sagte eher feststellend als fragend: »Herr Kahlenberg.«

*

Zweihundert Kilometer entfernt, in Zürich, eilte ein Mann mit Borsalino und elegantem Mantel durch die Straßen. Er trug eine Aktentasche bei sich. Er war in Eile und voller guter Gedanken und Pläne. Er hatte eine Entscheidung getroffen. Vorgestern hatte er noch einen Auftrag in Paris erledigt. Aber die Sache davor, in dieser Inselstadt, an diesem See mit den Bergen, das hatte ihn doch sehr berührt. Er musste nun etwas ändern und ihm war beim Blick über das Wasser zu den Bergen hin klar geworden, was ihm fehlte. Die Heimat. Ja, die Heimat. Er hatte sogar einmal Tränen in den Augen, als ihn Gedanken und Erinnerungen beschäftigt hatten. Nein. Es war gut so. Das Postfach hatte er heute aufgelöst. Die Anzeige in der Zeitung war beauftragt. So wussten seine Kontaktleute, dass er vorerst nicht zur Verfügung stand. Sicher. Es war viel zu tun im Moment. Viel Arbeit. Aber war es nicht so, dass auch jemandem wie ihm, gerade jemandem wie ihm auch so etwas wie eine Auszeit zur Verfügung stand? So schön war dieses neue Gefühl der Freiheit. Ja, er fühlte sich frei. Ein Häuschen würde er sich kaufen, mit Garten, und ein Pferd. Lange Ausflüge würde er machen, draußen schlafen, am Feuer. Ein Hund. Ein Hund musste dabei sein. Einer von den großen Hütehunden, die konnten lange Strecken laufen, ohne dass die Pfoten wund wurden.

Und außerdem. Es war sowieso Zeit hier zu verschwinden. Irgendwie hatte er in letzter Zeit das Gefühl, die Schweiz würde ungastlicher werden. Er vertraute dem Telefon nicht mehr, auch wenn es niemanden gab, mit dem er hätte telefonieren sollen. Und er fühlte sich beobachtet. Das war neu. Einmal hatte er gedacht, das Gesicht eines Mannes, der ihm entgegenkam, zu kennen. Das Gesicht eines ihm fremden Mannes! Also musste es ihm schon mal begegnet sein. Und das hier in der Stadt. Eine Observation? Das konnte eigentlich nicht sein, denn er war sehr vorsichtig und seine Auftraggeber ebenfalls. Noch nie gab es einen direkten Kontakt, noch nie ein Telefonat.

Er legte an Geschwindigkeit zu und drehte sich um. Vor einem Schaufenster blieb er abrupt stehen, betrachtete scheinbar die Uhren in der Auslage, nutze die Scheibe aber wie einen Spiegel und verfolgte genau, wer in seinem Rücken vorbeilief und ihm Aufmerksamkeit schenkte. Keine Auffälligkeit. Also weiter. Er lief erst in die Richtung, aus der er gekommen war, blieb stehen, fasste sich an den Kopf, ganz so als wäre ihm etwas eingefallen, was er vergessen hätte. Dann drehte er um und ging wieder in Richtung Schaufenster. Sauber. Ich bin sauber, dachte er und atmete erleichtert weiter.

Das Ehepaar, das vorbeigelaufen war, als er in den Spiegel gesehen hatte, war ihm nicht aufgefallen. Sie waren vorüber gegangen wie Ehepaare eben gingen. In dieser unaufgeregten, distanzierten Vertrautheit. Dies war aber auch anderen Paaren eigen. Mariam Schryter und Beat Höfer arbeiteten seit fast zehn Jahren zusammen und waren als Team unschlagbar. Kurz nachdem sie Kafelnikov passiert hatten, flüsterte sie ihrem Kollegen ins Ohr. »Er schüttelt wieder. Er schüttelt wieder. Am Schaufenster. Die anderen müssen übernehmen.«

Die anderen hörten mit und übernahmen. Mariam Schryter fragte ihren Kollegen: »Glaubst er weiß schon, dass wir den toten Briefkasten kennen und dass er aufgeflogen ist?«

Beat Höfer zuckte mit den Schultern. »Weiß nicht. Aber er ahnt wohl etwas, so wie er auf einmal anfängt zu schütteln.«

»Weswegen war er noch mal in Deutschland?«

»Irgendein Russe, der auf eigene Rechnung Geschäfte mit Fleisch gemacht hat. Das tut man einfach nicht innerhalb einer Organisation. Bei uns kann ja auch nicht jeder machen was er will, oder?«

Der Volvo war inzwischen zum Treffpunkt gefahren und nahm die beiden auf. Mariam Schryter meinte: »Du wirst uns doch wohl nicht mit der russischen Mafia vergleichen wollen?«

Sie fuhren los. Das zweite Team hatte sich an Kafelnikov gehängt. Und der war reif. Er ahnte es aus irgendeinem Grund und war darum in letzter Zeit sehr vorsichtig, änderte die Richtungen, wenn er durch die Stadt hetzte. Auch das war neu – er hetzte, hatte die Ruhe verloren. Er wechselte Taxis, fuhr mit der Straßenbahn zwei Stationen retour, um abermals die Richtung zu drehen, bestellte telefonisch einen Platz im Restaurant und ging dann ganz woanders hin. Er war jetzt reif, denn in Paris hatte er einen Fehler gemacht.

Er ahnte es. Sie wussten es. Der Junge wenigstens lebte noch und er konnte reden.

Der Zug fuhr zwar erst kurz vor Mitternacht, aber er hatte noch einiges zu erledigen. Trotz aller Vorsicht, die er sich auferlegte, mussten noch wichtige Dinge geregelt werden. Er schüttelte sich kurz und wurde das Gefühl nicht mehr los – die Schweiz wurde ungastlich. Das Pferd sah er vor sich, den Hund und ein Lagerfeuer am Ufer eines Sees – gerade dann, als er sich umdrehte und die Straße überquerte.

Es muss der Hut gewesen sein und der aufgeschlagene Mantelkragen, die verhindert hatten, das zweite Auto zu erkennen. Es fuhr im Schatten des großen Volvo Geländewagens und das rechte Vorderlicht war ausgefallen. Im Fond des Volvo, hinter getönten Scheiben, schrie Mariam Schryter hell auf, als sie beim Blick nach hinten sah, wie Kafelnikov erfasst und durch die Luft gewirbelt wurde. Es war schwierig, eine Entscheidung zu treffen. Sollten sie anhalten und ihm helfen?

Später im Büro konnte sie ihr Gewissen beruhigen, als sie erfuhr, dass ihm nicht mehr zu helfen gewesen war. Der

Aufprall selbst war nicht so heftig gewesen, aber das Genick hatte dem seitlichen Druck der A-Säule nicht standgehalten. Die Akte konnte geschlossen werden.

In Wasserburg, in einer ansprechenden Villa mit großzügigem Seegrundstück saßen Schielin, Lydia und Funk auf einer ledernen Sitzgruppe verteilt. Schielin musterte Kahlenberg, der damit beschäftigt war, vier Gläser zu füllen. Drei mit Wasser. Das vierte war ein Cognacschwenker. Schielin wusste, dass Kahlenberg in diesem Jahr siebzig werden würde. Man hätte ihn auch für Mitte fünfzig halten können. Für sein Alter war er jedenfalls noch in bester Verfassung.

Alle schwiegen. Nur das Klappern der Gläser war zu hören. Kahlenberg verrichtete den Vorgang gelassen. Aufregung oder Nervosität war ihm nicht anzumerken. Schließlich setzte er sich in den Sessel, der Schielin und Lydia gegenüber stand. Funk saß seitlich.

»Was führt Sie her meine Herren?«, er wusste was er sagte, denn nun sah er Lydia an. »Und selbstverständlich meine Dame. Ich muss sagen, es war eine weise Entscheidung, Frauen bei der Polizei zuzulassen. Sehr weise.« Sein Lächeln war das Werk von Haut, Muskeln und Sehnen und nicht das Werk von Gefühlen oder inneren Regungen.

Lydia konnte so wunderbar schauen, dachte Schielin. Sie saß da, sah Kahlenberg an und reagierte nicht. Das irritierte ihn.

»Kandras«, sagte Schielin ruhig, »Raimund Kandras«, und zog damit Kahlenbergs Blick auf sich.

Der hob den Cognacschwenker und nahm genussvoll einen Schluck. »Traurig. Sehr traurig. Ich habe natürlich davon gehört. Wir waren ja Geschäftspartner lange Zeit. Bis ich mich dann zurückzog.«

»Nur Geschäftspartner?«, fragte Lydia und lies es zweideutig klingen. Von nun an war klar, dass es nicht weiter um den Austausch von Höflichkeiten gehen würde.

Kahlenberg gönnte ihr einen kalten Blick. »Was wollen Sie?«

Sie fragte unbeeindruckt: »Aus welchem Grund wurde ein Mann wie Kandras Geschäftspartner von Kahlenberg Immobilien. Diese Frage beschäftigt uns doch sehr, denn Kandras passte doch in keiner Weise zu diesem Geschäft?«

»Da war ich wohl anderer Meinung. Ich denke sie verstehen von dem Geschäft auch zu wenig, um derlei Entscheidungen werten zu können.«

»Zu diesem Anwesen gehört ein eigener kleiner Hafen?«, fragte Schielin.

»Sicher. Ich habe ein Boot, ein Motorboot.«

»Wann war Kandras das letzte Mal auf diesem Boot?«, lautete die nächste Frage.

Kahlenberg trank wieder und tat, als ob er überlegen müsste. Noch bevor er antworten konnte, sagte Lydia: »Vor etwa vierzehn Tagen, oder?«

Kahlenberg lachte. »Wie bitte?«

»Ist ja auch gleich. Sagt ihnen der Name Johanna Riehlhofer etwas?«

Kahlenberg nahm wieder einen Schluck. Doch diesmal sah er auf den Cognacschwenker, um den Blicken auszuweichen, die auf ihn gerichtet waren und um sein Erschrecken zu verbergen.

Schielin machte ein Ende. »Herr Kahlenberg. Wir haben zwei Beschlüsse erwirkt. Wir werden einmal ihr Boot nach

Spuren untersuchen, die auf Raimund Kandras hindeuten. Dann möchten wir eine Speichelprobe von Ihnen nehmen, da wir den Verdacht haben, dass das bei Johanna Riehlhofer gesicherte DNS-Material von Ihnen stammt.«

Kahlenberg stellte den Cognacschwenker ab und sah Schielin ruhig an. Es lag keine Furcht und keine Angst in seiner Miene. Schon bei der Ankunft der drei hatte er geahnt, dass es schlecht aussehen würde. Er lehnte sich zurück und sah über Schielin hinweg zur Wand.

Er verneinte die Frage, ob er einen Anwalt hinzuziehen wollte, gab bereitwillig die Speichelprobe ab und sah fast amüsiert zu, wie ein Trupp von Männern in weißen Overalls durch den Garten in Richtung Boot lief. Noch in der Nacht kam das Ergebnis der DNS-Recherche aus München. Die gesicherten Spuren stammten von Kandras und Kahlenberg.

*

Zwei Wochen später saßen Schielin und Lydia im Büro. Sie ging einen Bericht des LKA durch. »Ist schon irre, was die Kriminaltechnik so alles fertig bringt. Der Anschnitt des Seils der Fesselung findet sein Gegenstück zweifelsfrei zu dem Stück, das wir auf Kahlenbergs Boot gefunden haben. Die Vergleichsfotos sind fantastisch. Mehr braucht man eigentlich nicht.«

Schielin hielt ein paar Fotos in Händen. »Schade um das schöne Auto.« Die Aufnahmen zeigten eine Grube, gefüllt mit einer dunklen Brühe. Die Mischung aus Jauche, Wasser und Schlamm hatte dem Wagen nicht gut getan. »Gar kein so schlechtes Versteck, die Jauchegrube.«

»Ja wenn man so einen verlassenen Bauernhof besitzt, geht das schon. Aber wer hat schon solche Möglichkeiten? Da muss man schon Immobilienmakler sein.«

Schielin schüttelte den Kopf. »Und was hat er daraus gemacht, aus diesen Möglichkeiten? Nichts. Er hat dieses arme Mädchen vergewaltigt und sich von Kandras erwischen lassen. Ausgerechnet von dem.«

»Was steht im Gutachten vom psychologischen Dienst noch mal? Gewaltphantasien und Gewaltausübung auf Grund verdrängter Homosexualität?« Sie setzte nachdenklich hinzu: »Eigentlich eine ganz arme Sau, dieser Kandras.«

»Er hat Kahlenberg erpresst, sich Zugang zur Firma verschafft und dann jahrelang auf geschäftlichem Gebiet dilettantisch agiert. Aber es war ja genügend Masse vorhanden und so ging es auch recht lange gut.«

Lydia fragte: »Glaubst du das, was Kahlenberg gesagt hat, dass Kandras auf das tote Mädchen eingeschlagen hat? So was kann man sich doch gar nicht ausdenken, oder? Und das Gutachten von damals bestätigt ja diese Aussage.«

»Ich bin mir da nicht sicher. Ich traue es jedenfalls beiden zu. Genau lässt sich das heute aber nicht mehr klären. Aber Kandras hat diesen Kahlenberg unterschätzt. Es war sein entscheidender Fehler, Kahlenberg erneut unter Druck zu setzen, als er merkte, dass er vor dem Ruin stand. Vermutlich ist ihm die Idee gekommen, als er droben am Taubenberg erkannt hat, dass das Mädchen von damals von dort stammte. Kahlenberg stand das Wasser aber selbst schon bis zum Hals, und da war dann endgültig Sense.«

»Also diese Anna Kandras, oder Anna von Prahaym, wie sie sich jetzt wieder nach dem Namen ihrer Mutter nennt, die hat diese widerwärtige Bande ganz schön ausgekontert, oder? Zusammen mit diesem blassen Kehrenbroich ... Respekt ... die Nummer mit *Faynbach & Partner*, das ist doch ganz hohe Schule, oder was meinst du?«

Schielin stimmte zu. »Klasse Frau. Hat sich sauber rausgehalten. Aber brutal war das schon auch ...«

»Was?«

»Der Auftritt, hier, draußen im Gang.«

»Ach, du meinst, wie sie es ihm gesagt hat?«

»Genau das.«

»Stimmt. Mir läuft es jetzt noch eiskalt den Rücken runter, wenn ich daran denke, wie sie ganz ernst gesagt hat: *Ich bin ja so froh, dass du nicht mein Vater bist. Es hatte ja schon so gereicht ... aber das jetzt auch noch. Ich bin ja so froh.* Das hat gesessen.«

Sie schwiegen.

Am späten Nachmittag waren alle Akten für die Staatsanwaltschaft fertig und lagen bei Kimmel auf dem Schreibtisch. Der ging, pro forma, noch einmal alles genau durch und strahlte Zufriedenheit aus.

Schielin verabschiedete sich. Zuhause angekommen, sah er Albin Derdes im Hof. Er hielt ein Schnapsglas in der Hand und prostete Marja lachend zu. Schon aus der Entfernung stellte Schielin anhand der roten Backen auf Derdes Gesicht fest, dass es nicht der erste *Heidi* war, den er hinunterkippte. Als er an die Treppe trat rief Derdes ihm zu: »Er hat geschrien, geschrien hat er, sag ich Dir!«, und hüpfte vergnügt von einem Bein aufs andere.

Schielin konnte sich der Freude nicht so ganz anschließen. Er hätte es gerne wieder einmal gehört – das Schreien von Ronsard.

Pulverturm

Schielins zweiter Fall

An einem lauen Frühjahrstag wird die Leiche von Ottmar Kinker am Pulverturm in Lindau gefunden. Die Umstände deuten auf ein Verbrechen hin. Kommissar Conrad Schielin – gerade mit seinem Esel Ronsard auf Wanderung im Bodensee-Hinterland – wird zurückbeordert, um den Fall zu übernehmen. Er kennt das Opfer als eigenbrötlerischen, zurückgezogenen Junggesellen, der zusammen mit seiner Mutter und Schwester ein Haus in Reutin bewohnt und als Revisor tätig war.

Ottmar Kinker führte ein so unspektakuläres Leben, dass es schwer fällt eine Vorstellung zu bekommen, worin das Motiv für die Tat begründet liegt. Die Ermittlungen ergeben, dass sich vor kurzem etwas verändert haben muss, im Leben von Ottmar Kinker.

Rätsel geben auch die alten Briefe auf, die sich im Nachlass finden und ein düsteres Familiengeheimnis nahelegen. Welche Rolle spielte Ottmar Kinker bei der Privatisierung von Bahngrundstücken? Und schließlich – wer war die Frau, mit der Ottmar Kinker in letzter Zeit einige Male gesehen worden war?

Pulverturm
Soedher, Jakob Maria
ISBN: 978-3981026863, broschiert, 240 Seiten, 9,95 €

Novemberfrost

Dass es sich um einen psychopathischen Täter handeln muss, der die junge Frau brutal in ihrer Wohnung ermordete, ist Johannes Bucher vom LKA München sofort klar. Als er das private Umfeld von Maren Hengersberg genauer untersucht, stolpert er in einen Sumpf von Lebenslügen und kriminellen Machenschaften. Doch wo verläuft die Grenze zwischen doppelbödigen bürgerlichen Existenzen und einem kontrollsüchtigen Mörder, der nicht anders kann, als zu töten? Viel auserlesener französischer Wein muss fließen bis Bucher die Handschrift des Täters schließlich deutlich vor Augen hat.

»... auf Papier gebracht hat Soedher einen gut geschriebenen, spannenden und immer wieder humorvollen Krimi.«

Augsburger Allgemeine Zeitung

Jakob Maria Soedher hat einen bemerkenswerten Einstand in der Welt der Krimiautoren gegeben. Er schreibt mit großem Feingefühl und Menschenkenntnis. Die Charaktere um Bucher sind in ihrer Individualität sehr überzeugend. Hinzu kommt neben einer gut durchdachten Story, die in abseits gelegene Winkel der Gesellschaft führt, die große sprachliche Stärke des Autors, der mit literarischen Bildern umzugehen weiß und bis zum Schluss den Leser immer wieder überrascht.

Heilbronner Stimme

Auenklang

Eine tote Frau in der Stille eines verwunschenen Auengrundes. In ihrem Haus findet sich ein Stapel geheimnisvoller Bücher. Ein Gartenbild Liebermann's von ungeklärter Herkunft steht plötzlich im Mittelpunkt der Ermittlungen, und der einsame Kerl im Wald gibt Rätsel auf. Gut, dass das LKA mit Johannes Bucher seinen besten Ermittler in die dörfliche Einsamkeit geschickt hat. Der findet die Spur zu einem schon fast vergessenem Unglück, das eine große Liebe zerstört und das Leben eines ganzen Dorfes verändert hat.

Wieder ein packend geschriebener Krimi von Jakob Maria Soedher. Diesmal über vererbte Schuld, wohl gehütete Geheimnisse, eine große Liebe – und das Leben einer Frau, das ganz anders hätte verlaufen können.

»Auenklang besticht durch einen spannenden Plot und eine einfühlsame, zarte, erstaunlich präzise Sprache … ein spannender Kriminalroman, dessen eine Stärke … die realistische Darstellung von Polizeiarbeit ist. Die zweite Stärke ist die präzise Sprache, die auf Metaphern weitgehend verzichtet und stattdessen detailgenau und einfühlsam Menschen und Landschaften schildert.«

Hessischer Rundfunk

Auenklang,
Soedher, Jakob Maria
gebunden, 336 Seiten, 16,90 €
ISBN: 978-3-9810268-1-8

Als Taschenbuch unter dem Titel *Requiem für eine Liebe* im Aufbau-Verlag (Berlin) erschienen.

Liebe und andere Gründe zu morden

Liebe und andere Gründe zu morden – wie könnte es da anders sein, als dass intelligent, hinterhältig, schamlos, lüstern – immer nach Herzenslust und mit voller Hingabe gemordet und gemeuchelt wird. Meistens erwischt es die Männer – ob im Bett, im Garten, am Küchentisch, oder – völlig ahnungslos – auf dem Mofa, nach der ersten Liebesnacht. Unsere Autorinnen und Autoren legen ihrer Fantasie keine Handschellen an! Die besten ihrer Zunft haben ihre packendsten Geschichten für diesen Band geschrieben. So finden sich hintergründige, erotische, düstere, heitere und melancholische Krimis, denen allen eines gemeinsam ist: die Lust am Thrill. Spannendes Lesefutter also, und ein charmantes Geschenk – für Ihre Liebsten …

»Die Krimisammlung Liebe und andere Gründe zu morden enthält sehr unterschiedliche, durchweg intelligent erdachte und spannende Geschichten voller Hinterlist, Rachegelüste, Erotik und subtilem Humor. 19 Autorinnen und Autoren der Krimiszene zeigen hier ihr Können und beweisen wieder einmal: Der Fantasie sind keine Grenzen gesetzt, vor allem nicht, wenn es um Verbrechen geht. Dem geneigten Leser sei dieses Buch als ebenso einfallsreiche wie kurzweilige Literatur empfohlen.«

Westdeutscher Rundfunk (WDR4)